KNAUR✷

Von Emma Jacobsen sind bereits folgende Titel
bei Knaur erschienen:
Die Inselhebamme
Die Inselschäferin
Die Glücksbäckerei am Meer

Über die Autorin:
Emma Jacobsen, Jahrgang 1979, studierte nach einer Ausbildung im Buch-handel Geschichte und Antike Kulturen, ehe sie sich ganz dem Schreiben widmete. Sie lebt mit ihrer Familie in Westfalen. Unter dem Pseudonym Julie Peters schreibt sie erfolgreich Inselromane.

EMMA JACOBSEN

Das Glücksatelier am Meer

Roman

KNAUR

Besuchen Sie uns im Internet:
www.droemer-knaur.de

Originalausgabe April 2025
© 2025 Knaur Verlag
Ein Imprint der Verlagsgruppe
Droemer Knaur GmbH & Co. KG
Maria-Luiko-Straße 54, 80636 München
Dieses Werk wurde vermittelt durch die Literarische Agentur
Thomas Schlück GmbH, 30161 Hannover.
Redaktion: Anika Beer
Covergestaltung: www.martinabaldauf.de
Coverabbildung: Collage von Martina Baldauf
unter Verwendung von Motiven von
stock.adobe.com, creativemarket.com und iStock.
Illustrationen im Innenteil von Shutterstock.com:
handini_atmodiwiryo (Fotoapparat),
Maryna Stryhun (Meeresfrüchte)
Satz und Layout: Adobe InDesign im Verlag
Druck und Bindung: CPI books GmbH, Leck
ISBN 978-3-426-53020-7

Kontaktadresse nach
EU-Produktsicherheitsverordnung:
produktsicherheit@droemer-knaur.de

2 4 5 3 1

G leich noch mal die schwarze Piste?« Piet prostete Stella mit dem Fliegenden Hirsch zu, den er sich gerade bestellt hatte. Sie nippte an ihrem Aperol Spritz und blinzelte in die niedrig stehende Sonne. Piet hatte recht. Es war die beste Idee des Jahres gewesen, Anfang Februar noch mal für ein paar Tage in die Alpen zu brausen. Erst hatte sie gezögert. Mira hatte keine Schulferien. Das hatte Piet ausgehebelt, denn um Rosenmontag gab's im Rheinland immer ein paar Tage extra frei. Und für diese erzwungene Fröhlichkeit hatte er nichts übrig. Er brauchte dringend den Nervenkitzel beim Skifahren. Stella hielt sich da eher ans Après-Ski, und ihre siebenjährige Tochter liebte es, im Familienhotel zu bleiben und am Skikurs teilzunehmen oder eine der zahlreichen Aktionen mitzumachen, die dort für Kinder angeboten wurden.

Stella blickte auf die Uhr. Halb fünf, einmal mit dem Skilift hoch auf den Berg und noch mal runtersausen, das ginge schon. Aber sie hatte Alkohol getrunken, und das vertrug sich ihrer Meinung nach nicht mit dem Skifahren. Es hieß nicht umsonst Après-Ski.

»Solltest du das nach zwei Fliegenden Hirschen noch machen?«, fragte sie skeptisch. Die Mischung aus Red Bull und Jägermeister hatte sie einmal probiert – nie wieder würde sie das

Zeug anrühren. Der Alkohol knallte rein und Red Bull ließ sie die ganze Nacht nicht schlafen. Unangenehm.

Piet hievte sich aus dem Liegestuhl hoch und streckte sich. Sie blickte zu ihm hoch. Manchmal konnte sie nicht glauben, dass sie es mit ihm so gut getroffen hatte. Ein Mann wie ein Baum, muskulös und sportlich, beruflich extrem erfolgreich als Anwalt, und selbst nach neun gemeinsamen Jahren trug er sie immer noch auf Händen. Keine Seitensprünge, er kümmerte sich rührend um die gemeinsame Tochter. Sie hätten gern mehr Kinder gehabt, aber als es nach längerem Versuchen nicht klappte, hatten sie sich darauf geeinigt, dass es ihnen doch gut ging. Mira war sein ganzer Stolz.

»Ach, das bisschen Alkohol. Ich bin hellwach und konzentriert!« Er zwinkerte ihr zu und grinste. Stella stand auf. Sie stellte sich auf die Zehenspitzen und küsste ihn auf den Mund.

»Pass gut auf dich auf, ja?«, flüsterte sie.

Er drückte sie an sich und erwiderte den Kuss. »Versprochen. Warte nicht auf mich, vielleicht mache ich zwei Runden.«

Sie winkte ihm nach, als er die Terrasse verließ. Dann sank sie wieder in ihren Liegestuhl, setzte die Sonnenbrille auf und hielt ihr Gesicht in die wärmenden Strahlen.

Eine halbe Stunde später machte sie sich auf den kurzen Weg zurück ins Hotel. Sie hatte Mira versprochen, dass sie gemeinsam heute Abend zum Familiendinner gehen und sich vorher dafür »fein machen« würden. Für Mira ein sehr wichtiges Detail, und Stella liebte es, mit wie viel Hingabe und Konzentration ihre Tochter das richtige Outfit auswählte, sich für eine Frisur entschied und sogar ein kleines bisschen Lipgloss auf die Lippen tupfte. Hoffentlich kam Piet rechtzeitig von der Piste zurück.

Im Hotel begrüßte Mira sie mit einem neuen Armband, das sie in der Kinderbetreuung gefädelt hatte. »Das trage ich heute Abend, Mama!«, verkündete sie stolz. Das Band bestand aus unterschiedlichen Perlen und zwei schwarzen Bändern, die zwischen den Perlen zusammengeknotet wurden und die Perlen umrahmten. Mira konnte sich gar nicht daran sattsehen.

»Heute Abend muss ich was passend dazu anziehen, Mama!«

»Da gibt dein Kleiderschrank bestimmt was her.« Stella küsste Mira auf die Wange.

Sie hatten ein wunderschönes Familienapartment gemietet, weil Piet meinte, wenn sie schon für fünf Tage Skiurlaub machten, mussten sie sich auch richtig was gönnen. Außerdem konnten sie es sich leisten, denn als erfolgreicher Wirtschaftsanwalt verdiente er richtig gut. Stella hatte anfangs manchmal gefragt, ob es nicht auch eine Nummer kleiner ging (»Nein!«, war jedes Mal Piets Antwort gewesen). Inzwischen liebte sie den kleinen Luxus hier und da. Das Leben war angenehm und bequem. Piet kümmerte sich um alles Finanzielle, sie beschränkte sich auf das Häusliche. Manchmal dachte sie fast ein wenig wehmütig an früher zurück. Daran, wie sie damals als Fotografin arbeitete. Kurz nach ihrem Studium hatte sie aber nur ein knappes Jahr im Job gearbeitet. Danach meinte Piet, es sei doch nicht nötig. Und sie hatte nach anfänglichem Zögern Gefallen daran gefunden, nicht arbeiten zu *müssen*.

Mira ließ sich die Schlüsselkarte geben und öffnete die Tür. Sie lief direkt zum Ankleidezimmer und begann, in den vielen Kleidern zu wühlen, die sie unbedingt hatte mitnehmen wollen, obwohl sie höchstens zwei oder drei davon brauchte. Sie fand rasch das richtige Outfit, legte es auf ihrem Bett aus und begann, sich umzuziehen.

Stella stand etwas ratlos vor ihrem eigenen Kleiderschrank. Sie hatte gedacht, sie hätte genug eingepackt, aber jetzt fühlte sich irgendwie alles falsch an – sowohl das hübsche, dunkelblaue Kleid als auch die silberne Hose mit dem schwarzen Top wirkten irgendwie unpassend. Sie sehnte sich nach etwas Einfachem – Jeans und ein Rollkragenpullover mit Norwegermuster, das wäre jetzt das Richtige. Bequem und nicht so aufgerüscht. Sie entschied sich für das blaue Kleid, weil sie wusste, dass Piet es an ihr mochte und es ihr von einer Geschäftsreise nach New York mitgebracht hatte. Während Mira wie ein kleiner Flummi zwischen Schlafzimmer und Bad hin und her hüpfte, bürstete Stella sich die Haare und legte ein wenig dezentes Make-up auf.

Die Tür ging auf, als sie gerade versuchte, sich für Ohrringe zu entscheiden. Piet kam herein, ein bisschen atemlos, die Wangen gerötet, als wäre er gerannt. »Hallo, meine Schönen!«, rief er fröhlich.

»Papa!« Mira lief zu ihm, er hob sie hoch und sie drehten sich mehrmals im Kreis.

»Papa, lass mich runter!« Mira strampelte. Stella lächelte und wählte die Perlenohrstecker. Sie trat vor den Spiegel. Piet umarmte sie von hinten und gab ihr einen Kuss, der nach Jägermeister schmeckte. »Du siehst toll aus«, flüsterte er. Sie lächelte ihn im Spiegel an. Dann drehte sie sich zu ihm um, nahm sein Gesicht in die Hände und erwiderte den Kuss.

»Ihhhh, lasst das!« Mira drängte sich dazwischen. Für eine Siebenjährige waren sich küssende Eltern ein ständiges Ärgernis. Lachend lösten Piet und Stella sich voneinander. Mira wollte eine Hochsteckfrisur, Stellas dunkelbraune Locken brauchten auch noch etwas Aufmerksamkeit und Piet musste sich umziehen, bevor sie zum Dinner gehen konnten. »Duschen schaffe ich wohl nicht«, meinte er.

»Wenn du länger drüber nachdenkst, bestimmt nicht«, neckte Stella ihn. Er verschwand im Bad, keine zwei Minuten später hörte sie die Dusche. Sie lächelte, während sie ihre Haare hochsteckte und sich noch einmal prüfend im Spiegel betrachtete. Piet liebte es, nach einem aktiven Tag schnell zu duschen, selbst wenn Mira und sie dann warten mussten. Sie vertrieben sich die Zeit mit ei-

ner komplizierten Flechtfrisur für Mira und einer Runde Mogelmotte.

»Da bin ich.« Piet trug zu hellen Chinos ein hellblaues Hemd
und einen dunkelgrünen Pullover. Er fuhr sich noch mal schnell
mit beiden Händen durch die blonden Haare, die noch etwas
feucht waren. »Nehmt ihr mich so mit?«

»Na klar.« Stella küsste ihn auf die Wange. Hand in Hand gingen
sie aus dem Apartment Richtung Fahrstuhl. Mira lief voran und
hüpfte in ihrem dunkelroten Samtkleid mit der dicken Schleife herum wie ein übermütiges Fohlen. Als sie auf den Fahrstuhl warteten, sang ihre Tochter leise ein Lied aus *Vaiana*. Stella legte kurz den
Kopf auf Piets Schulter ab. Sie war müde, aber sie wusste, dass die
Müdigkeit spätestens beim zweiten Gang verschwinden und vor allem dem Gefühl Platz machen würde, das ihr Leben dominierte.

Sie war glücklich. Mit Mann und Kind, mit einem sorglosen
Leben, das ihr so außergewöhnliche Kurztrips ermöglichte.
Manchmal konnte sie nicht glauben, dass ihr Leben vor knapp
zehn Jahren so eine Kehrtwende gemacht hatte. Dann wieder gab
es Momente, in denen sie dachte, das könnte doch nicht alles gewesen sein. Genügte es ihr, die Kreativität, die sie einst so ausge-
zeichnet hatte, mit ein paar Blumen und ausgewählter Deko aus-
zuleben? Zu Weihnachten gestaltete sie selbst die Karten. Mehr
war von dem, was sie immer machen wollte, nicht geblieben.

Andererseits: Das musste sie auch gar nicht. Piet kümmerte
sich wundervoll um Mira und sie.

»Was ist?«, fragte er.

Sie lächelte nur. »Es ist so schön«, flüsterte sie an seiner Schulter.

»Du bist schön.«

»Alter Charmeur.« Sie legte die Hand an seine Wange.

Mit einem leisen Plingen öffnete sich die Fahrstuhltür. Mira
tänzelte voran Richtung Restaurant.

»Warte«, flüsterte Piet. Er nahm ihre Hand und zog sie an sich. Stella kicherte atemlos, als er mit der Hand im Kreuz sanft ihren Unterleib gegen seinen drückte. Er küsste sie auf den Mund. »Du schmeckst so gut«, murmelte er an ihren Lippen.

»Und du nach Jägermeister«, erwiderte sie leise.

Piet lachte. »Das klingt aber nicht besonders romantisch.« Da musste sie ebenfalls lachen. Er legte den Arm um ihre Schulter, sie legte den Arm um seine Hüfte. Eng umschlungen folgten sie Mira, die vor dem Restaurant aufgeregt herumhüpfte. Sie konnte es kaum erwarten.

Das Leben ist schön, dachte Stella. Manchmal passierte ihr das, dass sie einen Moment lang von dem Glück überwältigt wurde, das sie hatte. Piet bemerkte, wie gerührt sie war und drückte sie noch etwas fester an sich. »Ich weiß«, flüsterte er in ihre Haare.

Stella atmete tief durch. Der Moment verflog, die Tür zum Restaurant ging auf und das Stimmengewirr der anderen Gäste umfing sie.

»Wo willst du hin?«, murmelte sie im Halbschlaf. Piet beugte sich über sie und gab ihr einen Kuss auf die Schläfe.

»Schlaf ruhig weiter«, hörte sie ihn sagen. »Ich bin heute Mittag wieder da.«

Sofort war sie hellwach und zog die Bettdecke hoch, weil sie plötzlich fröstelte. »Heute Mittag?«

»Ich muss kurz beruflich nach Salzburg. Es kam ein Anruf.« Er wirkte gänzlich unbesorgt. Statt Freizeitkleidung trug er bereits einen Anzug mit Krawatte. Sie hatte nicht mal gewusst, dass er den eingepackt hatte.

»Hoffentlich nichts Schlimmes?« Sofort war sie alarmiert.

»Nein, nein. Nur ein Klient, der sich mit mir zusammensetzen will. Ein Vertrag, den ich vor dem Urlaub geprüft habe, und dann hat ein Kollege Mist gebaut. Muss ich jetzt ausbügeln. Sorry.

Macht euch nen schönen Tag, ja? Ich beeile mich, dann können wir nachmittags noch mal auf die Piste und fahren heute Nacht zurück.«

»Okay …« Sie sank zurück ins Bett. Ihr Blick fiel auf den Radiowecker. 5:41. Bis Salzburg waren es knapp zwei Stunden, Termin, danach zurück … Die Tür klickte ins Schloss, Stella schloss die Augen und war im nächsten Moment wieder eingeschlafen. Als sie das nächste Mal aufwachte, war es schon kurz nach sieben, Mira kam aus ihrem Zimmer getapst und kuschelte sich zu Stella ins Bett. Sie dösten noch ein wenig, standen irgendwann auf und genossen es, nirgends hinzumüssen. Das Frühstücksbüffet war bis elf, sie spielten am Tisch UNO und Mira kicherte beim Trinken so viel, dass ihr der Kakao aus der Nase schoss, was für noch mehr Heiterkeit bei ihnen sorgte. Sie gingen noch mal nach oben, weil sie sich umziehen mussten. Als sie die Lobby durchquerten, bemerkte Stella zwei Polizisten, die an der Rezeption mit einer Mitarbeiterin sprachen.

Oben zogen sie sich für eine Schlittenfahrt um. Die hatte Mira schon das ganze Wochenende machen wollen, aber Piet war strikt dagegen gewesen. »Rumsitzen und in den Schnee gucken, wie öde!«, hatte er gemeint, und Mira hatte kurz geschmollt. Dann hatte er sie gekitzelt und ihr versprochen, sie könnten die Schlittenfahrt eventuell am Abreisetag noch machen. Der war heute. Wenn er nicht da war, würde er Mira wenigstens nicht den Ausflug mit seiner schlechten Laune vermiesen, denn die war quasi vorprogrammiert, wenn er in dem Schlitten saß. Piet hasste es, untätig zu sein. Er musste immer in Bewegung bleiben.

Stella half Mira mit dem Mantel und dem kleinen Muff, den sie sich vor ein paar Tagen gekauft hatte, weil er »genau richtig für eine Schlittenfahrt, Mama!« war. Als sie im Fahrstuhl standen, hüpfte Mira auf und ab. Sie freute sich so sehr auf den Ausflug. Stella legte den Arm um ihre Tochter und drückte sie kurz an sich.

Sie verließen den Fahrstuhl. Die beiden Polizeibeamten standen immer noch an der Rezeption. Einer drehte sich zu ihnen um. Er berührte seinen Kollegen am Ärmel, die Rezeptionistin sagte etwas zu ihnen. Stella verlangsamte ihre Schritte. In ihrem Bauch war ein nervöses Flattern, von dem sie nicht wusste, woher es kam.

»Frau Schmitz?«

»Ja?« Sie blieb stehen. Mira hängte sich an ihren Arm und stöhnte theatralisch. Sie wollte endlich los!

»Können wir einen Moment mit Ihnen reden? Allein.« Sein Blick fiel auf Mira, die sofort schmollend die Unterlippe vorschob. Die Rezeptionistin kam hinter der Theke hervor und bot Mira an, mit ihr in die Kinderbetreuung zu gehen. Stella konnte gar nicht so schnell reagieren, aber Mira nickte und ließ sich von der jungen Frau wegführen. Die Polizisten wiesen einladend auf das Büro hinter der Rezeption. Offenbar gab es sonst keinen Ort, wo sie ungestört miteinander reden konnten. In einem Hotel mit über zweihundert Zimmern. Sie hinterfragte das nicht. Sie wusste nur, dass das Unwohlsein sich verstärkte.

»Ist was mit Piet?«, fragte sie, sobald sich die Tür hinter dem zweiten Polizeibeamten schloss. Er wechselte einen Blick mit seinem Kollegen.

»Setzen Sie sich doch, Frau Schmitz.«

Sie spürte, dass etwas nicht stimmte. Wie ein schmerzhafter Knoten in ihrem Bauch, der sich zusammenzog. Ihr wurde schwindelig. »Es ist was passiert«, flüsterte sie.

Jemand drückte ihr ein Glas Wasser in die Hand. Sie blickte zu dem jüngeren Polizisten hoch, der ebenso hilflos wirkte wie sie sich fühlte.

»Mein Name ist Gruber, mein Kollege Moser und ich kommen von der Polizei Salzburg …«

Stella schloss die Augen. Wusste sie, was kommen würde? Ja, vielleicht. Aber sie war nicht bereit, zuzuhören. Solche Szenen kannte man doch aus Spielfilmen. Zwei Polizeibeamte, die irgendwo auftauchten und einer Ehefrau erklärten, ihr Mann sei leider verstorben, Opfer eines Unfalls oder Verbrechens …

»… leider mitteilen, dass Ihr Mann Piet Schmitz heute früh auf der Autobahn einen schweren Unfall hatte. Er wurde in Salzburg in ein Spital gebracht und liegt dort auf der Intensivstation.« Die beiden Männer wechselten einen Blick.

Stella schöpfte Hoffnung. »Geht es ihm gut?«, wollte sie wissen.

Wieder so ein stummer Blick. Sie hätte die beiden gern gepackt und geschüttelt.

»Leider waren die Verletzungen so schwer, dass Ihr Mann nicht wieder aufwachen wird. Also … er ist … hirntot.« Der Beamte geriet ins Stottern und verstummte.

Sie schüttelte den Kopf. Das darf nicht wahr sein, dachte sie. Nicht wieder aufwachen? Hirntot? Das war gleichbedeutend mit *richtig* tot, oder? Nur dass sein Körper noch an den Maschinen hing, und die beiden Beamten waren vermutlich hier, weil sie Stellas Einverständnis für eine Organspende einholen wollten …

Sie stand auf. »Entschuldigen Sie mich«, sagte sie gefasst. »Meine Tochter und ich haben eine Schlittenfahrt gebucht, die würde ich jetzt gern wahrnehmen.«

»Frau Schmitz …«

Sie schüttelte den Kopf. Sie war nicht bereit, die Information zu verarbeiten. Oder sich den Konsequenzen zu stellen, die sich daraus ergaben.

Piet war tot.

Der Gedanke war zu groß.

Sie konnte das nicht glauben. Die Polizeibeamten mussten sich irren. Es gab so viele Männer, die Piet Schmitz hießen, oder? Bestimmt war ein anderer gemeint.

Und wie sollte das gehen? Tot. Das hieße ja, dass sie und Mira allein wären. Oh Gott. Sie musste Mira davon erzählen. Sie musste ihr sagen, dass ihr geliebter Papa nicht mehr war. Sie war doch erst sieben, wie sollte Mira das verstehen? Gar nicht. Weil es nicht stimmte. Es durfte einfach nicht stimmen, denn das hieße, dass ihre Welt zusammenbrach …

Sie durchquerte die Lobby, steuerte das Treppenhaus an. Im ersten Stock befand sich die Kinderbetreuung, eine bunte, lebensfrohe Spiellandschaft, in der sich drei Betreuerinnen tagsüber um die Kinder kümmerten und mit ihnen vielfältige Angebote machten. Als Stella hereinkam, saß Mira an einem Basteltisch und fädelte ein neues Armband. Sie blickte auf und strahlte, mit Zahnlücke und ihren dunkelblonden, langen Haaren. »Guck mal, Mama! Das habe ich für Papa gemacht!«

Stella kniete sich neben ihre Tochter. Sie schloss Mira in die Arme und drückte sie so fest, als müsste sie sich vergewissern, dass ihre Tochter wenigstens noch da war, dass Mira lebte. Mira machte sich unwillig von ihr los, weil sie manchmal überzeugt war, sie sei doch schon viel zu groß für solche innigen Umarmungen. Aber zugleich war Mira auch noch so klein, zu klein, um einen Elternteil zu verlieren. Es war zu früh. Für Mira und für Stella. Sie sollten jetzt allein ihr Leben bewältigen. Wie sollte das gehen?

»Können wir jetzt los?«, fragte Mira.

Stella nickte. »Na komm«, sagte sie, nahm Mira an die Hand und ging mit ihr nach unten.

Erst die Schlittenfahrt.

Danach musste sie Mira erzählen, was passiert war. Aber bis dahin, für die nächsten anderthalb Stunden, durfte sie Piets Tod noch ignorieren, redete sie sich ein.

Dabei war er längst in ihr Bewusstsein gesickert. So unwirklich, aber in jedem Gedanken schwang der Verlust schon mit. Piet war tot.

Und damit sollte sich alles ändern.

Miras erste Reaktion war Stellas nicht unähnlich. Sie wollte es nicht glauben. Sie *konnte* es nicht glauben, und erst als Stella ihr mehrfach bestätigte, es stimme, ihr Papa sei tot und werde nie, nie, nie wiederkommen, brach Mira in ihren Armen zusammen. Sie weinte und tobte. Sie schrie und klagte. Sie ließ sich nicht trösten, und Stella hielt sie einfach nur fest und konnte endlich stumm mit ihr weinen.

Danach schlief Mira erschöpft ein. Stella überzeugte sich davon, dass ihre Tochter ruhig da lag, dann stand sie lautlos auf und ging nach unten in die Lobby.

Sie hatten ursprünglich heute Nacht abreisen wollen, aber das konnte sie sich jetzt nicht vorstellen. Andererseits müsste sie bald nach Salzburg fahren. Als sie vorhin mit Mira von der Schlittenfahrt zurückgekommen war, hatte die Rezeptionistin ihr die Karte eines der Polizisten zugesteckt. Stella rief ihn nun an und erfuhr, in welchem Spital Piet lag. Sie bekam eine Telefonnummer und starrte geschlagene zehn Minuten auf die Ziffern, die sie notiert hatte, bevor sie die Nummer wählte.

Eine Ärztin wurde für sie ans Telefon gerufen. Die Ärztin sprach ruhig und mitfühlend mit Stella. Sie erklärte, Piet sei bei einem Alleinunfall in die Leitplanke gerast, der Wagen hätte sich dabei mehrfach überschlagen und sei dann einen Abhang hinabgestürzt. Es sei ein Wunder, dass er nicht sofort tot gewesen sei. Sie erklärte auch, es gelte in Österreich bei Organspende die Widerspruchslösung, das hieß, dass Piet vor seinem Tod einer Organspende hätte widersprechen müssen, wenn er sie nicht gewollt hätte.

Stella schluckte. »Er ist Organspender«, sagte sie. »War«, fügte sie nach einer kurzen Pause hinzu.

»Können Sie herkommen?«, fragte die Ärztin sanft. »Sie können sich von ihm verabschieden. Bis morgen ist er noch hier.«

»Ich weiß nicht, wie …« Stella starrte vor sich hin. Sie spürte, wie die Trauer und die Überforderung sie sofort wieder überwältigten. Sie schluchzte auf. Wie sehr wünschte sie, Piet wäre jetzt hier. Er hatte so eine zupackende, pragmatische Art, wenn es darum ging, etwas zu organisieren. Aber ohne ihn fühlte sie sich verloren. Komplett sich selbst überlassen.

»Können Sie einen Mietwagen nehmen?«

»Ja«, sagte Stella dankbar. »Ja, das bekomme ich hin.«

»Gut, dann sehen wir uns morgen. Melden Sie sich, wenn Sie Fragen haben. Meine Kollegen und ich sind für Sie da.«

Stella ging wieder nach oben. Sie müsste eigentlich noch Piets Eltern anrufen. Ihren Vater. Sein Büro. Was war mit seinem Termin heute früh? Hatte er den Unfall schon auf dem Hinweg gehabt? Zu viele Fragen, und irgendwie kam es ihr unwichtig vor, ob sie Antworten fand oder sich erst neben Mira aufs Bett legte und die Augen schloss.

Sie schlief ein, erschöpft vom Heulen, erschöpft davon, Miras Emotionen auszuhalten, ihren eigenen Schmerz und die große Verantwortung, die von einem Moment auf den nächsten auf ihr lastete.

Erst das Brummen ihres Handys weckte sie. Stella tastete danach. Sie sah Georgs Namen auf dem Display und ging sofort dran.

»Georg?«

»Stella. Wo bist du?«

Sie schloss die Augen. Allein am Klang von Georgs Stimme erkannte sie, dass er *es* wusste.

»Georg, es ist was passiert.«

Sie hörte ihn am anderen Ende der Leitung tief durchatmen und schloss die Augen. Georg war Piets bester Freund, sie kannten sich seit dem Studium. Als Stella Piet kennenlernte, hatte er sie zunächst Georg vorgestellt und erst viel später seinen Eltern. Stella und Georg hatten sich auf Anhieb gut verstanden, er war Miras Patenonkel und auch für Stella immer ein guter Freund gewesen.

»Ich weiß, was passiert ist«, hörte sie ihn jetzt ruhig sagen. »Ich bin einer seiner Notfallkontakte. Das Krankenhaus hat mich benachrichtigt.«

»Was soll ich denn jetzt machen?«, fragte Stella. Sie fühlte sich so hilflos.

»Wo bist du?«

»Noch im Hotel. Ich habe es bisher nicht geschafft zu packen, ich muss …« Stella verstummte. Sie musste gar nichts. Nur zu Piet. Zusammen mit Mira.

»Hör zu, Stella. Ich sitze gerade im Auto und bin unterwegs nach Österreich. In zwei Stunden bin ich in Salzburg, aber ich kann auch direkt zu euch durchfahren und euch abholen, wenn du mir die Adresse vom Hotel schickst. Dann bringe ich euch nach Salzburg. Ja?«

»Ja«, flüsterte sie mit tränenerstickter Stimme.

»Ich komme«, versprach Georg.

»Kannst du noch ein bisschen mit mir reden?«

Einen Moment lang blieb es still.

»Worüber möchtest du reden, Stella?«

»Ich weiß nicht. Irgendwas. Ich habe es vorhin Mira erzählt, und sie ist komplett durchgedreht. Jetzt schläft sie, aber ich habe Angst, wenn sie aufwacht und merkt, dass es kein Albtraum war.

Dass Piet wirklich nie wieder …« Sie verstummte. Auf einmal bekam sie keine Luft mehr.

»Stella? Atme tief durch. Komm. Wir atmen zusammen. Ein … aus …«

Sie ließ sich von seiner Stimme durch eine Atemübung führen, und das Gefühl, an der Überforderung zu ersticken, schwand langsam.

»Ich wäre gern woanders«, platzte es aus ihr heraus.

»Verstehe.«

»Am Meer oder so.«

Georg lachte. Er klang merkwürdig, und sie verstand ihn ja. Es war absurd, dass sie sich woanders hin wünschte. Gerade jetzt. Aber das alles überforderte sie, und sie vertraute Georg. Er hatte sie nie in irgendeiner Form enttäuscht.

»Wenn das hier vorbei ist, fährst du ans Meer«, versprach er ihr.

»Piet hat das Meer gehasst.«

»Ich weiß.«

»Ich war so lange nicht am Meer.«

»Ich weiß.«

Sie schwiegen. Schließlich sagte Stella leise: »Ich versuche mal zu schlafen.«

»Geht's dir besser?«

Wie konnte es ihr besser gehen, wenn ihr Mann gerade halbtot auf einer Intensivstation lag? Aber sie schluckte die Antwort herunter und sagte: »Ja, ein bisschen. Danke.«

»Ich melde mich, wenn ich da bin. Schickst du mir die Adresse?«

Sie versprach es und legte auf, schickte ihm die Adresse und legte sich wieder hin, das Handy auf der Brust, damit sie es beim nächsten Klingeln bemerkte. Sie blickte zur Seite. Mira lag neben ihr, den Kopf auf die Hände gebettet. Sie sah so friedlich aus, dass es Stella schmerzhaft das Herz zusammenzog.

»Ich werde immer für dich da sein«, versprach sie ihr.

KAPITEL

3

Hier.« Georg drückte Stella einen Becher mit saurem Automatenkaffee in die Hand. Er setzte sich neben sie auf einen der unbequemen, orangen Besucherstühle. »Wie geht es dir?«

Sie schüttelte den Kopf. Nicht jetzt, sollte das heißen. Mira saß auf der anderen Seite. Stella hatte ihr erlaubt, auf dem Tablet ihre Lieblingsserie zu schauen. Sie wusste, dass sie damit Miras Schmerz nur für den Moment betäubte, aber sie wusste auch nicht, wie sie ihre Verzweiflung zusätzlich zu ihrem eigenen Schmerz aushalten sollte, ohne sofort verrückt zu werden.

Sie saßen im Krankenhausflur vor der Intensivstation. Eine Ärztin kam den Gang entlang. »Frau Schmitz?«

Stella blickte auf.

»Ich bringe Sie jetzt zu ihm, wenn Sie möchten.«

»Ja.« Stella räusperte sich. Sie drückte Georg den Pappbecher in die Hand und berührte Mira sanft an der Schulter. »Ich bin mal kurz mit der Ärztin weg.«

Mira nickte. Georg setzte sich neben sie und redete leise mit ihr. Mira schob den Kopfhörer vom Ohr, sie zeigte ihm etwas auf dem Bildschirm. Stella folgte der Ärztin durch die Doppeltür auf die Intensivstation. Sie gingen an den kleinen Zimmern vorbei, aus denen die unheimlichen Geräusche der Maschinen drangen, ein stetes Pumpen, Piepsen, Knacken, mit dem andere Menschen an der Schwelle zum Tod festgehalten wurden.

Die Ärztin betrat zuerst das Zimmer. Stella folgte ihr nur zögernd. Sie wusste nicht, was sie erwartet hatte, aber das sicher nicht: Piet lag im Bett, umgeben von Maschinen, die ihn am Leben hielten. Etwas blasser. Ansonsten bis auf eine Schramme an der Schläfe gänzlich unberührt von dem Unfall. Als schliefe er nur, nachdem er sich den Kopf bei einer waghalsigen Kletteraktion angestoßen hatte.

»Piet«, flüsterte Stella. Und dann brachen die Tränen aus ihr hervor, die sie so lange zurückgehalten hatte. Sie hatte nicht geweint, als Georg Mira und sie im Hotel abholte. Als er sie nach Salzburg gefahren hatte, hatte sie hinten neben Mira gesessen, die auf der Fahrt die ganze Zeit ihre Hand halten wollte. Auch vorhin im Krankenhausflur, als sie auf die Ärztin warteten, hatte Stella die Tränen zurückgehalten, obwohl in ihr die ganze Zeit ein unruhiges Zittern war. Aber jetzt war es mit ihrer Selbstbeherrschung vorbei. Sie spürte, wie ihr die Ärztin einen Stuhl unter den Hintern schob, sie setzte sich neben das Bett, hielt Piets kalte Hand und ließ die Tränen fließen. Die Ärztin hielt sich im Hintergrund und gab ihr den Raum für diesen Schmerz, den Stella brauchte.

Sie wusste nicht, wie lange es dauerte. Konnte man überhaupt irgendwann zu Ende getrauert haben um einen Menschen, den man so sehr geliebt hatte? Mit dem man die letzten neun Jahre verbracht hatte? Aber irgendwann versiegten die Tränen, und was blieb, war eine erschöpfte, tiefe Traurigkeit, die sich in ihren Körper gegraben hatte. Stella war unendlich müde, als sie schließlich aufstand und sich suchend nach der Ärztin umsah. »Und es gibt keinen Zweifel? Er wacht nie wieder auf?«

Die Ärztin schüttelte mitfühlend den Kopf. »Es tut mir leid«, sagte sie ruhig. »Kommen Sie. Ich erkläre es Ihnen.«

Sie führte Stella in ein Büro und erklärte ihr, wie es um Piet stand. Sie zeigte Stella die Aufnahmen vom EEG, das die Hirnströme maß. Bei Piet waren da nur flache Linien. »Er ist nicht mehr da«, sagte sie sanft. »Was ihn am Leben hält, sind die Maschinen.«

»Aber es sieht so aus, als ob er schläft …« Stella musste wieder weinen. Die Ärztin hielt ihr eine Schachtel Kleenex hin, und Stella dachte kurz, wie oft sie wohl Gespräche wie diese mit Angehörigen führte.

»Sie sagten, Ihr Mann sei Organspender?«

Stella nickte.

»Gut. Wir möchten Ihnen und Ihrer Tochter Zeit geben, sich von Ihrem Mann zu verabschieden, bevor wir …« Jetzt schien auch die Ärztin den Faden zu verlieren, und Stella war ihr dankbar dafür. Zeigte es ihr doch, dass es auch für ihr Gegenüber kein alltäglicher Fall war.

»… die Maschinen abschalten?«, half Stella ihr.

»Ja, die Organentnahme beginnen.«

Stella nickte. »Wie viel Zeit bleibt uns?«, fragte sie leise.

»Nehmen Sie sich die Zeit, die Sie und Ihre Tochter brauchen.«

»Danke«, flüsterte Stella. Die Ärztin stand auf. Das Gespräch war beendet, es warteten andere Patienten. Die, die überleben würden und nicht …

Stella drängte den Gedanken daran zurück, was mit Piet passierte, wenn Mira und sie sich endgültig von ihm verabschiedet hatten. Sie ertrug ihn nicht. Später war Zeit, ihn zuzulassen.

Georg stand auf, als sie auf den Krankenhausflur trat. Er machte zwei Schritte auf sie zu, und sie fiel ihm um den Hals. Er hielt sie fest. Sagte nichts, sondern war einfach für sie da. Stella weinte an seiner Schulter. Sie spürte, wie sie zitterte. Wie die Anspannung der letzten Stunden, der Schock, das Entsetzen, ihre Versuche, sich einzureden, dass hier ein Irrtum vorliegen musste, der schmerzlichen Erkenntnis Platz machte, dass Piet nie mehr für sie da sein würde.

Ihr Leben würde nun ein einziges Nie-Wieder sein, und sie war nicht sicher, wie sie das überleben sollte.

»Mama, guck mal.« Mira hob das Tablet hoch. Sie wollte Stella eine besonders witzige Szene in ihrer Serie zeigen. Stella setzte sich neben Mira. Sie legte den Arm um ihre Tochter und schaute mit ihr, wie Marinette und Adrien wieder mal Paris vor einem Superschurken retteten. Mira blickte fragend zu Stella hoch, und sie strich ihrer Tochter über den Kopf.

Wir schaffen das, dachte sie. Irgendwie werden wir das hier überleben.

Müde schob Stella die schwarzen Stiefel von den Füßen. Sie hängte den Mantel in den Garderobenschrank und blickte sich in dem Flur der luxuriösen Fünfzimmerwohnung um, die Piet und sie vor acht Jahren im Düsseldorfer Stadtteil Pempelfort gekauft hatten. Streng genommen hatte Piet die Wohnung gekauft, aber er hatte ihr versichert, dass sie auch ihr zur Hälfte gehörte.

Okay, jetzt gehörte sie ihr ganz. Nach Piets Tod erbte sie nach dem Berliner Testament, das sie abgeschlossen hatten, sein Vermögen. Nach ihrem Tod bekäme dann Mira alles. Nächste Woche war schon die Testamentseröffnung.

Sie schüttelte müde den Kopf, ging ins Schlafzimmer, schaltete im Ankleidezimmer das Licht ein und zog sich bis auf die Unterwäsche aus. Mira war direkt nach der Heimkehr in ihrem Zimmer verschwunden. Ihre Tochter brauchte abwechselnd Nähe und Einsamkeit, und Stella musste gerade lernen zu akzeptieren, dass Mira vor allem nach einem anstrengenden Termin wie der Trauerfeier zuerst mal für sich sein wollte. Auch eine Siebenjährige konnte schon wissen, was sie brauchte. Ihre Tür stand für Mira immer offen, und das wusste sie.

Stella ließ ihre Kleidungsstücke auf dem Boden liegen, sie war zu müde, um sich darum zu kümmern. Sie schlüpfte in einen fliederfarbenen Lounge-Anzug und legte sich aufs Bett. Sie spürte, wie die Müdigkeit wieder übernahm, die in Momenten der größten Anspannung in ihrem Körper keinen Platz hatte.

Später wollte Georg noch mit Essen vorbeikommen. Wie so oft in den letzten Tagen. Er hatte ihr geholfen. Bei der Überführung von Piets Leichnam, bei der Planung der Trauerfeier, der Wahl eines Baums im Friedwald, bei *allem*. Und sei es nur, dass er geduldig neben ihr saß und wartete, bis sie bereit war, Entscheidungen zu treffen. Heute Abend wollte sie ihn bitten, sie und Mira zur Testamentseröffnung zu begleiten. Danach, dachte sie, konnte sie viele Dinge wieder allein in die Hand nehmen. Irgendwann musste sie sich auch wieder Arbeit suchen, aber nicht sofort. Piet hatte vorgesorgt, das hatte er ihr immer stolz erzählt. Geld würde nie ihr Problem sein. Wie erleichternd!

Sie griff nach ihrem Handy, das sie vorhin achtlos aufs Bett geworfen hatte. In den vergangenen Tagen waren unzählige Nachrichten von ihren Freundinnen eingegangen, sie hatte aber bisher auf keine reagieren können. Heute bei der Trauerfeier waren zumindest Lara und Cecile gewesen. Lara kannte Stella noch von früher, als sie beide studierten und in einer WG wohnten. Inzwischen hatte Lara ihre Arbeit als Hotelmanagerin aber aufgegeben, und nach einer Yoga-Ausbildung hatte sie jetzt einen Job auf einer Nordseeinsel angenommen. Sie wollte zur Ruhe kommen, sagte Lara. »Und das müsst ihr jetzt auch nach diesem Verlust«, fügte sie hinzu. »Melde dich, wenn du irgendwas brauchst. Und wenn ihr nach dem ganzen Scheiß hier Urlaub braucht, melde dich auch, dann kommt ihr für ein paar Tage auf die Insel. Versprochen? Ich verschwinde ja nicht aus deinem Leben, nur weil ich jetzt ein paar hundert Kilometer wegziehe.«

Stella hatte geschluckt. In den letzten Jahren hatten Lara und sie sich ein bisschen aus den Augen verloren; es lag wohl vor allem daran, dass sie sich in unterschiedlichen Kreisen bewegten. Stella war nach Miras Geburt ganz in den Kosmos aus Krabbelkursen, Rückbildung, Kitamüttern und Frauen von Piets Kollegen versunken, mit denen sie sich gut verstand, weil sie auf die eine oder andere Weise gemeinsame Themen hatten. Mit Miras Einschulung letzten Sommer hatte sie wieder neue Eltern kennengelernt, doch das war eben ganz anders als Laras Yogakurse, die vor allem von agilen Rentnerinnen, erfolgreichen Geschäftsleuten und kinderlosen Paaren aufgesucht wurden. Der Gedanke, Lara ihr Herz auszuschütten, war etwas befremdlich, nachdem sie so lange nicht viel miteinander zu tun gehabt hatten.

Cecile war eine dieser Krabbelkurs-Mütter, mit denen Stella sich auf Anhieb verstanden hatte. Sie ging auf jede Person so offen und herzlich zu, dass man gar nicht anders konnte, als sie zu mögen. Cecile hatte sich beim ersten Kursnachmittag neben Stella gesetzt. Damals war Mira vier Monate alt und Ceciles Sohn Tom fünf Monate. Während Tom auf seiner Krabbeldecke eifrig versuchte, sich zu drehen, war Mira knatschig und hatte so lange geningelt, bis Stella sie hochhob und anlegte. Mira schmatzte zufrieden, während Stella unsicher war, ob es überhaupt okay war, wenn Babys während der Krabbelgruppe gestillt wurden. Cecile hatte sie mitfühlend angelächelt. »Meine Älteste war beim ersten Krabbelkurs genauso«, erzählte sie, und damit war das Eis gebrochen. Während die Kursleiterin den interessierten Müttern – und dem etwas verloren wirkenden Vater, der offensichtlich noch weniger als Stella wusste, was er hier suchte – erklärte, wie sinnvoll ein Obstlutscher aus Silikon beim Beikoststart sein könne, beugte sich Cecile zu Stella. »Und nachher erklärt sie uns, wie schädlich Zucker ist. Aber Obstlutscher für den Beikoststart.« Sie zwinkerte Stella zu. »Ich habe das schon zweimal durch mit ihr.«

»Und wieso gehst du trotzdem her?«, erkundigte Stella sich ebenso leise.

»Man lernt tolle Eltern kennen. Nur deshalb.«

Stella lachte. Und so einfach war das. Cecile wurde ihre beste Freundin.

Die anderen Mütter, mit denen sie sich im Laufe der vergangenen Jahre angefreundet hatten, waren der Trauerfeier ferngeblieben, teils ohne Entschuldigung. Stella versuchte sich einzureden, dass es unwichtig war, wer *nicht* zu Piets Beisetzung kam; wichtig waren nur die, die kamen.

Auch Piets Familie war gekommen. Aber statt danach noch mit zu Stella und Mira zu kommen, hatte seine Mutter sich nach der Beisetzung beinahe überstürzt verabschiedet. Sein Bruder Sven hatte ihr die Hand gedrückt und etwas davon gemurmelt, man werde sich ja mal sehen. Danach waren sie weg, und was blieb, war eine unerklärliche Leere. Stella und Piet hatten keinen intensiven Kontakt mit seiner Familie gepflegt. Er sagte gelegentlich, sein Vater habe immer zu viel von ihm und seinem Bruder erwartet, weshalb Sven zum Studium ans andere Ende der Republik gezogen war und Piet den Kontakt aufs Nötigste beschränkte. Stella hatte gelegentlich eingewandt, es wäre doch schön, wenn Mira auch ihre Großeltern besser kennenlernte und nicht nur ihren Vater als Opa hatte. Aber da hatte Piet erstaunlich vehement abgeblockt.

Sie scrollte durch die Nachrichten ihrer Freundinnen. Anne, Sophia, Claire, Naemi, sie alle schrieben mitfühlend und fanden die richtigen Worte. Trotzdem konnte Stella sich nicht gegen das Gefühl wehren, dass es irgendwie distanziert klang. Sie legte das Smartphone neben sich auf die leere Bettseite und schloss die Augen.

Nackte Füße tappten über den Parkettboden. »Mama?«

»Komm her.« Sie breitete die Arme aus und Mira kroch zu ihr aufs Bett. Sie hatte die schwarze Kleidung ebenfalls ausgezogen und trug eine pinke Kuschelhose und einen lila Hoodie. Stella umfing sie mit den Armen. Mira seufzte.

»Ich weiß«, flüsterte Stella in Miras Haare. »Ich weiß ...«

Sie lagen eine Weile einfach still beisammen, bis Miras tiefe Atemzüge ihr verrieten, dass sie eingeschlafen war. Stella blieb noch einen Moment liegen. Sie fühlte sich leer. Leergeweint, leergegrübelt, leerorganisiert. So vieles war in den vergangenen zwei Wochen an ihr hängen geblieben und auf sie eingestürzt. So viele Menschen, mit denen sie sprechen musste. So viele Entscheidungen, die sie treffen sollte. So viele Gedanken, die weiterhin an ihr klebten und sich nicht so leicht abschütteln ließen.

Schließlich stand sie auf und ging in die Küche. Ihr Blick streifte das teure Ledersofa, die hochwertigen Kunstdrucke an den Wänden, die Möbel. Piet hatte eine Innenarchitektin mit der Wohnungseinrichtung beauftragt, weil er der Meinung war, Stella sollte sich deshalb nicht den Kopf zerbrechen müssen. Sie hatte danach tagelang mit der Innenarchitektin Kataloge gewälzt. Aber das Ergebnis liebte sie. Auf dem Weg in die Küche fiel ihr Blick auf das auf Leinwand gezogene Foto, das sie als einzige persönliche Einrichtung durchgesetzt hatte. Es war über ein Meter achtzig breit und im Querformat. Schwarzweiß. Das stürmische Meer brandete an den Strand. Stella blieb stehen.

Sie wusste noch, wie sie das Bild aufgehängt hatte und Piet ihr abends erklärte, er fände es scheußlich.

»Ich weiß, dass du es aufgenommen hast«, fuhr er rasch fort. »Aber deshalb muss ich es nicht zwingend mögen.«

»Dich stört daran ja nur, dass es das Meer zeigt«, erwiderte sie spitz.

»Stimmt leider.«

»Es erinnert mich an die vielen Urlaube mit meinem Vater«, verteidigte sie sich.

26

»Ich habe ja auch nicht gesagt, dass es da nicht hängen darf.« Er legte den Arm um sie und küsste sie auf die Schläfe. »Man erkennt, dass du einen Blick für das Schöne hast.«

»Was ist das mit dir und dem Meer?«, fragte sie nach ein paar Sekunden, in denen sie gemeinsam das Bild betrachteten.

»Nichts.« Sofort verschloss sich sein Gesicht und er machte sich von ihr los. Zukünftig hatte Stella versucht, das Thema zu vermeiden, denn es sorgte regelmäßig für schlechte Laune bei ihm. Irgendwas war da, aber sie wurde vom Leben abgelenkt und vergaß das Thema wieder. Bis jetzt.

»Was ist das mit dir und dem Meer, Piet?«, murmelte sie. Dann trat sie vor und versuchte, das Bild von der Wand zu nehmen. Aber es war zu sperrig, und sie musste den Versuch aufgeben. Georg musste ihr dabei helfen.

Wie bei allem.

Sie seufzte. In der Küche kochte sie einen besonders starken Kaffee und ging zurück ins Schlafzimmer. Sie wachte über Miras Schlaf und wartete auf Georg.

4

E rklärst du mir, warum wir das machen?« Georg ächzte, doch gemeinsam schafften sie es, das Bild abzuhängen.

»Piet hat es gehasst«, sagte Stella. Sie lehnten das Bild gegen die Wand.

»Ist Hass nicht etwas zu … groß für diese Abneigung gegen das Meer?« Georg runzelte die Stirn.

»Genau das habe ich auch immer gedacht.« Stella seufzte. »Ich habe sogar einmal versucht, ihn ans Meer zu locken. Gar nicht dorthin, wo es wild an den Strand donnert, nur ein paar Tage nach Greetsiel, schöne Spaziergänge auf dem Deich im Nebel, so was. Er ist die ganze Zeit im Hotel geblieben und hat sich *geweigert*, mit mir ans Meer zu gehen.« Stella schüttelte den Kopf. Auf einmal erinnerte sie sich wieder daran. Verrückt. Sie war gerade frisch schwanger gewesen mit Mira, die anfängliche Übelkeit war vorbei. In jedem Schwangerschaftsratgeber stand, das zweite Trimester sollte man für ein paar schöne Reisen nutzen, bevor das Baby kam. Sie hatte Piet damit überrascht, und er hatte so … ja, geradezu feindselig reagiert. Als wäre das Meer für ihn das Schlimmste. Zurück in Düsseldorf hatte er sich damit entschuldigt, er hätte zu viel um die Ohren, die Arbeit fresse ihn auf. Trotzdem hatte er sie zwei Wochen später mit einem Kurztrip nach Paris überrascht. Als kleine Wiedergutmachung, weil sie Greetsiel nicht hatten genießen können.

»Verstehe.« Georg sah allerdings so aus, als könnte er es absolut nicht verstehen. »Ich bringe es später in den Keller. Aber vorher sollten wir was essen. Wo ist Mira?«

»Sie schläft.«

»Ist vermutlich besser für sie.«

Stella sagte dazu nichts. Die letzten zwei Wochen hatten ihnen so viel abverlangt. Sie wusste nicht, wie Mira am Montag wieder ganz normal zur Schule gehen sollte. Sie ging in die Küche. Georg hatte auf dem Weg hierher bei einem Koreaner angehalten und das Abendessen mitgebracht. Es gab Dumplings, Bulgogi und ge-füllte Reistaschen. Stella starrte auf das reichhaltige Angebot. Sie verspürte wenig Hunger, aber Georg machte sich daran, für sie einen Teller mit ein paar Speisen zu befüllen. Sie goss Wasser in zwei Gläser und deckte den Tisch.

»Du isst ja nicht.« Georg aß mit Appetit, und sie starrte ihn an.

»Zwingen will ich mich nicht.«

Er nickte. »Wir müssen gleich noch was Wichtiges besprechen. Es wäre gut, wenn du da wenigstens ein bisschen im Magen hät-test.«

Widerstrebend griff sie zur Gabel und nahm einen Bissen. Es schmeckte bestimmt lecker, aber ihr Gehirn war so benebelt vom Schmerz, dass die Speisen sie überhaupt nicht berührten.

»Bitte, Stella.« Georg legte das Besteck neben den Teller und legte die Hand auf ihre. »Du musst auf dich aufpassen.«

»Aber das machst du doch schon.« Sie lächelte halbherzig, und er grinste.

»Ja, schon. Aber ich bin nicht immer hier. Ich habe auch noch einen Job, weißt du?«

Sie starrte seine Hand auf ihrer an. Es war merkwürdig. Einer-seits tat es ihr gut, wenn er sie berührte, zugleich war es zum Ausder-Haut-Fahren unangenehm. Georg bemerkte ihr Unbehagen und zog die Hand zurück.

Sie nickte stumm. Nach ein paar weiteren Bissen sagte sie leise: »Ich brauche auch einen Job. Oder?«

Georg musterte sie aufmerksam. »Vermutlich«, sagte er.

»Andererseits muss das ja nicht sofort sein«, fuhr sie fort. »Aber es könnte helfen. Also, nicht damit Geld reinkommt. Wir haben ja Geld. Piet hat immer was beiseitegelegt. Es gibt die Lebensversicherung. In seinem Arbeitszimmer habe ich einen Ordner gefunden, da sind viele Unterlagen. Aber bisher habe ich es nicht geschafft, mir alles anzusehen.«

Sie stocherte in dem Bulgogi herum.

»Soll ich mir die Sachen ansehen?«, schlug Georg vor.

Stella nickte, doch dann schüttelte sie entschieden den Kopf. »Das sollst du nicht. Ich muss das allein hinbekommen.«

»Du darfst dir aber immer gern Hilfe holen.« Auf einmal wirkte Georg seltsam angespannt. »Also, ich kann gern mit dir zusammen draufgucken. Und wenn dir etwas nicht klar ist …«

Sie legte den Kopf schief. »Weißt du, ich bin nicht so ein dummes Frauchen, das der Mann immer von allen finanziellen Entscheidungen fernhält und die nach seinem Tod merkt, dass sie mit leeren Händen dasteht. Wir haben über so etwas immer offen geredet.«

»Okay, okay. War nur ein Angebot.«

Sie lächelte leicht. »Angebot abgelehnt.«

Er nickte und nahm sich noch was von den Dumplings.

»Was war das Dringende, worüber du mit mir reden wolltest?«

»Ähm, ja.« Georg räusperte sich, er wischte mit der Papierserviette über den Mund und knüllte sie zusammen. »Wegen Piets Testament. Ich dachte …«

Sie spannte sich an. »Wir haben das geregelt«, erklärte sie. »Es gibt ein Berliner Testament. Ich bekomme die Wohnung und alle

Aktiendepots und Konten. Wenn ich eines fernen Tages sterbe, ist Mira die Alleinerbin.«

»Ja«, sagte er. »Aber …«

»Nichts aber«, fuhr sie ihn ärgerlich an. Glaubte er wirklich, sie *wüsste* nicht, was in dem Testament stand? Sie hatte es durchgelesen und sich von Piet erklären lassen. Sie war nicht begriffsstutzig!

»Ich wollte nur helfen.«

Sie schwiegen betreten. Stella nahm ein paar Bissen und sah an Georg vorbei. Sie wollte gar nicht streiten, aber sie hatte es satt, dass er bei ihnen herumhing und sich bei jeder Gelegenheit helfend aufdrängte. Sie merkte, dass sie Ruhe brauchte und fand sich zugleich ungerecht, weil sie sich nicht helfen ließ.

Später verabschiedete er sich. Stella räumte die Küche auf, stellte die Spülmaschine an und schaute nach Mira. Sie schlief immer noch. Behutsam zog Stella die Schlafzimmertür hinter sich zu und ging in Piets Büro. Im Schrank stand ein Ordner, der Rücken war mit »Lebensversicherung, Testament, Bank« beschriftet. Sie nahm ihn mit ins Wohnzimmer, holte aus der Küche ein Glas gekühlten Weißwein und setzte sich im Schneidersitz aufs Sofa, den Ordner auf dem Schoß. Sie nahm einen großen Schluck Wein, als müsste sie sich für Piets Vermächtnis wappnen. Dann schlug sie den Ordner auf. In einer Klarsichthülle ganz vorne befand sich das handgeschriebene Testament. Den Inhalt kannte sie. Und Piet hatte ihr versichert, es handschriftlich zu halten, würde genügen.

Sie öffnete den Umschlag und zog drei eng beschriebene Bögen heraus. Stella runzelte die Stirn. Seltsam. Das war nicht das Testament, das Piet und sie damals unterschrieben hatten, das erkannte sie auf den ersten Blick. Sie überflog die Seiten. Das Stirnrunzeln wurde stärker. Stella schüttelte den Kopf, fing noch mal von vorne an, doch die Worte verschwammen vor ihren Augen, als sie das Ausmaß dessen begriff, was sie da las.

Sie ließ die Blätter sinken. Schon die erste Seite hatte genügt, um ihr den Boden unter den Füßen wegzuziehen. Sie schaute auf die zweite und dritte, und die dritte war überschrieben mit »Testament«. Der Text bestand nur aus wenigen Zeilen. Stella spürte, wie ihr Herz raste. Wie ihre Hände schwitzig wurden. Wie schwer es ihr fiel, einen klaren Gedanken zu fassen. Das durfte nicht wahr sein! Was passierte hier gerade?

Sie griff nach dem Handy, doch sie wusste nicht, mit wem sie darüber sprechen konnte. Lara? Nein. Cecile? Auf keinen Fall. Piets Eltern? Bloß nicht. Zweifelhaft, ob sie Stella glauben würden.

Damit blieb nur noch eine Person.

Stella wählte die Nummer.

»Georg? Kannst du herkommen? Ich habe Piets Testament gelesen.«

»Ich komme sofort«, sagte er. Ohne Fragen zu stellen.

Sie legte auf und fing an zu weinen.

KAPITEL

5

Kannst du mir das erklären?«, fragte Stella, nachdem Georg die drei Seiten gelesen hatte.

Er legte die Blätter auf den Couchtisch zwischen ihnen. Mira, die in der Zwischenzeit aufgewacht war, saß neben Stella auf dem Sofa, eingemuckelt unter einer Wolldecke. Sie wollte sich keinen Millimeter von Stellas Seite wegbewegen, weshalb Stella ihr einmal mehr erlaubt hatte, mit Kopfhörern ihre Lieblingsserie auf dem Tablet zu schauen. Dies war nicht der richtige Zeitpunkt für eine strikte Reglementierung der Bildschirmzeit, hatte Stella beschlossen.

»Hast du davon gewusst?«

Georg wollte erst den Kopf schütteln. Doch dann nickte er zögernd. »Nicht in dem Ausmaß. Eher geahnt als gewusst.«

Stella schloss die Augen. Jeder Atemzug war eine Qual, als hätte sie selbst das verlernt. Als hätte ihr dieses Testament jede Gewissheit genommen. »Dann stimmt es?«

»Ja, Stella. Ich fürchte, es stimmt.«

Sie ließ die Augen geschlossen. Piets Worte aus dem Brief hallten in ihr wieder; sie hatte die Zeilen nur einmal gelesen, trotzdem hatten sie sich ihr eingebrannt.

Es tut mir leid, Stella. Ich habe uns da in etwas reingeritten
und weiß nicht, wie ich es dir sagen soll …
Unser Leben war eine Lüge. Alles daran. Die Luxus-Woh-
nung, die teuren Autos – nichts davon hat uns gehört.
Ich habe immer gedacht, ich bekomme das hin. Ich könnte dir
und Mira das bieten, was ihr verdient. Aber ich bin geschei-
tert.
Das Geld ist weg. Schlimmer: Ich habe Schulden. Viele
Schulden.
Darum kann ich dir nur eines raten: Schlag das Erbe aus.
Mira soll es auch ausschlagen.
Es tut mir so leid, dass ich euch im Stich gelassen habe.

Es ging noch über zwei Seiten weiter. Piet versuchte zu erklären, was genau ihn trotz seines Top-Jobs in den Ruin getrieben hatte. Stella wurde aus den Worten nicht schlau. Am meisten ärgerte sie der letzte Absatz.

Georg wird dir alles erklären. Ich liebe euch. Piet

Wie einfach er es sich machte! Stella wusste nicht, was sie mehr ärgerte: dass Piet sich offensichtlich aus dem Leben davongestohlen hatte, als er sein Versagen nicht länger ertrug oder dass er es auf ihren besten Freund schob, ihr die genauen Gründe zu erklären. Weil das nämlich bedeutete, dass Piet sie nicht nur jahrelang angelogen hatte, sondern auch, dass Georg die ganze Zeit Mitwisser gewesen war.

Sie wollte Antworten. Aber doch nicht so! Nicht, dass der eine Mann die Beweggründe des anderen Mannes erklärte, nachdem er … ja, was? Sie konnte den Gedanken nicht zu Ende bringen.

Die Polizei hatte von einem Alleinunfall gesprochen. Aus bisher ungeklärter Ursache sei der Wagen von der Fahrbahn abgekommen, habe die Leitplanke durchbrochen und sei den Abhang hinabgestürzt. Als hätte Piet ihn mit Absicht … Stella stand auf. Mira blickte nur kurz auf, bevor sie wieder auf den Bildschirm starrte.

»Stella?« Georg beobachtete sie. Wenigstens fragte er nicht, ob alles okay sei, denn wie sollte *alles okay* sein, wenn sie gerade erfahren hatte, dass ihr Mann sie all die Jahre hintergangen hatte? Dass er Suizid begangen hatte, weil seine Situation ihm so aussichtslos erschienen war, dass er keinen anderen Ausweg sah? Er hatte sein Leben beendet. Einfach so. Statt mit ihr zu *reden*.

Sie versuchte zu atmen, doch es kam nur ein Keuchen dabei heraus, die Kehle war ihr zugeschnürt. Georg sprang auf. »Atme«, befahl er. Als würde sie das nicht die ganze Zeit versuchen!

»Okay, Stella. Du hast eine Panikattacke. Hörst du mich?« Sie schaffte es zu nicken. Ihre Hände suchten Georgs. Es fühlte sich gut an, irgendwie real, als würde er sie in die Wirklichkeit zurückziehen. Obwohl sie das nicht wollte. Es gab für sie gerade keinen schlimmeren Ort. Sie wollte nicht hier sein. Nicht mit ihm darüber reden müssen. Alles in ihr wehrte sich.

Das konnte einfach nicht stimmen. Piet und sie waren immer das Vorzeigepaar gewesen, ihre Ehe so harmonisch, dass es fast schon beängstigend war. Selbst wenn es Konflikte gab, hatten sie diese erwachsen ausdiskutiert und eine Lösung gefunden. Das sollte alles nur Theater gewesen sein? Er hatte sie all die Jahre hintergangen? Nein. Das konnte sie einfach nicht glauben.

Sie beugte sich vor. Wie aus großer Ferne drang Georgs Stimme zu ihr durch. Er zählte für sie, damit sie sich auf ihre Atmung konzentrieren konnte. Sie folgte seinen Zahlen, einatmen, Atem anhalten, ausatmen, vier, sieben, acht. Der Schwindel ließ nach, das Herz beruhigte sich.

»Mama?«

Mira streifte den Kopfhörer ab und rutschte vom Sofa.

»Mama, was hast du?«

»Nichts«, log Stella. »Mir war nur gerade schwindelig.« Sie lächelte und umarmte ihre Tochter. Das ist alles, was von uns bleibt, dachte sie überrascht. Mira und ich. Wir werden uns irgendwie allein durchschlagen müssen. Ohne dich. Ohne deine Schulden. Aber auch ohne die Sicherheit, die ich bisher voller Hoffnung als gegeben hingenommen habe.

Mira löste sich aus Stellas Umarmung. Sie schien überzeugt, dass es Stella wieder gut ging und kroch zurück in die Sofaecke, um ihre Serie weiterzuschauen.

»Lass uns in die Küche gehen.« Es war kein Vorschlag. Georg folgte ihr widerspruchslos. Wenigstens sah er zerknirscht aus. Das sollte er auch. Sie war auf ihn mindestens so wütend wie auf Piet.

»Wieso hast du mir nie etwas davon gesagt?« Sobald sie die Tür hinter sich geschlossen hatte, fuhr Stella zu ihm herum. »Was hast du dir nur dabei gedacht?«

»Ich weiß es nicht«, räumte Georg ein. Er hob in einer hilflosen Geste beide Hände. »Ich habe wohl gedacht …«

»Nein«, erwiderte sie hart. »Das klingt für mich nicht, als hättest du auch nur einen Gedanken daran verschwendet, was dieses Durcheinander für Mira und mich bedeutet. Wie soll ich ihr das erklären?« Sie fuhr sich mit beiden Händen übers Gesicht. Himmel, ihr war jetzt mindestens nach einem richtig starken Schnaps. Sie drehte sich im Kreis. Die Hausbar war im Wohnzimmer. Auf keinen Fall würde sie in ihrem aufgeregten Zustand dort reingehen und sich einen Obstbrand holen, nur um diese Unruhe zu besänftigen, die nach der Panikattacke nun offenbar in ihrem ganzen Körper kribbelte.

Sie öffnete den Kühlschrank. Die offene Weinflasche stand in der Tür, ihre Rettung. Während sie Wein in ein Wasserglas goss, stand Georg auf der anderen Seite der Kücheninsel und suchte nach den passenden Worten.

»Ich habe keine Ahnung«, sagte er schließlich.

Stella trank zwei große Schlucke Wein. Sie legte den Kopf in den Nacken und versuchte, ihre Gedanken zu ordnen.

»Seit wann hast du davon gewusst?«, erkundigte sie sich.

»Du meinst, dass es ihm schlecht ging?«

Sie nickte knapp.

»Er hat schon immer ... gekämpft.«

Stella legte die Stirn an das kühle Weißweinglas. Was war das mit den Männern, dass sie immer glaubten, sie müssten alles selbst schaffen? Gerade wenn es um ihre mentale Gesundheit ging. Niemand musste alles allein schaffen. Jeder durfte sich helfen lassen.

»Wie meinst du das?« Der Sturm in ihrem Innern hatte sich schlagartig beruhigt. Sie war jetzt wieder fokussiert und konzentrierte sich auf Georgs Worte.

»Seine Eltern ... Du kennst sie, nicht wahr? Sie haben immer hohe Ansprüche an ihn und seinen Bruder gestellt. Sie sollten beide bei allem, was sie anfingen, die Besten werden. Sei's Sport, Schule, später der Beruf ... Immer ging es nur darum, dass sie glänzten und alle anderen übertrafen. Für Sven kein Problem. Piet aber musste sich dann immer mit dem älteren Bruder messen, und er hatte ständig das Gefühl, nicht zu genügen.«

Stella nickte ungeduldig. Das wusste sie alles. Es war auch der Grund, weshalb Piet den Kontakt mit seinen Eltern auf ein Minimum beschränkte. Miras Geburtstag und Weihnachten waren die einzigen Gelegenheiten im Jahr, zu denen Piet seine Eltern einlud, und für ihn musste dann alles perfekt sein. Sie hatte anfangs darüber geschmunzelt – bis seine Mutter sie am ersten Weihnachtsfest fragte, ob sie denn ernsthaft noch stillen müsste, Mira sei doch schon sieben Monate alt, und ob es eventuell an Stellas fehlendem Ehrgeiz liegen könnte, dass Mira noch nicht krabbelte, sondern sich nur zufrieden glucksend über die Krabbeldecke rollte, die übrigens einen Fleck hatte.

Da hatte sie so ganz langsam begriffen, warum Piet sich immer dagegen ausgesprochen hatte, seine Eltern mehr als unbedingt nötig in ihr Leben zu lassen. Und sie hatte anschließend alles unternommen, um seinen Perfektionismus zu unterstützen.

Vielleicht war das ein Fehler gewesen.

»Aber für mich war er doch genug ...«, murmelte sie bedrückt.

»Für dich und Mira wollte er alles richtig machen.« Georg nickte. Er zog die Weinflasche zu sich rüber, in der nur noch eine Pfütze war. »Haben wir noch mehr davon?«

Stella zeigte auf den Weinkühlschrank hinter der Küchentür. Georg suchte einen Rosé aus und holte sich ebenfalls ein Wasserglas. Sie stießen miteinander an, Stella gönnte sich den Rest aus der Weißweinflasche.

»Er hat alles richtig gemacht ...«

»Vordergründig.« Er nickte mitfühlend.

»Ich dachte, er hat gut verdient. Mehr als das.« Sie dachte an die vielen Überstunden, an die Geschäftsreisen über mehrere Tage, an die Wochenenden, die er fast komplett im Büro verbrachte, um »ein paar Dinge wegzuarbeiten«, wie er es nannte. War das alles auch nur eine große Lüge gewesen?

»Soweit ich weiß, hat er das. Aber der Druck, die hohen Anforderungen ... Er musste sich irgendwie entlasten. Darum fing er an zu spielen.«

Stella knibbelte gedankenverloren am Weinetikett, während sie Georg zuhörte. Sie versuchte, seine Schilderung über Casinobesuche, Online-Glücksspiel, über hohe Geldsummen, die Piet einfach durch die Finger rannen, kaum dass er sie auf dem Konto hatte, mit dem liebevollen und aufmerksamen Ehemann und Vater in Einklang zu bringen.

»Er hat die Wohnung verkauft und konnte immerhin aushandeln, dass ihr noch bis Ende dieses Jahrs drin wohnen bleibt.«

»Aber die Wohnung gehörte uns beiden!«, protestierte Stella. Sie konnte es nicht glauben. Ihr ganzes Leben stürzte gerade wie ein Kartenhaus ein. Nicht mal die Wohnung blieb ihnen? Wie schlimm war es?

Georg bedachte sie mit einem beinahe bedauernden Blick. »Stehst du im Grundbuch?«

»Nein, aber …«

»Dann gehört sie dir nicht. Er hat sie verkauft, als er die Hypotheken nicht mehr bedienen konnte. Es wurde in den letzten Monaten immer schlimmer. Er hat kaum mehr geschlafen. Ständig sagte er mir, er müsse damit aufhören. Und dann rief er mich an und sagte …«

»Moment«, unterbrach Stella ihn. Jetzt erst begriff sie das ganze Ausmaß. »Er hat *dich* die ganze Zeit ins Vertrauen gezogen?«

»Stella, versteh doch …«

Georg sah unglücklich aus. Er umrundete die Kücheninsel und versuchte, die Hand auf ihre Schulter zu legen, doch Stella machte sich mit einer ungeduldigen Bewegung von ihm los und wich einen Schritt zurück. »Ich verstehe gar nichts«, erwiderte sie kühl. »Nur dass mein Ehemann offenbar dir mehr vertraut hat als mir. Dass er dachte, ich will ihn wegen dem hier.« Mit einer Handbewegung umfasste sie die Wohnung mit dem Weinkühlschrank, den fünf Zimmern und all dem Luxus, an den sie sich in den letzten Jahren tatsächlich gewöhnt hatte. »Du warst immer auch mein Freund. Spätestens als er die Wohnung verkauft hat, hättest du mir sagen können, was da lief. Nein.« Sie schüttelte den Kopf. »Du hättest es mir sagen *müssen*.«

»Es tut mir leid«, sagte Georg. »Ich dachte …«

»Spar dir deine Entschuldigungen«, fauchte sie. »Das alles ist seine Schuld, aber tu jetzt nicht so, als wärst du gänzlich unschuldig. Du hast geahnt, dass es ihm irgendwann um die Ohren fliegen wird.«

»Ich dachte, wir haben noch Zeit«, sagte er leise. »Immer wieder habe ich ihm gesagt, er müsse mit dir reden. Das wollte er nicht. Und dann hat er mir gesagt, er werde es dir in eurem Urlaub sagen. Ein letztes Mal Luxus im Schnee.« Georg machte eine Pause. Stella ging zum Weinkühlschrank und holte noch eine Flasche Weißwein heraus. Einen von den teuren. War ja jetzt auch egal.

»Ich vermisse ihn genauso sehr wie du, Stella. Als ich den Anruf bekam, dass er gestorben sei … Ich wusste sofort, dass es kein Unfall war. Seitdem mache ich mir Vorwürfe. Ich hätte ihm helfen müssen. Es war falsch von mir, einfach danebenzustehen und nichts zu tun.«

Sie hieb mit der flachen Hand auf die Kücheninsel. Der Schmerz schoss bis in ihre Schulter. »Hör auf!«, rief sie. »Glaubst du, wenn du dich in deinem Elend suhlst, macht es das auch nur einen Deut besser für mich? Er ist tot! Du hättest das verhindern können, und du hast nichts getan! Es ist mir egal, wie es dir damit jetzt geht, denn ich bin diejenige, die diesen Scheiß ausbaden muss! Ich muss Mira erklären, dass sie nicht nur ihren Papa verloren hat, sondern dass wir auch die Wohnung verlieren.« Stella schluchzte auf. »Geh jetzt. Verschwinde.«

»Stella …«

»Nein!«, rief sie. »Hau ab. Du hast kein Recht darauf, dich hier in deinem Selbstmitleid zu baden. Ich werde dir keine Absolution erteilen. Du hast hier nichts zu suchen. Mira und ich schaffen das auch, ohne dass ein Mann uns erklärt, wie's geht.«

Georg sah sie schweigend an.

»Geh endlich«, fuhr sie ihn an. »Ich will dich nicht mehr hier sehen, verstanden?« Jetzt war es nicht länger die Trauer, die sie antrieb, sondern vor allem die Wut. Wie hatte sie all die Jahre nur so dumm sein können? Warum hatte sie ausgerechnet Georg angerufen, damit er mit ihr Piets Unterlagen durchging? Nachdem

Piet in seinem Abschiedsbrief schrieb, Georg könnte ihr alles erklären, hätte ihr doch klar sein müssen, dass er nicht auf ihrer Seite stand.

Sie fühlte sich verraten. Vor allem von Piet, aber auch von Georg.

Er stellte das Wasserglas in die Spüle. »Ich werde immer für dich da sein, Stella«, sagte er mit gesenktem Kopf. »Ein Anruf von dir genügt. Eine Nachricht, irgendwas. Aber ich verstehe, wenn du mich im Moment hasst. Ich verstehe das.« Er nickte bekräftigend. »Ich fühle mich von Piet genauso verraten wie du.«

Er verließ die Küche. Sie hörte, wie er sich von Mira verabschiedete. Stella goss Rosé auf den Weißen, sie trank wie eine Verdurstende, obwohl sie davon morgen vermutlich Kopfschmerzen bekommen würde. Was soll's, dachte sie müde. Ab übermorgen konnte sie dann vielleicht nach vorne sehen und sich um die Dinge kümmern, die eine verantwortungsvolle erwachsene Person eben tat, um ihre Zukunft zu sichern.

Aus dem Internet wusste sie, dass man ein Erbe beim Amtsgericht ausschlagen konnte. Deshalb fuhr sie am Montagmorgen, nachdem sie Mira mit vielen Umarmungen und Küssen vor der Schule verabschiedet hatte, zum Amtsgericht Düsseldorf. Dort fragte sie sich zum Nachlassgericht durch und setzte sich auf einen Besuchsstuhl vor dem Raum. Als eine junge Richterin sie aufrief, folgte Stella ihr in das zweckmäßig eingerichtete Büro, brachte ihr Anliegen vor, legte ihren Personalausweis vor, dazu Miras Geburtsurkunde. Sie konnte als gesetzliche Vertreterin auch für ihre Tochter das Erbe ausschlagen. Die Richterin erklärte ihr, welche Konsequenz sich aus der Erbausschlagung ergab, druckte ein Formular aus, das Stella unterschrieb. Sie bekam die Kopie ausgehändigt und steckte diese achtlos in ihre Handtasche.

Als sie wieder auf der Straße stand, spürte sie nichts. Sie hatte gedacht, es würde Erleichterung bedeuten, wenn sie das Damoklesschwert der knapp sechsstelligen Schulden abwendete, das während des Wochenendes über ihr geschwebt hatte. Aber da war nichts. Nur Leere.

»Scheiß drauf«, murmelte sie. Jetzt musste sie nur noch irgendwie wieder anfangen zu leben.

Als wäre das so einfach.

6

Es hieß immer, das erste Jahr der Trauer sei das schwerste. Doch das war eine Lüge. Zumindest empfand Stella es so.

Im ersten Jahr ging es ums Funktionieren. Darum, irgendwie den Kopf über Wasser zu halten, und wenn das schon nicht gelang, dann wenigstens die Nase, damit man zwischendurch mal Luft schnappen konnte.

Sie hatte alles irgendwie ausgehalten. Dass sie aus der Wohnung raus mussten. Dass zwei Wochen nach der Trauerfeier Piets Eltern anriefen und sie ganz entgeistert fragten, warum *sie* denn jetzt alles erbten, ob Stella wüsste, wie viel Vermögen sie damit wegwarf, nicht nur für sich selbst, sondern auch für Mira? Behutsam hatte Stella versucht, ihnen zu erklären, warum auch sie das Erbe ausschlagen sollten. Sie glaubten ihr kein Wort, und Stella knallte schließlich den Hörer auf, nicht ohne ihnen noch ein »dann erbt doch seine scheiß Schulden!« vor den Latz zu knallen. Das fühlte sich erstaunlich gut an, aber danach fühlte sie sich ganz klein und müde. Sie hätte es gern anders gelöst, statt sich um jeden Preis von Menschen abgrenzen zu müssen, die ihr nicht gut taten. Sie waren immer noch Miras Großeltern. Aber Stella fehlte die Kraft, auf Piets Eltern zuzugehen nach allem, was passiert war. Nachdem sie eine Nacht drüber geschlafen hatte und ihr Zorn verraucht war, schrieb sie Sven eine Nachricht, er möge bitte mit seinen Eltern reden, damit sie das Erbe ausschlugen.

Zu ihrer Überraschung rief Piets Bruder sie am Abend an. »Lass uns darüber reden«, sagte er ganz ruhig, und sie erzählte ihm alles, was sie wusste. Was sie erst nach Piets Tod erfahren hatte.

»Ich hatte ja keine Ahnung.« Er klang ehrlich betroffen.

»Ich auch nicht.« Sie lachte zittrig.

»So meine ich das nicht. Mir tut es leid, dass er so unaufrichtig war.«

»Das klingt vielleicht komisch, aber manchmal frage ich mich, wo er überhaupt ehrlich zu mir war. Dass er zum Beispiel behauptet hat, er hasst das Meer ... Vielleicht ging's da nur darum, dass er lieber was anderes macht.«

»Du warst mit ihm am Meer?« Sven klang überrascht.

»Schon Jahre her.« Sie erzählte ihm von dem missglückten Kurztrip.

»Er hat es tatsächlich gehasst. Unser Vater ...« Sie merkte, wie Svens Stimme sich veränderte. »Du weißt, wie unsere Eltern sind. Immer schon waren. Sie haben viel von uns verlangt. Mehr als wir konnten manchmal. Früher sind wir auch ans Meer gefahren. Und Piet konnte damals noch nicht schwimmen. Er war vier oder fünf. Unser Vater war unerbittlich. Jeden Tag mussten wir an den Strand, dort hat er uns dann ins eiskalte Meer gejagt. Piet hat die ganze Zeit geheult, aber unser Vater war gnadenlos. Einmal hat er ihn gepackt und in die Nordsee geworfen. Also ja, ich kann verstehen, dass er bis heute ein Problem mit dem Meer hat.«

Sie blieben beide stumm. Stella musste daran denken, wie sie einst mit ihrem Vater all die Sommerwochen am Meer verbracht hatte. Wie viel ihr das immer gegeben hatte. Sie versuchte, Verständnis zu zeigen, aber das war aufgebraucht.

»So war das.« Sven räusperte sich.

Sie sprachen noch knapp eine halbe Stunde miteinander. Sven fand die richtigen Worte, um sie zu trösten und versprach, sich noch einmal eindringlich an seine Eltern zu wenden.

Stella bekam allmählich das Gefühl, nach Piets Tod und der Sache mit seinem Erbe könne sie nichts mehr wirklich schockieren. In den folgenden Monaten suchte sie nach einer neuen Wohnung, verkaufte derweil schon einiges Mobiliar, obwohl sie das streng genommen nicht durfte – Piet hatte all die teuren Geräte angeschafft. Aber niemand würde danach fragen, oder? Also nutzte sie das Geld, um ihr eigenes Konto ein wenig aufzufüllen. Die Lebensversicherung machte Stress, es gebe da angeblich noch Probleme und viele Fragen zu klären. Sie schrieb immer wieder Briefe, bekam immer wieder unbefriedigende Antworten – und ließ das Thema irgendwann ruhen, zu erschöpft davon, ständig kämpfen zu müssen.

Das Schwierigste an all dem blieb die Suche nach einer neuen Wohnung, denn Stella wollte Mira auf keinen Fall aus der Grundschule nehmen, und allzu große Wegstrecken dorthin konnte sie noch nicht mit der Straßenbahn oder U-Bahn allein bewältigen. Und irgendwann musste Stella wieder anfangen zu arbeiten – besser heute als morgen – weil ihre Ersparnisse nicht ewig reichen würden.

Mit viel Glück fanden sie schließlich in einer Seitenstraße der Nordstraße eine kleine Dreizimmerwohnung – ohne Balkon, im zweiten Obergeschoss, ziemlich abgewohnter Altbau. Aber es war ein Dach über dem Kopf, vielleicht auch nur für den Übergang. Sie zogen im Oktober ein, verkauften die restlichen Möbel, die sie nicht brauchten, übergaben die alte Wohnung an die neuen Eigentümer und versuchten, nach vorne zu blicken.

Mira fiel das leicht. Sie liebte die neue Wohnung, weil ihr Zimmer so heimelig war. Sie bekam ein neues Hochbett, das Stella über ein Kleinanzeigenportal ergattert hatte – wie auch ungefähr neunzig Prozent der anderen neuen Möbel, denn die alten passten nicht in die Zimmer. In dieser Zeit half ihr Vater ihnen oft. Mit einem geliehenen Bulli kurvten sie durchs halbe Rheinland und suchten zusammen, was Stella und Mira für den Neuanfang benötigten: Ein Sofa, ein Couchtisch, Bücherregale, ein Bett für Mira, ein Bett für Stella, ein Kleiderschrank. Die Küche war schon drin, das sparte eine Menge Geld. Trotzdem war viel zu tun, und als sie in den Herbstferien umzogen, war das Erste, was sie unbedingt erledigen mussten, ein Ausflug ins Möbelhaus, um viele Kissen, fehlende Teppiche und dergleichen zu besorgen.

Beschäftigt sein. Das lenkte gut ab. Denn abends, sobald Mira schlief, setzte sich in Stellas Kopf das Gedankenkarussell in Bewegung. Dann grübelte sie. Ihre Überlegungen gingen immer auf denselben ausgetretenen Pfaden auf Wanderschaft.

Hätte sie irgendwas verhindern können? Was hatte sie übersehen? Hätte sie all die Jahre nicht irgendwas bemerken *müssen*? Niemand konnte ihr darauf eine Antwort geben. In einer beängstigenden Regelmäßigkeit kehrte sie zu den Chats mit Piet zurück und suchte in jedem seiner Worte nach Hinweisen darauf, was er ihr all die Jahre verschwiegen hatte. Irgendwann hatte sie das Gefühl, überhaupt nicht mehr zu wissen, was stimmte. Sie archivierte den Chat und versuchte, nach vorne zu blicken.

Zu Weihnachten waren Mira und sie bei ihrem Vater in Haltern am See, wo er ein wunderschönes, kleines Haus bewohnte. Im Garten hielt er mehrere Meerschweinchen, die zufrieden fiepten, wenn man sie mit Paprika und Salat fütterte. Stella liebte Weihnachten bei ihrem Vater. Das merkte sie jetzt erst, nachdem sie sich in den vergangenen Jahren Weihnachten mehr oder weniger zwischen den Familien aufgeteilt hatten.

Sie fuhren am Freitag vor Heiligabend direkt nach Unterrichtsschluss los. Stella hatte sich einen gebrauchten Fiat 500 gekauft, und während der Fahrt sangen Mira und sie Songs von Taylor

Swift und Ava Maxx mit, bummelten über die Autobahn und lächelten sich immer wieder im Rückspiegel an. Im Kofferraum hatte sie die Geschenke für Mira versteckt, und sie wusste, dass ihr Vater für Mira eine ganz besondere Überraschung vorbereitet hatte. Seit Piets Tod waren zehn Monate vergangen.

»Schön, dass ihr da seid.« Fünf Worte zur Begrüßung, eine Umarmung ihres großen Papas, und Stella fühlte sich wieder wie damals, als der Tod ihrer Mutter ihr von einem Tag auf den anderen den Boden weggezogen hatte. Danach war nichts mehr wie davor. Sie schluckte die Tränen runter, ihr Vater hob Mira hoch und beklagte sich, wie groß sie schon geworden war. Mira sauste ins Haus, und sie hörten ihre entzückten Rufe, weil der Baum bereits im Wohnzimmer stand.

»Geschmückt habe ich noch nicht«, sagte Stellas Vater leise. »Das haben wir doch immer zusammen gemacht. Früher.«

Er legte ihr den Arm um die Schultern. »Wie geht es dir?«

Stella zuckte mit den Schultern. »Keine Ahnung«, gab sie zu. »Wird nicht einfacher.«

»Das stimmt.« Er sah gedankenverloren an ihr vorbei. »Als deine Mutter starb, gab's Tage, an denen ich dachte, dass wir nie mehr fröhlich sind. Aber dann bin ich mit dir ans Meer gefahren, und da war alles gut.«

»Am Meer hast du nicht so gegrübelt.« Stella stupste ihn an. »Das habe ich gemerkt.«

»Hm«, machte er. »Vielleicht bedingte das eine das andere. Wenn du am Meer langgelaufen bist und mit der Einmalkamera die ganzen Krebse und Muscheln geknipst hast, hatte ich mal ne halbe Stunde Ruhe.« Er zwinkerte. »Ist nicht leicht, wenn man keine Pause vom Elternsein hast. Aber wem sag ich das.«

Stella erinnerte sich allzu gut an die Urlaube am Meer. Ihr Vater hatte ihr so eine günstige Einmalkamera in die Hand gedrückt, mit der sie auf Motivjagd gehen konnte. Nach der Heimkehr hatten sie die Fotos entwickeln lassen und klebten sie in ein Album. Damals war Stellas Liebe zum Meer und zur Fotografie erwacht, und beides hatte ihr Vater in den folgenden Jahren immer unterstützt.

»Irgendwann wird's leichter.« Er schien noch etwas sagen zu wollen, doch Mira kam wieder angehüpft und zog ihren Opa an der Hand hinter sich ins Haus. Sie wollte jetzt sofort den Weihnachtsbaum schmücken, keine Widerrede. Stellas Vater lachte und folgte ihr ins Haus, während Stella begann, das Auto auszuladen.

Als sie das dritte Mal an der Haustür vorbeikam, bemerkte sie das Türschild, das dort seit über 25 Jahren hing. Es war die Sonderanfertigung einer Keramikerin. Auf dem ovalen Schild waren drei Personen abgebildet, darunter stand »Hier wohnen Stella, Miriam & Hans-Peter Kruse«. Eine kleine, perfekte Familie. Stellas Herz zog sich zusammen. Sie hatte nie verstanden, wieso ihr Vater das Schild nach dem Tod ihrer Mutter nicht ausgetauscht hatte.

Vielleicht verstand sie es inzwischen besser. Piet war immer noch Teil der Familie, daran änderte auch sein Tod nichts.

Sie machten es sich schön. Hans-Peter hatte für Heiligabend Kartoffelsalat und Würstchen gemacht, und Stella war für das Menü am ersten Feiertag zuständig. Sie kochte Rouladen mit Rosenkohl und Kroketten. Mira lungerte in der Küche herum und war unausstehlich; sie erinnerte Stella daran, dass sie sonst am ersten Feiertag mit den Großeltern in ein Sterne-Restaurant gingen. »Können wir das nicht auch machen?«

»Ach, Süße.« Stella setzte sich zu Mira auf die Eckbank. »Das könnten wir vielleicht, aber ganz ehrlich? Wir brauchen unsere eigenen Traditionen. Oma und Opa Schmitz haben im Moment entschieden, dass sie nicht zu unserem Leben gehören wollen.« Sie schluckte. Es fiel ihr schwer, Piets Eltern gegenüber fair zu bleiben. Seit der Auseinandersetzung um die Erbausschlagung hatte sie nichts mehr von seiner Familie gehört. Gelegentlich hatte sie ihnen eine Nachricht geschickt, doch darauf war nie eine Reaktion gekommen. Zu Miras Geburtstag im Mai kam weder ein Anruf noch irgendein anderes Lebenszeichen. Auch als Stella Anfang Dezember eine SMS schrieb und fragte, wie sie sich Weihnachten vorstellten, war Schweigen die Antwort. Und jedes Mal, wenn sie versuchte, Piets Eltern anzurufen, erreichte sie niemanden.

Vielleicht hatten sie Stella blockiert. Oder *wollten* nicht reagieren, weil für sie Stella unmittelbar mit Piets Scheitern verknüpft war. Vielleicht konnten sie sich noch nicht eingestehen, welche Fehler Piet gemacht hatte, um ihnen stets den perfekten Sohn vorzuspielen. Niemand musste für seine Eltern perfekt sein.

Stella wollte es anders machen. Niemals sollte Mira das Gefühl haben, ihr irgendwas beweisen zu müssen.

»Ich vermisse Papa«, sagte Mira leise.

Stella zog sie in die Arme. »Ich auch«, flüsterte sie. »Aber wir schaffen das zusammen, ja? Versprochen.«

Mira nickte. Sie schniefte an Stellas Schulter, und Stella gab ihr alle Zeit der Welt, während die Rouladen schmurgelten und der Rosenkohl geschält werden musste. Das konnte alles warten, wenn die Trauer gerade ihren Platz einforderte.

»Hilfst du mir beim Kochen?«, fragte Stella nach etwa zehn Minuten leise. Sie wusste, wie gern Mira in der Küche werkelte. »Wenn wir schnell fertig werden, können wir auch noch ein paar Plätzchen backen.«

»Okay.« Mira wischte sich die Tränen aus dem Gesicht. »Aber ich will mit Opa auch noch den Baum schmücken.«

»Das machen wir morgen früh. Immer erst an Heiligabend.« Stella drückte Mira noch einmal. Dann machten sie sich an die Arbeit, und für den Rest des Tags war die Stimmung gelöst, beinahe heiter. Als Opa Hans-Peter mit einem roten Glitzerelch durchs Wohnzimmer hoppelte, den er bei einem Garagenverkauf in der Nachbarschaft erstanden hatte – für zwei Euro, ein unschlagbares Angebot, wie er fand –, kicherten Mira und Stella so ausgelassen, dass sie sich auf dem Sofa kugelten, während im Ofen die Kokosmakronen buken. Später gab's als Abendessen Brote und ein paar Plätzchen, und als Mira sich in Stellas altes Kinderbett kuschelte, wirkte sie glücklich wie schon lange nicht mehr.

»Du machst das gut«, sagte Stellas Vater, als sie zurück ins Wohnzimmer kam. »Soll ich uns was zu trinken machen?«

»Für mich keinen Alkohol.«

Ihr Vater brummte, verschwand in der Küche und kam mit zwei Gin Tonic wieder, die er mit Rosmarin und Gurke bestückt hatte. »Ist alkoholfreier«, sagte er. »Ich vertrage auch nicht mehr so viel.«

Sie lächelte dankbar. »Ich weiß nicht, ob ich es gut mache«, sagte sie, um den Gesprächsfaden von vorhin wieder aufzunehmen. »Ich war noch nie in der Situation.«

»Du hast viel geschafft.«

»Ja, aber reicht das? Mira fragt immer wieder nach Piets Familie. Ich kann nicht ändern, wie sie sich verhalten. Aber hätte ich anders reagieren können, als sie mich damals angerufen haben?« Neben ihren Freundinnen Lara und Cecile war es in Stellas Leben still geworden. Die anderen Freundinnen hatten wenig Verständnis dafür gezeigt, dass Stella ihr Leben in Ordnung bringen musste, bevor sie nach vorne schaute. Sophia hatte ihr als Akt der Rebellion vorgeschlagen, einfach nicht aus der Wohnung auszuziehen. »Soll dich der neue Eigentümer doch rausklagen!«, hatte sie gescherzt. Als Stella sie daran erinnerte, dass so eine Klage auch für sie Geld kostete – das sie im Moment schlicht nicht hatte! –, hatte Sophia nur den Mund gespitzt und noch eine Runde Aperol Spritz bestellt.

Für viele ihrer Freundinnen konnte man alle Probleme mit Geld lösen. Aber Stella hatte kein Geld – oder nicht genug, um sich neben der Auseinandersetzung mit der weiterhin zahlungsunwilligen Lebensversicherung auch noch um die Wohnung zu streiten, auf die sie rein rechtlich keinen Anspruch mehr hatte. Irgendwie war es auch eine Erleichterung gewesen, die Schlüssel zu dem Ort abzugeben, an dem sie zwar viele Jahre glücklich gewesen war, der für sie aber exemplarisch für das stand, was Piet ihr angetan hatte. Es tat immer noch weh. Vermutlich würde das Gefühl so schnell auch nicht verschwinden.

»Piets Familie hat sich gegen euch entschieden. Nicht ihr gegen sie.« Stellas Vater trank einen Schluck Gin Tonic und schloss genüsslich die Augen.

»Es sind eher seine Eltern. Nicht die ganze Familie.« Sven und seine Frau Barbara hielten den Kontakt, und sie schafften das – was so bitter war – besser als vor Piets Tod. Zu Weihnachten hatten sie ein Paket für Mira geschickt, das Stella mit unter den Baum legen sollte.

»Schön, dass ihr hier seid«, sagte ihr Vater leise. »In den letzten Jahren …« Er verstummte.

Manchmal hatten sie es nicht geschafft, ihn Weihnachten zu besuchen. Stella hatte nie darüber nachgedacht, wie es ihrem Vater damit ging.

»Es tut mir leid«, sagte sie.

»Muss es nicht. Du bist erwachsen, hast deine eigene Familie. Ihr schaut auf das, was ihr braucht.«

Stella lachte bitter auf. »Dieses Schaulaufen zwischen Piet und Sven zum Jahreswechsel habe ich nicht gebraucht. Wie sie sich ständig in ihrem höher, schneller, weiter gegenseitig übertrumpft haben …« Es war nie danach gefragt worden, wer *glücklich* war.

»Wie hast du das geschafft? Nach Mamas Tod. Ich hatte nie das Gefühl, dass es für dich schwierig war …«

Hans-Peter brummte wieder, schlug lässig ein Bein übers andere, mit dem Glas in der Hand umfasste er locker den Unterschenkel, der Fuß ruhte auf dem anderen Knie und wippte leicht. »War es auch nicht. Einerseits. Du fragst ja auch nicht, ob du für Mira da sein *kannst*. Du machst es einfach. Aber abends, wenn du geschlafen hast, habe ich mich schon gefragt, wo ich bleibe. Niemand da, mit dem ich reden konnte. Deine Mutter war … außergewöhnlich. Danach hatte ich lange kein Bedürfnis nach einer neuen Beziehung. Und irgendwann war ich vermutlich zu alt dafür, noch mal von vorne anzufangen.« Er schüttelte den Kopf. »War auch in Ordnung.«

Stella nickte. Sie zog die Beine an, setzte sich im Schneidersitz auf die Couch und legte eine Decke über die Beine. Ganz schön gemütlich, dachte sie. Das kleine Wohnzimmer und das angrenzende Esszimmer waren immer der Mittelpunkt ihres gemeinsamen Lebens gewesen. Auf dem Sofa hatte Stella früher ganze Nachmittage gelesen, die Tür zum Arbeitszimmer ihres Vaters nur angelehnt, der nebenan als Bauzeichner über den Risszeichnungen saß und gelegentlich nach ihr schaute. Einmal pro Woche fuhren sie gemeinsam in die Bücherei, und Stella durfte sich so viele Bücher ausleihen, wie sie wollte. Freitags machten sie Sofapicknick und guckten einen Film, mit Schnittchen, Essiggürkchen und hartgekochten Eiern. All diese Kindheitserinnerungen waren auf einmal wieder da, und jede einzelne fühlte sich wertvoll an.

Als sie an diesem Abend schlafen ging, war ihr Herz etwas ruhiger und ihr Kopf wälzte nicht mehr die vielen Gedanken des Was-wäre-Wenn. Ihr Leben bestand aus vielen Nie-Wieders. Sie konnte weiterhin den Kopf in den Sand stecken und die Probleme ignorieren. Oder sie blickte hoffnungsvoll in die Zukunft. Irgendwie würde sie das schon alles schaffen.

»Mama, guck mal!« Völlig hingerissen hielt Mira das Spiel hoch, das Stella für sie ausgesucht hatte. »Und die Barbie mit dem Schwebebalken, die habe ich mir immer schon gewünscht!« Mira war völlig berauscht von den Geschenken. Von Stellas Vater hatte sie eine Meerjungfrauenflosse bekommen. Sie war eine richtige kleine Wasserratte und wollte schon ewig einen Kurs machen, um wie eine Meerjungfrau durchs Wasser zu pflügen.

Stella schluckte. Sie waren mit Mira früher oft schwimmen gegangen, und Piet hatte darauf bestanden, dass Mira über Wassergewöhnung, Seepferdchen und Bronze verschiedene Kurse belegte. Er war jedes Mal mitgegangen und hatte sich davon überzeugt, dass die Kursleiter mit den Kindern einen guten Umgang hatten. Einmal hatte er Mira sogar aus einem Kurs herausgenommen, weil der Kursleiter viel zu grob mit den Kindern umging und sie zum Schwimmen zwang, obwohl sie dachten, sie könnten es noch nicht. Er hatte dem Kursanbieter eine ziemlich gepfefferte E-Mail geschickt. Danach konnte Mira in einen anderen Kurs mit einer ruhigen, freundlichen Kursleiterin wechseln. Stella hatte sich nichts dabei gedacht, außer dass Piet sich für Mira einsetzte, wie jeder Vater es tun sollte. Nachdem sie wusste, woher seine Abneigung vor dem Meer rührte, verstand sie es besser.

Nach der Bescherung spielten sie das neue Spiel. Mira fand an diesem Abend gar nicht ins Bett, doch das war auch nicht schlimm. Die Meerjungfrauenflosse musste natürlich mit, als sie endlich bereit war zu schlafen.

Als Stella ins Wohnzimmer zurückkam, saß ihr Vater im Sessel und blätterte in dem Bildband, den Stella ihm geschenkt hatte. Sie ließ sich aufs Sofa plumpsen und zückte ihr Handy.

»Alles klar?«, fragte ihr Vater.

»Hm.« Sie wollte einfach ein bisschen abschalten, und das ging am besten, wenn sie ein bisschen durch Instagram scrollte. Sie folgte dort neben Nachrichtenseiten, Memes und Fotografinnen auch ihren Freundinnen. Lara hatte ein Foto gepostet. Ein Selfie mit einem gutaussehenden Mann, Arm in Arm. Man konnte förmlich sehen, wie ihnen beiden das Glück aus den Augen hüpfte. Darunter stand einfach nur: »LOVE«.

Stella likte das Foto und scrollte weiter. Sie stieß auf weitere Fotos, die ihr gefielen. Dann: das Meer. Stürmisch und aufgepeitscht, grau und wild. Wieder Laras Account. Darunter stand auch diesmal nur ein Wort: »OCEAN« Stella starrte das Bild eine ganze Weile an und atmete tief durch. Sie spürte, wie es sie zum Meer hinzog. Als hätte sie die Sehnsucht danach so lange unterdrückt, weil sie keinen Platz in ihrem Leben hatte. Sie öffnete WhatsApp und schrieb an Lara.

Hey, herzlichen Glückwunsch zum jungen Glück und frohe Weihnachten! Wollen wir mal wieder telefonieren?

Denn viel zu oft vergaß man das ja im Stress des Alltags. Aber sobald sie die Nachricht geschrieben hatte, begab sie sich auf die Suche nach einer bezahlbaren Ferienwohnung an der Nordseeküste für die Sommerferien. Sie wollte Mira das Meer zeigen, das sie so sehr liebte.

Zwei Tage vor Silvester waren sie zurück in Düsseldorf. Im Briefkasten fand Stella neben der üblichen Werbung zwei Briefe. Der eine kam von der Versicherung, und sie glaubte nicht, dass die Antwort auf ihren letzten Widerspruch positiv ausfiel, deshalb legte sie ihn beiseite und öffnete zuerst den von ihrem Vermieter – einem Mann über fünfzig, der vor einigen Jahren eine Handvoll Mehrfamilienhäuser geerbt hatte und seither als Lebemann von den Mieteinnahmen lebte. Bei der Vertragsunterzeichnung hatte er auf Stella einen recht entspannten Eindruck gemacht. Sie dachte, er schrieb vielleicht eine Weihnachtskarte an alle Mieter.

Sehr geehrte Frau Schmitz, leider muss ich Ihnen mitteilen, dass ich Ihren Mietvertrag aufgrund von Eigenbedarf zum 31. März kündige.

Sie ließ den Brief sinken.

Hätte sie mal mit dem von der Lebensversicherung angefangen. Sie riss den Umschlag auf und überflog das Schreiben.

… leider sehen wir beim Tod Ihres Ehemanns Piet Schmitz durch Suizid keine Handhabe, die Summe zu Ihren Gunsten auszuzahlen, da …

Sie musste gar nicht weiterlesen.

»Mama? Warum weinst du?«, fragte Mira besorgt.

»Ach, nichts«, flüsterte Stella.

Sie sah sich im Flur um. Die Reisetaschen und Tüten stapelten sich neben der kleinen Kommode, im Wohnzimmer das Sofa mit den beiden bunten Decken, all die schönen Dinge, die sie extra für diese neue Wohnung ausgesucht hatten. Und jetzt sollten sie das alles aufgeben und sich was Neues suchen? Mit dieser Wohnung hatten sie schon unverschämtes Glück gehabt, sie war ein Sechser im Lotto. Noch mal auf die Suche zu gehen, war hoffnungslos, aber vermutlich ebenso alternativlos.

Stella seufzte. Sie machte sich daran, die Taschen und Tüten auszupacken, während Mira mit dem Rätselspiel im Kinderzimmer verschwand, das sie von ihrem Opa zu Weihnachten bekommen hatte. Während sie alles verstaute, konnte sie sich nicht mehr so richtig darüber freuen, wie alles an seinem Platz war. Wie schön es war. Auf einmal verließ sie der Mut. Wie sollte sie das alles schaffen?

Weil sie nicht wusste, mit wem sie darüber reden konnte – und auch, weil sie gerade mit niemandem reden *wollte* –, schrieb Stella an alle Freundinnen dieselbe Nachricht.

Müssen aus der Wohnung raus. Was mache ich denn jetzt?!

An diesem Abend kamen keine Antworten, was das Gefühl von Einsamkeit ebenso verstärkte wie die ergebnislose Suche auf verschiedenen Immobilienportalen, von denen Stella gedacht hatte, die nächsten Jahre hätte sie Ruhe davon.

»Dann eben nicht«, murmelte sie müde, als sie weit nach Mitternacht ins Bett sank.

»Du kannst doch einen Makler engagieren!«

Sophia gabelte genüsslich das Roastbeef vom Teller in der Mitte. Einmal im Monat trafen sie sich zu viert – Sophia, Anne, Cecile und Stella. Sie frühstückten samstags im Café Florian an der Nordstraße, und danach spazierten sie runter zum Rhein und durch den Hofgarten zurück. Die letzten Male hatte Stella ausfallen lassen. Diesmal erhoffte sie sich einen klugen Rat ihrer Freundinnen.

»Ist ja nicht so, als hätte ich darüber nicht schon nachgedacht.« Stella seufzte. Makler kosteten Geld, das war ihr schon klar. Aber inzwischen war Mitte Februar, und der bezahlbare Wohnraum in Pempelfort war quasi nicht vorhanden. Sie hatte schon ihre Fühler ausgestreckt und in angrenzenden Vierteln gesucht, auch wenn ihr das massive Bauchschmerzen machte. Mira jeden Tag durch die Stadt zu schicken oder sie an einer anderen Grundschule anzumelden, war beides nicht besonders verlockend. Sie wollte den Umzug für Mira so reibungslos wie möglich gestalten.

»Sonst bezahl einen Anwalt. Der verklagt den Vermieter, dass er gar nicht erst an dich hätte vermieten dürfen, und dann zahlt der deinen Makler, wenn's gut läuft.« Auch Annes Bemerkung war alles andere als hilfreich. Stella stocherte in ihrer Shakshuka herum und legte schließlich die Gabel neben den Teller. Der Appetit war ihr gründlich vergangen. Konnten sie sich nicht wie früher über total harmlose Themen unterhalten wie über den Kauf einer neuen Handtasche oder den nächsten Kurzurlaub?

Konnten sie nicht. Weil nämlich weder eine Handtasche noch ein Urlaub für Stella im Moment finanziell erreichbar war. Sie hatte Sorgen. Erschwerend kam hinzu, wie wenig ihre Freundinnen von diesen Sorgen verstanden. Für sie war jedes Problem lösbar, wenn man nur genug Geld draufwarf.

Das Schlimme war: Früher hatte Stella genauso gedacht. Bevor sie von der Realität und Piets Tod auf den Boden der Tatsachen geholt wurde. Geld löste eben nicht alle Probleme. Manches musste man auch mit viel Arbeit, Nachdenken und etwas Glück bewältigen.

»Wenn's schlecht läuft, wirft sie erst dem Anwalt und dann dem Makler Geld in den Rachen.«

Stella lächelte Cecile dankbar an.

Anne zuckte mit den Schultern. »Bisschen Risiko ist immer.«

»Aber nicht, wenn sie das Risiko in den Ruin treibt. Tut mir leid, dass du nicht zur Ruhe kommst, Süße.« Cecile wirkte ehrlich betroffen. »Können wir irgendwas für dich tun?«

»Eine Wohnung in Pempelfort wäre schön«, murmelte Stella betreten. »Aber die gibt's nicht.«

»Irgendwann wird schon was um die Ecke kommen.«

»So eine toxische Positivität hilft Stella aber gerade nicht. Sie braucht eine Lösung.« Cecile ließ nicht locker. Sie musterte Stella prüfend. »Ich kann mich mal umhören.« Cecile besaß ein kleines Modeatelier in der Carlstadt, mit dem sie jungen Designerinnen ermöglichte, erste Erfahrungen im Berufsfeld zu sammeln. Sie lachte immer, es sei ein Zuschussgeschäft für sie. Nicht zum ersten Mal kam Stella der Gedanke, dass Cecile das bewusst tat. Einerseits hatte sie etwas zu tun, zum anderen erreichte sie damit auch etwas – und zwar nicht nur für sich selbst.

Sophia wechselte das Thema. »Habt ihr auch so Probleme, eure Kinder zum Lesenüben zu animieren?« Sie stöhnte theatralisch. »Elle will am liebsten nur diese magischen Tierfreunde lesen, aber ich seh's nicht ein, ihr die Bücher zu kaufen.«

»Wieso? Wenn sie dann doch liest?« Stella sah das Problem nicht. »Oder guck mal in der Bücherei, ob sie die Bücher haben.«

Sophia verzog das Gesicht, als wäre ein Büchereibesuch etwas Unanständiges.

»Wir gehen auch oft in die Bücherei. Tom liebt es, die Bücher stapelweise mit nach Hause zu nehmen.« Cecile schob ihren Teller weg. »Puh, bin ich satt.«

»Ihr habt ja noch Glück. Eure Kinder sind da viel leichter lenkbar«, bemerkte Anne. »Viktor und ich sitzen jeden Tag eine halbe Stunde über dem Buch, und er kommt überhaupt nicht voran. Eine Frechheit von der Lehrerin, dass sie meint, wir müssten das auch noch leisten. Wozu schicken wir die Kinder denn in die Schule?« Sie blickte sich um Zustimmung heischend um.

»Na ja … Im Grunde soll es doch um eine vertrauensvolle Zusammenarbeit gehen. Also Schule und Elternhaus arbeiten gemeinsam an der Bildung der Kinder.«

»Puh.« Sophia runzelte die Stirn. »Meinst du das ernst, Stella?«

Stella zuckte mit den Schultern. Schon die Diskussion ums Geld war ihr gehörig gegen den Strich gegangen. Doch die Anspruchshaltung von Anne und Sophia nervte sie. Nur weil sie ihre Kinder auf eine Privatschule schickten, waren sie deshalb nicht automatisch von den elterlichen Aufgaben befreit. Sie setzte sich jeden Nachmittag mit Mira hin, kontrollierte mit ihr gemeinsam die Hausaufgaben und ließ sich vorlesen. Mira mochte das, und für Stella war es gut zu sehen, wie ihre Tochter Fortschritte machte. Und sie hatte das beruhigende Gefühl, früh genug zu merken, wenn etwas nicht gut klappte. Sie wusste, wohin diese Diskussionen regelmäßig führten. Darauf hatte sie keine Lust.

»Wenn ich meinem Viktor sage, wir gucken jetzt die Hausaufgaben an, gibt's sofort Stress. Haben wir ja noch nie gemacht.« Anne winkte dem Kellner und bestellte eine Runde Aperol Spritz. »Ihr nehmt doch einen?«

»Für mich nicht.« Stella hob abwehrend die Hand.

Anne spitzte nur die Lippen. »Dann eben nur drei. Wir fahren doch gleich noch auf die Kö?«

Ein Moment unangenehme Stille. Dann meinte Sophia, ja, sie hätte Zeit. Cecile sagte nichts und Stella starrte auf ihren Teller. Ihr war der Appetit vergangen, und die Stimmung war irgendwie kaputt.

Eine halbe Stunde später brachen Anne und Sophia auf. Sie umarmten Stella zum Abschied. »Gräm dich nicht. Das wird schon alles gut gehen«, behauptete Anne.

Sobald die beiden verschwunden waren, sank Stella auf ihren Stuhl und seufzte.

»Ich verstehe dich«, sagte Cecile leise. »Du willst alles irgendwie perfekt machen. Aber vermutlich ist im Moment für Perfektion kein Platz in deinem Leben.«

»Ich will nur, dass wir nicht schon wieder so viel Veränderung aushalten müssen. Unser Leben besteht nur noch aus Umbrüchen. Und gerade jetzt, wo ich einen Job in Aussicht habe, will ich nicht aufgeben.«

»Magst du mir davon erzählen?«

Stella zuckte mit den Schultern. »Ich weiß nicht, ob das so erzählenswert ist. Ein Fotograf suchte jemanden, der ihn unterstützt. Erst mal übergangsweise, zwanzig Stunden pro Woche. Aber eben nicht, dass ich selbst fotografiere, sondern ich mache nur die Bildbearbeitung.«

»Das ist doch ein Anfang.« Cecile lächelte aufmunternd.

»Leider genügt es nicht, um mich in den Augen potenzieller Vermieter attraktiver zu machen. Mit Bürgergeld wären wir fast besser dran, so mies ist die Bezahlung. Aber das will ich nicht. Ich will's selbst schaffen, verstehst du?«

»Klar.« Cecile nickte mitfühlend.

»Wenigstens kann ich den Job auch von zu Hause machen.«

»Aber es ist nicht das, was du gelernt hast.«

Stella seufzte. »Nein. Also, schon. Ich habe Fotografie studiert, ich kann was. Und das ist eben mehr, als die Rotznasen und Fieberbäckchen von Kitakindern wegzuretuschieren, weil die lieben Eltern ihre Brut unbedingt möglichst hübsch präsentiert haben wollen. Ich weiß, dass ich mehr kann. Aber mehr als Bewerbungen schreiben, kann ich auch nicht.«

»Meld dich einfach, wenn ich was tun kann. Geld leihen oder weiter zuhören.«

Stella lächelte gequält. Cecile war ihr von den Freundinnen noch die Liebste, weil sie wenigstens versuchte, Verständnis aufzubringen und mit ihrem Angebot immerhin zur Lösung des Problems beitragen wollte. Sie musste das allein schaffen. Davon war sie inzwischen überzeugt. Geld von einer Freundin anzunehmen fühlte sich einfach falsch an. Niemand wusste, ob Stella es irgendwann in naher Zukunft zurückzahlen konnte, und sie wollte ihre Freundschaft nicht damit belasten. Nicht zu Cecile, bei der sie das Gefühl hatte, sie wäre ihr als Letzte geblieben.

»Lieb von dir«, sagte sie daher nur.

Sie ging danach noch einkaufen und schleppte anschließend den Wochenendeinkauf in den zweiten Stock. Mira hatte bei einer Schulfreundin übernachtet und kam mittags nach Hause – ganz beseelt von der Zeit mit ihrer Freundin. Sie verbrachten den Nachmittag zusammen, kochten abends, und als Mira schlief, sank Stella erschöpft aufs Sofa. Sie hatte Kopfschmerzen. Das Einzige, was sie jetzt noch schaffte, war ein bisschen durchs Internet scrollen.

Auf Instagram war sie sonst nicht gern, weil dort ihre Freundinnen, Bekannten und die vielen Influencerinnen, denen sie folgte, vor allem ihr perfektes Leben präsentierten. All das, was schön war. Niemand berichtete dort von kotzenden Kindern, durchwachten Fiebernächten, Existenzängsten oder Krankheit. Und wenn es doch existenzbedrohend wurde, folgte prompt ein Spendenaufruf. Als könnten die Menschen sich nicht mehr selbst aus ihrem Elend befreien. Als müssten das immer sofort die anderen für sie erledigen, weil sie ja stets wertvollen Content lieferten.

Diesmal blieb Stella beim Scrollen an einem Beitrag hängen, der sie vom ersten Moment an berührte. Sie spürte ein Kribbeln an den Schläfen, als sie auf das Foto starrte. Eine Frau am Strand, man sah ihren aufrechten Rücken. Sie saß im Lotussitz, es sah aus, als hätte sie die Hände auf die Brust gelegt. Darunter nur zwei Sätze: *Einatmen und sein. Ich bin angekommen.*

Der Eintrag stammte von Lara. Stella hatte seit Weihnachten nichts mehr von ihr gehört. Sie klickte auf Laras Profil und ging die Timeline durch. Lara schrieb über ihre Zeit auf Norderney, zeigte in einem Reel das Yogastudio und ihre Kollegin Sirja, mit der sie gemeinsam Kurse anbot. Gelegentlich lief ein großer, schwarzer Wuschelhund durchs Bild. Stella war ganz verzückt von der alten Mühle, in der die Begegnungsstätte Möwennest untergebracht war. »Alles fake«, murmelte sie, um sich in Erinnerung zu rufen, dass auch Lara nur die schönen Seiten ihres Lebens dort zeigte. Trotzdem likte sie ein paar der Beiträge und schaute sich auch Laras Storys an. Darin zeigte Lara zufällig einen »ganz normalen Samstag auf Norderney«.

Stella konnte nicht verhindern, dass sie sich ein bisschen in den schönen Bildern vom Strand im Winter, von dick eingemummelten Spaziergängern mit Hunden, von Ostfriesentee aus indischblau gemusterten Tassen und Waffeln mit heißen Kirschen verlor. Sie wünschte, sie könnte einfach für ein paar Tage dem Leben in Düsseldorf entfliehen, so wie Piet und sie vor einem Jahr zu Karneval …

Sie merkte, wie sich ihr Herzschlag beschleunigte und sie keine Luft mehr bekam. Okay, dachte sie. Eine Panikattacke.

Keine Panik.

Haha.

So witzig.

Sie versuchte, sich auf ihren Atem zu konzentrieren. Nach Piets Tod hatte sie ein paar Akuttermine bei einer Psychotherapeutin gebucht – als sie dachte, Geld spiele in ihrem Leben keine so bedrängende Rolle und sie hätte genug davon, weshalb sie die Stunden privat bezahlte – und die hatte ihr gezeigt, wie sie im Falle einer Panikattacke am besten reagieren konnte. Durchatmen. Dinge zählen. Sie hatte immer ein Gummiband in der Hosentasche, das sie jetzt über die Hand zog und sanft gegen das Handgelenk schnalzen ließ. Der Schmerz brachte sie zurück ins Hier und Jetzt.

In neun Tagen war Piet seit einem Jahr nicht mehr bei ihnen. Sie hatte noch nicht darüber nachgedacht, ob sie den Todestag irgendwie begehen wollten. Am liebsten hätte sie ihn erfolgreich verdrängt und wäre nicht durch eine Panikattacke daran erinnert worden.

Ob Mira wusste, dass sich der Todestag näherte?

Sollte sie den Tag ignorieren oder irgendwie begehen?

»Ach Piet«, flüsterte Stella. »Warum hast du denn nie was gesagt?«

8

Die Osterferien kamen und gingen, inzwischen war es Anfang Mai. Stella und Mira saßen zwischen Umzugskisten und Möbeln und warteten auf ein Wunder. Oder wenigstens auf eine kleine Wohnung im Viertel, die kurzfristig für sie frei wurde.

Mira hatte den drohenden erneuten Umzug relativ gelassen genommen. »Macht nichts, Mama. Hauptsache, wir sind zusammen.«

Stella hatte sie umarmt und ihr versichert, diesmal würden sie bestimmt ankommen, sie würden im Viertel bleiben, und alles würde sich irgendwie finden. Wenn sie nicht gerade die Immobilienportale nach einer neuen Anzeige durchforstete, verbrachte sie Stunden damit, die Saucenflecke von Kinderpullovern zu retuschieren und Fotos zu bearbeiten. Ihr Auftraggeber hatte sich nach der anfänglichen Erleichterung über *irgendeinen* Job als Arschloch erwiesen, der ihr viel mehr Arbeit zuschob, als sie in zwanzig Wochenstunden schaffen konnte. Darauf angesprochen zuckte er nur mit den Schultern, das sei ja dann eher ihr Problem und nicht seins, sie könnte ja wieder kündigen. Die Arbeit frustrierte, aber Stella gab sie nicht auf, denn arbeitssuchend wären ihre Aussichten auf eine Wohnung noch mieser als ohnehin schon. Sie hatte den Vermieter kontaktiert und ihn um Aufschub gebeten. Er hatte sich großzügig gezeigt. Also doch so umgänglich, wie sie ihn bei der einzigen bisherigen Begegnung erlebt hatte.

»Aber spätestens im Juli müssen Sie draußen sein! Ich will für meine Nichte noch alles sanieren lassen, die Wohnung ist ja in einem bedauernswerten Zustand.«

Natürlich. Für die Nichte wurde alles hübsch gemacht und sogar das Bad umgebaut. Für Mieter war das nicht nötig, die lebten auch mit dem Siebzigerjahre-Chic aus dunkelroten, muschelförmigen Waschbecken und einer komplett verkalkten Dusche, die sich auch durch ständiges Schrubben nicht komplett säubern ließ.

Aber Stella schluckte die Bemerkung herunter. Sie wollte es sich mit ihm nicht auf den letzten Metern verscherzen, zumal er so viel guten Willen zeigte, ihr den Übergang zu erleichtern. Aber inzwischen schritt auch der Mai unaufhaltsam voran. Sie ertappte sich immer häufiger dabei, wie sie ihren Freundinnen nicht antwortete, weil es ihr unangenehm war, nicht mehr bei allen Aktivitäten mitmachen zu können. Als Sophia vorschlug, sie könnten in den Sommerferien doch für ein paar Tage nach Mallorca fliegen, die Kinder könnten ja bei den Vätern bleiben, wartete Stella zwei Tage, doch weder Cecile noch Anne erinnerten daran, dass Mira keinen Vater mehr hatte. Oder eine von ihnen – vermutlich Cecile – hatte Sophia privat daran erinnert, denn Sophia schob am dritten Tag *oder zu den Großeltern* hinterher, als würde es das besser machen.

Das Gefühl der Einsamkeit verstärkte sich immer mehr. Stella vermied es, die Post zu öffnen oder ans Telefon zu gehen, wenn nicht gerade einer der vielen Düsseldorfer Makler dran war. Es war nicht per se schwierig, eine Wohnung zu finden – es gab Wohnungen. Aber alleinerziehend und erst kurz wieder im Job gab's einfach so viele andere Interessenten, die für Vermieter attraktiver waren. Immer wieder kassierte sie Absagen. Und das machte was mit ihr. Nichts Gutes, übrigens. Sie verzweifelte zusehends und sah Mira und sich schon ab Juli unter der Rheinkniebrücke wohnen.

Sie schämte sich. Ihr Leben war ein einziges Durcheinander; fünfzehn Monate hatten gereicht, damit sie am Rande der Obdachlosigkeit stand. Sicher, sie könnten nach Haltern am See ziehen, ihr Papa und die Meerschweinchen könnten etwas mehr zusammenrücken, gar kein Problem. Aber Meerschweinchen als Mitbewohner? Beim Vater einziehen, von dem man sich vor Jahren tränenreich verabschiedet hatte, weil man endlich flügge geworden war? Das widerstrebte Stella. Wenn er anrief und sich im Laufe des Gesprächs erkundigte, wie es mit der Wohnungssuche lief, flunkerte sie. Alles bestens, nächste Woche bekam sie den Vertrag. In der Woche drauf: Der Vertrag verzögerte sich noch ein wenig. Sieben Tage später war er auf dem Postweg verloren gegangen, und als der Mai in den Juni überging, drückte Stella zum ersten Mal in ihrem Leben einen Anruf ihres Vaters weg. Danach schämte sie sich noch mehr, aber sie klappte ihr Laptop auf, ging auf eines der gängigen Immobilienportale, gab neue Suchparameter ein, vergrößerte den Umkreis und klappte das Gerät zwanzig Minuten später frustriert wieder zu. Es hatte keinen Zweck. Vielleicht sollte sie lieber nach einem besseren Job suchen.

Aber erst noch eine Runde Instagram, heile Welt bei allen anderen, den Neid runterschlucken und versuchen, aus den Umständen Kraft zu ziehen. *Ich bin immer noch hier. Ich habe nicht aufgegeben. Das Leben hat mich ganz schön aufs Kreuz gelegt, aber da bin ich und lasse mich nicht unterkriegen. Ich will auch so eine beigefarbene Wohnung mit fliederfarbenen Einhornstickern an der Kinderzimmerwand. Ein paar Boho-Farbkleckse, cleane Linien und …*

Stella hielt inne. Ein Foto berührte sie. Anders als die sauberen, hellen Wohnungen.

Lara in ihrem Yogastudio. Eines dieser perfekt komponierten Fotos, fand Stella. Lara stand auf einem Bein, das andere angezogen, der Fuß ruhte am Oberschenkel des Standbeins, die Hände vor der Brust aneinandergelegt. Darunter stand:

Vrikshasana. Der Baum. Meine Wurzeln sind nun hier. Und ich erzähle euch, warum.

Stella klickte auf »mehr«, der Eintrag klappte auf, ein langer Text darüber, wie es war, in der Lebensmitte noch mal neue Wurzeln zu schlagen und von vorne zu beginnen. Es war ein herzlicher, klarer Beitrag, fühlte sich unverfälscht und echt an. Stella spürte, wie sehr Lara ernst meinte, was sie da schrieb. Sie likte den Beitrag und schrieb noch einen Kommentar.

Wie schön, dass es dir gut geht!

Sie scrollte weiter, irgendwelche Influencer, Memes, dann ein Beitrag von Anne, die von einem verlängerten Wochenende »mit meinen Mädels in Wien« schwärmte. Auf dem zweiten Foto waren Cecile und Sophia mit ihr zu sehen, ein Selfie mit dem obligatorischen Aperol Spritz, drei unterschiedlich blonde, schöne Frauen, die in die Kamera lächelten. Stella runzelte die Stirn. Dann dachte sie, aha, sie erzählen mir jetzt nicht mal mehr, wenn sie ohne mich wegfahren …, und wollte das Handy enttäuscht beiseitelegen, als sie bemerkte, dass ihr jemand eine Privatnachricht geschickt hatte. Lara schrieb:

Hey, sorry dass ich mich so lange nicht gemeldet habe, das Leben hier nimmt mich komplett ein … Wie geht es euch?

Stella zögerte. Es wäre so einfach. Sie könnte schreiben: *Alles bestens!* Und dann das Handy ausschalten. Aber sie spürte die Einsamkeit, und das machte sie schwach.

Hey, gerade nicht so gut.

Sie wartete. Lara antwortete prompt.

Wollen wir telefonieren?

So einfach war das. Stella rief an, Lara ging sofort ran. »Hey Stella. Wie schön, dass du dich meldest.«

»Hi Lara.«

»Wie geht es euch?« Lara klang so entspannt und fröhlich wie immer, seit sie ans Meer gezogen war. »Alles okay?«

»Hm«, machte Stella.

»Möchtest du erzählen?«

»Weiß nicht. Wir sitzen auf gepackten Kisten, weil wir aus der neuen Wohnung schon wieder raus müssen. Keine Ahnung, wohin es dann geht.«

»Oje. Das wusste ich gar nicht.«

Stella schwieg. Sie hatte es auch nicht an die große Glocke gehängt, weil es ihr so peinlich war. Weil sie ihre Freundschaften nicht mit ihren ständigen Problemen belasten wollte. Weil irgendwann auch die Kraft nicht mehr reichte, bei jedem Atemzug an diese Misere erinnert zu werden.

»Hast du schon was Neues in Aussicht?«

»Leider nicht.«

»Scheiße.«

Stella zuckte zusammen und musste dann lachen, weil Lara aus tiefstem Herzen fluchte und ihr das gut tat. »Kannst du wohl laut sagen …«

»Scheiße, scheiße, scheiße!«

Beide lachten. »Und hast du einen Plan B?«

»Nee. Ich habe nicht mal einen anständigen Job, sondern nur so eine Übergangslösung, bei der ich mich komplett selbst ausbeute. Ich habe gar nichts. Nur gepackte Kisten und ein Kind, das tapfer versucht, sich nichts anmerken zu lassen.« Stella merkte, wie ihr Tränen in die Augen stiegen. »Wir sind so allein«, flüsterte sie. »Mira kann nicht mehr alles mit ihren Freundinnen machen, was früher gut ging. Das ist für sie okay, sagt sie. Aber ich merke, wie sie traurig ist. Nicht nur wegen Piet. Das Leben ist nicht mehr, was es war, und ich frage mich, wie wir aus diesem Loch rauskommen sollen.«

»Herrje.« Lara klang ehrlich bestürzt. »Okay, ich sag dir was. Wollt ihr für ein paar Tage herkommen? Ich habe nicht viel Platz, nur ein Schlafsofa im Wohnzimmer. Aber das geht. Ihr müsst einfach mal rauskommen, Liebes.«

Stella musste noch mehr heulen. »Aber das geht doch nicht«, protestierte sie.

»Nenn mir einen vernünftigen Grund.«

Stella überlegte fieberhaft. »Vielleicht, weil noch keine Ferien sind?«

»Ha, aber nächste Woche ist bei euch Fronleichnam. Da hat Mira den Freitag bestimmt frei, oder?«

Das stimmte.

»Ihr könnt Mittwoch direkt nach der Schule losfahren, nehmt eine der späten Fähren und seid zum Abendessen hier. Dann bleibt ihr bis Sonntag. Easy. Ich muss gelegentlich ins Möwennest und Kurse geben, aber ihr könnt euch auf der Insel richtig schön den Kopf durchpusten lassen. Also los, keine Ausreden.«

Stella schloss die Augen. Das Meer. Da war es und lockte sie. Schon Weihnachten hatte sie sich fest vorgenommen, dieses Jahr aber endlich wieder hinzufahren und es Mira zu zeigen. Aber dann kam die Kündigung, und sie hatte einfach andere Prioritäten gehabt. Auftritt Lara, die ihr einfach eine Übernachtungsmöglichkeit bot. Auf einer der schönsten Nordseeinseln, für lau. Mitten im größten Umzugschaos.

»Ich denke drüber nach.« Ihre Stimme klang belegt.

»Nee, nicht nachdenken. Wenn du nachdenkst, zergrübelst

du's, dann findest du doch noch tausend Gründe, weshalb es nicht geht. Du steigst Mittwoch mit Mira ins Auto und kommst her, versprochen? Ich schicke dir den Link zur Fährverbindung, du kannst das Auto in Norddeich stehen lassen oder mitbringen, bleibt dir überlassen. Ihr könnt sogar mit dem Zug anreisen, bis direkt an den Fähranleger, einfacher geht's nicht.«

»Okay«, flüsterte Stella.

»Versprochen?«

»Versprochen.«

Lara konnte sehr hartnäckig sein. Das hatte Stella verdrängt. Aber als sie sich verabschiedeten, drückte Stella das Handy gegen die Brust. Wie hatte sie vergessen können, dass sie mit Lara eine echt gute Freundin hatte? Das Handy brummte dreimal; Lara schickte Fährverbindungen und sogar die beste Route bei Google Maps.

Bis Mittwoch!,

schrieb sie, als wäre es das Selbstverständlichste auf der Welt, Stella und Mira für ein verlängertes Wochenende nach Norderney einzuladen.

Und vielleicht war das so. Freundinnen machten so was. Sie rückten in Krisen näher zusammen und sagten einfach so »Komm her!« und duldeten dann auch keinen Widerspruch. Sie fuhren nicht für ein verlängertes Wochenende nach Wien, ohne der Freundin, die sich das nicht mehr leisten konnte, vorher davon zu erzählen.

Das fühlte sich … seltsam an. Dass ausgerechnet Lara, nachdem sie weggezogen war, Stellas Not sah und sich sofort ihrer annahm.

Seltsam, aber gut.

9

M ama, guck mal! Das Meer!« Mira hielt es kaum mehr auf ihrem Kindersitz, sie reckte sich zum Fenster, das sie einen Spalt geöffnet hatte, sobald sie von der Autobahn fuhren. Mira verzog die Nase. »Das Meer stinkt!«

Stella lachte. Sie roch es auch – so ein leicht modriger, salziger und intensiver Geruch, der über dem Fähranleger und dem dahinterliegenden Meer hing. Sie lenkte den Fiat Richtung Fähre und reihte sich hinter den anderen Fahrzeugen ein. Es war voll; mit viel Glück hatten sie am späten Nachmittag noch einen Platz ergattern können. Klar, so ein verlängertes Wochenende bot sich ja für einen Kurzurlaub an.

Sobald sie das Auto an Bord der Fähre geparkt hatten, stiegen sie aus. Mira drückte den Einhornrucksack an ihre Brust. Sie hatte gestern Abend beim Packen stundenlang danach gesucht, weil sie nicht ohne diesen Rucksack fahren wollte. Piet hatte ihn ihr von einer seiner vielen Geschäftsreisen aus London mitgebracht. Stella verstand Mira. Es gab ein paar Dinge, die auch sie immer wieder an Piet erinnerten. Die sie trotz allem nicht einfach ablegen konnte.

Ihr Ehering gehörte dazu.

Während der Überfahrt wollte Mira gern an Deck bleiben. Das stinkende Meer störte sie gar nicht mehr, sie ließ sich den kühlen

Wind um die Nase wehen und kuschelte sich auf der Bank an Stella. Sie teilten sich eine Limo aus dem Bordbistro und Stella schrieb an Lara, sie seien unterwegs. Lara schickte direkt den nächsten Google-Link zum Möwennest.

Bin jetzt in der Yogastunde, aber Riekje ist im Café und weiß Bescheid!

Wer auch immer diese Riekje war. Stella versuchte, sich zu entspannen, aber unbekannte Situationen, unbekannte Menschen – seit Piets Tod vertrug sie zu viel Veränderung auf einmal nicht mehr. Die Therapeutin hatte in der letzten Sitzung, bevor Stella die Therapie abbrechen musste, erklärt, es sei ganz natürlich, wenn sie nun erst mal mehr Kraft aufwenden müsse für Dinge, die ihr vorher leicht gefallen waren. Ihr Vertrauen war durch Piets Tod und seine Geheimnisse in den Grundfesten erschüttert worden.

Stella tastete in ihrer Jackentasche nach einem Gummiband. Sie atmete erleichtert auf, als der leise Schmerz ihr Handgelenk traf. Mira blickte nach vorne, wo die Insel in Sicht kam. Sie zeigte darauf und war ganz aufgeregt. Stella lächelte. Bestimmt war diese Riekje okay. Sie müssten maximal eine halbe Stunde mit ihr auskommen, also irgendwie. Wenn diese Riekje total unfreundlich war, würde sie mit Mira noch mal spazieren gehen.

Inzwischen wurde die Insel immer größer. Mira sprang von der Bank, sie wollte alles ganz genau mitbekommen. Sie stand an der Reling, der Wind zerrte an ihren Haaren, sie zeigte auf die ersten Häuser. Stella richtete das Smartphone auf Mira. »Darf ich?«, rief sie gegen den Wind, Mira nickte. Sie hob Zeige- und Mittelfinger, grinste in die Kamera und der Wind zerrte an ihren Haaren. Stella drückte ein paarmal ab, es war ein schöner Schnappschuss, der Winkel passte, und Mira lächeln zu sehen, das machte sie glücklich.

Als sie durch die Bilder scrollte, löschte sie direkt ein paar, die verwackelt waren. Dann wählte sie zwei aus und zeigte sie Mira.

Mira suchte das schönste aus. »Können wir auch eins von uns beiden machen?«, fragte sie.

»Klar.«

Mira schmiegte sich an Stella, sie lächelten beide in die Frontkamera und Stella drückte ab.

»Ich kann auch ein Foto von euch machen.«

Sie hoben gleichzeitig die Köpfe. Ein Mann stand etwa fünf Meter weiter an der Reling. Groß, schlaksig, die Augen von einem strahlenden Blau, die Haare verwuschelt und fast schwarz. Lachfältchen, als er jetzt einen Schritt in ihre Richtung machte. Irgendwie kam er Stella bekannt vor, aber sie konnte ihn spontan nicht zuordnen. Vermutlich sah er einem der Väter in Miras Grundschule ähnlich.

»Darf ich?«

»Klar.«

Sie reichte ihm ihr Handy. Er brummte, dann richtete er das Handy auf Stella und Mira. Er machte eine Serie Fotos, dann gab er ihr das Handy zurück. »Hoffe, es ist was dabei.«

»Bestimmt.« Sie nahm das Handy, klickte das letzte Foto an. Es sah richtig gut aus. Das davor ebenfalls. Sie zeigte Mira die Fotos, und Mira konnte sich gar nicht entscheiden. Der freundliche Unbekannte hatte es geschafft, nur fünfmal abzudrücken, und drei der Fotos waren großartig. Beinahe professionell.

Er grinste.

»Du hast was drauf«, sagte Stella.

»Oh, du klingst überrascht? Das verletzt mich.« Gespielt theatralisch legte er beide Hände auf die linke Brust und taumelte einen Schritt nach hinten. Sein Rücken stieß gegen die Reling, Stella wollte nach vorne hechten, als könnte sie ihn allen Ernstes daran hindern, über Bord zu gehen. »Entschuldige, aber wenn ich es nicht hinbekäme, würde das meine Berufsehre verletzen.«

»Du bist Fotograf?«

Er nickte, streckte ihr die Hand entgegen. »Tio Mommsen, spanisch-ostfriesischer Fotograf. Ich lebe dort.« Er zeigte Richtung Insel. »Also, noch.«

»Stella Schmitz, Fotografin aus Düsseldorf.«

»Oh, mit Mode und so?«

Sie lachte. »Im Moment eher im Backoffice. Fotos von Kitakindern nachbearbeiten.«

Er verzog das Gesicht, als könnte er den Schmerz fühlen, den sie tagtäglich bei ihrer Arbeit aushalten musste. »Autsch.«

»Ach, na ja. Übergangsweise ist es okay.«

»Und was kommt nach dem Übergang, Stella aus Düsseldorf?« Er lehnte sich an die Reling. Stella stützte beide Ellbogen auf die Metallstrebe und blickte zur Insel, denn wenn sie Tio ansah, machte ihr Herz so komische Hüpfer, das konnte sie gerade überhaupt nicht gebrauchen.

»Mal sehen.« Sie zuckte mit den Schultern.

»Erzähl mal, in welche Richtung du so arbeitest.«

Sie schaute auf ihre Hände. Es fiel ihr schwer, das richtig einzugrenzen, denn im Grunde hatte sie nach dem Studium nicht mehr viel fotografiert. Damals war sie schon mit Piet zusammen, und bald schon kündigte sich Mira an. Danach hatte sie vor allem anfangs oft Mira fotografiert. Inzwischen besaß sie keine Fotoausrüstung mehr. Und dieses Fehlen wurde ihr in diesem Moment schmerzlich bewusst. Wie sollte sie denn Fotografin sein, wenn sie keine Kameras besaß?

»Ich hab's echt vernachlässigt«, gab sie zu. »Aber mich haben immer Menschen interessiert.«

»Menschen sind auch das Spannendste, was man fotografieren kann.« Tio nickte. »Also, vielleicht sieht man sich ja mal auf der Insel. Wo wohnt ihr?«

»Bei einer Freundin.« Stella sagte nicht mehr. Sie stieß sich von der Reling ab und setzte sich wieder neben Mira. Der kurze Austausch mit Tio nahm ein etwas abruptes Ende, er ging weg und sie blickte in die andere Richtung.

Hatte er mit ihr geflirtet? Vielleicht ein bisschen. War sie darauf eingegangen? Eigentlich nicht. Sie war nicht zu einem Flirt aufgelegt, aber irgendwie hatte er den Eindruck erweckt, als wollte er mehr über sie erfahren. Und sie fühlte sich nicht dafür bereit. Aber musste sie das? Zwang sie irgendwer dazu? Sicher nicht. Nur diese Leere in ihr, die sehnte sich, wenn sie genau hinhörte, eventuell danach, dass sie sich aus dem Schatten der Trauer herauswagte.

»Noch nicht«, flüsterte Stella und drückte Mira an sich.

Vielleicht nie wieder.

Erstaunlicherweise war »diese Riekje« überhaupt nicht unfreundlich, sondern so herzlich und wunderbar, dass Stella sich fast augenblicklich in sie, das Café und die Insel verliebte. Als Stella und Mira das kleine Café betraten, das im Anbau der Mühle untergebracht war, kam Riekje ihnen schon entgegen. Die dunkelblonden Haare trug sie zu einem Messy Bun hochgesteckt, ihre Augen strahlten fröhlich. Sie war Stella auf Anhieb sympathisch. »Ihr müsst Stella und Mira sein!«

»Die sind wir.« Stella legte die Hand auf Miras Schulter.

»Super. Ich habe euch einen Tisch da drüben reserviert. Lara kommt, sobald sie fertig ist. Möchtet ihr eine Kleinigkeit essen? Kuchen ist leider aus, ich habe aber noch Zimtwaffeln.«

Mira schaute fragend zu Stella hoch. »Eine Zimtwaffel.«

»Gerne. Was möchtet ihr trinken?«

»Für mich ein Wasser. Was möchtest du, Mira?«

»Darf ich einen Kakao?«

»Darfst du.«

»Mit Sahne?« Miras Augen leuchteten hoffnungsvoll auf.

»Klar.« Stella drückte Miras Schulter. Sie musste aufpassen. Früher hatte sie immer bestellt, wonach ihr war. Inzwischen schaute sie aufs Geld. Es fühlte sich immer noch ungewohnt an, und sie wollte Mira nicht das Gefühl geben, sie könnten sich gar nichts mehr leisten. Dabei ging es ihnen gut. Sie hatten genug. Sie musste sich das nur gelegentlich sagen und bei größeren Anschaffungen mal vorher kurz durchatmen.

Na ja, nur würde es nicht mehr lange so weitergehen. Früher oder später würde das Geld ausgehen, das sie durch den Verkauf der Designermöbel eingenommen hatte. Das Gehalt aus dem Job reichte hinten und vorne nicht. Sie wusste, dass sie streng genommen das Geld aus dem Möbelverkauf für die Tilgung von Piets Schulden hätte nehmen müssen. Doch nachdem sie das Erbe ausgeschlagen hatte, war niemand gekommen und hatte sie gefragt, ob der Weinkühlschrank, die Einbauküche oder das Designersofa aus Echtleder ihm oder ihr gehörte.

Sie betrachtete es nachträglich als eine Art Wiedergutmachung. Und sollte doch jemand das Geld fordern, konnte sie immer noch versuchen, bei der Lebensversicherung Druck zu machen.

Irgendwie würde es schon weitergehen. Ganz bestimmt.

Riekje brachte ihnen die Getränke, und während sie auf die Zimtwaffel warteten, zog Mira aus ihrem Rucksack einen Rätselblock und löste ein Sudoku. Stella versuchte, sich zu entspannen. Sie sah sich in dem Café um. Schön war's, nicht so friesisch altbacken, wie sie erwartet hätte. Die Stühle und Tische waren bunt lackiert, das Geschirr sah auch zusammengewürfelt aus, wirkte aber trotzdem, als hätte jemand es absichtlich exakt so zusammengewürfelt. In der Kühltheke lockten köstliche Cupcakes, Macarons und Baiserküchlein die hungrigen Gäste. Während sie warteten, kamen immer wieder neue Kunden, bestellten bei Riekje und suchten einen freien Platz. Im Gastraum waren fast alle Tische besetzt. Eine junge Frau half Riekje, brachte Getränke nach draußen auf die Terrasse, wo weitere Gäste saßen. Es herrschte eine entspannte, ruhige Atmosphäre. Stella erlaubte sich zu entspannen.

»Hey! Wie schön, dass ihr da seid.« Lara kam in das Café gewirbelt, und *gewirbelt* konnte man wörtlich nehmen. Sie drückte Stella in eine feste Umarmung, musterte Mira, als müsste sie abschätzen, wie viel Überschwang eine Achtjährige von der Freundin ihrer Mutter aushielt. Nicht so viel; darum beließ Lara es bei einem »Hallo Mira« mit einem kleinen Winken, das Mira mit einem geflüsterten »Hallo« beantwortete. Dann wandte Lara sich wieder an Stella. »Mein Kurs ist gerade rum, ich hab so einen Durst! Haben wir die Zeit für eine Limo oder müssen wir direkt weiter?«

»Wir haben die Zeit.« Mira hatte von ihrer heißen Schokolade bisher nur zwei Löffel Sahne genascht; sie zelebrierte den seltenen Genuss. Riekje kam aus der Küche und brachte die frisch gebackene Zimtwaffel.

Lara holte sich eine Limo aus dem Kühlschrank neben der Kuchentheke. Sie ließ sich neben Stella auf die Bank plumpsen. Ihre dunklen Augen blitzten, die schwarzen Haare hatte sie wie Riekje auf dem Kopf zu einem Messy Bun zusammengefasst, der hübsch aussah. Sie streckte die langen Beine aus, die in pinken Yogaleggings steckten. Dazu trug sie ein schwarzes, locker geschnittenes Shirt mit dem weißen Aufdruck »Namaste, Bitches!«

Beneidenswert, dachte Stella. Wenn sie sich an dieser lässigen Frisur versuchte, sah es gern aus wie ein blondes Brombeergestrüpp, nur ohne Stacheln. Und jedes Mal, wenn sie sich in den letzten fünfzehn Monaten eher widerstrebend ins Sportzeug zwängte, fühlte sie sich unwohl.

»Ich muss leider in zwei Stunden wieder herkommen, heute Abend sind noch zwei Kurse und Sirja muss sich um ihr Kind kümmern.« Lara streckte sich, die Arme über den Kopf. »Ehrlich, ich hätte nicht gedacht, dass es so viel zu tun gibt. Und vor allem nicht, dass es mich so glücklich macht, obwohl ich so viel arbeite. Fast mehr als früher.« Sie grinste, trank durstig die Limo und stellte die Flasche auf den Tisch. Mira malte Kringel neben das Sudoku, und Stella inspizierte den Dreck unter ihren Fingernägeln. Sie fühlte sich auf einmal seltsam sprachlos. Selbst Lara, die vor gut einem Jahr nicht gewusst hatte, was sie tun sollte, war es gelungen, sich aus dem Sumpf eines drohenden Burnouts zu ziehen.

»Was ist los?«, fragte Lara leise.

»Ich bin müde.«

Lara verstand. »Okay. Ich bringe euch in die Wohnung. Für heute Abend habe ich schon was zu essen vorbereitet. Ihr müsst euch um nichts kümmern. Und morgen habe ich einen Ausflug geplant, ja? Erst schlaft ihr aus. Himmel, ich rede zu viel, oder? Sorry. Bin einfach unsicher. Weiß nicht, was du brauchst nach der ganzen Scheiße, die dir passiert ist.«

Mira merkte beim Wort »Scheiße« auf. »Das kostet nen Euro!«, rief sie empört.

Lara hob die Augenbrauen. »Echt jetzt? Jedes Mal, wenn ich Scheiße sage …?«

Mira grinste. Lara verdrehte gespielt genervt die Augen. »Kann ich's dir später geben? Hab gerade nichts bei mir.« Sie klopfte zum Beweis auf ihre Yogahose. »Aber du kriegst deine zwei Euro, versprochen.«

»Du musst das nicht machen«, murmelte Stella.

»Ja, schon! Mira hat recht, man sagt das nicht. Vielleicht lerne ich es ja jetzt mal.« Sie legte die Handflächen aneinander. »Namaste.«

Stella konnte sich ein Lächeln nicht verkneifen. Sie kannte Lara. Sie fluchte gern und ausgiebig. Könnte für ihre Freundin ein teures Wochenende werden …

»Klein, fein, mein.« Lara strahlte. Stella sah sich in der kleinen Zweizimmerwohnung um und musste ihr rechtgeben. Das war tatsächlich etwas kleiner als sie erwartet hatte. Aber Lara hatte das

Beste draus gemacht, und im Wohnzimmer war das Schlafsofa bereits ausgezogen, die Betten frisch bezogen. Mira drückte ihr Kuschelkissen an die Brust. »Ich schlafe links!«, rief sie.

Spätestens Laras Fluchen hatte sie auftauen lassen. Mira konnte manchmal schon sehr schüchtern sein, gerade in einer unbekannten Umgebung. Dass es Lara so schnell gelungen war, das Eis zu brechen, erleichterte Stella. Sie hatte sich natürlich auch darüber den Kopf zerbrochen, ob es so eine gute Idee war, mit Kind auf so beengtem Raum …

»Macht euch erst mal vertraut. Bad ist hinten rechts, ich mach das Abendessen warm.« Lara verschwand in der Küche. Stella sank aufs Bettsofa. Während Mira schon ihren kleinen Rollkoffer geöffnet hatte und ihre Sachen rings um die Schlafstätte verteilte, spürte Stella gerade einfach nur Erschöpfung. Die Reise war nicht das Anstrengende. Eher das Ankommen. Die Erkenntnis, im Moment heimatlos zu sein.

»Sag mal, fotografierst du noch?«, fragte Lara, als sie einige Stunden später rundgefuttert und erschöpft mit einem alkoholfreien Gin Tonic im Strandkorb auf der Terrasse saßen. Mira hatte sich, von der Seeluft und der langen Fahrt müde, ohne Murren bettfertig gemacht und war nach einem Kapitel Vorlesen schnell eingeschlafen. Lara war gerade vom Yoga zurück und verströmte so einen seligen Glow, dass es auch auf Stella beruhigend wirkte.

Stella nippte an ihrem Gin Tonic. »Nicht mehr als alle anderen. Bisschen mit dem Smartphone knipsen.«

»Schade. Ich bräuchte neue Fotos für meine Webseite. Wollte dich fragen, ob du das übernehmen kannst?«

»Wenn ich eine Kamera hätte, kein Problem. Aber es gibt ja noch andere Fotografen hier? Auf der Fähre habe ich einen kennengelernt. Tio Mommsen oder so.«

»Oh, du hast Tio kennengelernt.« Lara grinste in ihr Glas. Das war der Moment, in dem bei Stella der Groschen fiel.

»Jetzt weiß ich, woher ich ihn kenne! Tio ist dein Freund, richtig?«

Lara grinste noch breiter. »Kann man so sagen. Und? Hat er dir sofort Komplimente gemacht?«

»Er hat ein paar sehr schöne Fotos von Mira und mir gemacht und dann ein paar nette Dinge gesagt, hm.«

»Ja, so ist er.« Lara starrte gedankenverloren in ihr Glas. Doch dann hellte sich ihre Miene auf. »Vielleicht kannst du ja seine Kamera leihen?« Sofort war sie wieder munter. »Wäre das nicht ein Job für dich?«

»Kameras verleihen?« Stella runzelte die Stirn.

»Nein, Fotografie! Du bist so begabt.«

Stella zuckte unbehaglich mit den Schultern. »Ich habe lange nichts mehr gemacht. Weiß doch gar nicht, was aktuell Trend ist oder so. Also, meine Expertise erstreckt sich gerade darauf, aus dem Mundwinkel von Kleinkindern die Reste vom letzten Nutellabrötchen wegzuzaubern.«

»Du musst ja nicht irgendwelchen Trends hinterherlaufen.«

»Außerdem …« Stella verstummte. Ihre prekäre Lage sollte nicht Thema sein, es war ihr so unangenehm. Sie hatte sich fest vorgenommen, Lara nicht die Ohren vollzujammern.

»Ja?« Lara zog die Knie an und schlang die Arme um die gebräunten Beine. Sie musterte Stella von der Seite. »Sag nur, was spricht dagegen? Ich habe für jedes Argument ein Gegenargument parat, versprochen!«

»Warum macht Tio nicht die Fotos? Er ist auch irre gut bei Menschen.«

Laras Miene verfinsterte sich. »Also, sagen wir so: Es ist kompliziert.«

»Ach Mensch, das tut mir leid.«

Lara schüttelte entschieden den Kopf. »Muss es nicht. Ich komm klar. Meistens. Also, was spricht gegen dich als Fotografin? Du kannst das. Mach doch in Düsseldorf ein Atelier auf!«

Offensichtlich wollte Lara nicht über Tio und ihre Beziehung reden. War es schon wieder aus? Stella verkniff sich die Frage. Lara würde darüber reden, wenn sie so weit war. Sie ging auf den Themenwechsel ein.

»Ach, in Düsseldorf ist der Markt umkämpft. Man müsste erst eine Nische finden. Sich da reinarbeiten. Einen Kundenstamm aufbauen. Eine Ausrüstung kaufen …«

»Könnte man sicher auch mieten«, wandte Lara ein. Stella lächelte flüchtig.

»Okay, aber auch das kostet Geld. Dann dauert es, bis man überhaupt einen Kundenstamm hat. Was genau soll ich machen? Hochzeitsfotografie? Da ist für dieses Jahr schon das meiste gelaufen. Porträt? Kunst? Lebensmittel?«

»Was hast du denn früher gern fotografiert?«

»Menschen.« Stella erinnerte sich an das Bild, das bis zu Piets Tod im Flur der Wohnung gehangen hatte. »Und das Meer …«

»Meer hast du hier ja«, stellte Lara zufrieden fest. »Und für die Menschen stelle ich mich gern zur Verfügung.« Sie hob die Hände, als wollte sie sagen: »Siehst du? Alles easy!«

Aber so einfach war das nicht. Stella hätte gerne wieder als Fotografin gearbeitet. Vielleicht hätte sie den Mut gehabt, wenn sie allein gewesen wäre. Dann hätte sie ein paar Monate mit wenig auskommen können. Es ausprobieren und ein Scheitern durchaus hinnehmen. Aber sie war für Mira verantwortlich. Sie musste sich kümmern. Sie brauchten ein Heim, Essen, Kleidung, all diese Dinge, Normalität, verdammt. Nach über einem Jahr mussten Mira und sie doch endlich wieder in ruhiges Fahrwasser kommen dürfen!

»Ich sehe das so«, fuhr Lara fort. »Du hast *jetzt* die Chance, etwas Neues zu beginnen. Irgendwas, das dein Herz singen lässt. So wie ich vor einem Jahr hergekommen bin und mit den Yogakursen anfing. Was hast du zu verlieren?«

»Nichts«, räumte Stella ein und fügte hinzu: »Wir haben ja schon wieder alles verloren.«

»Ach, Süße.« Lara stellte ihr Glas ab. Sie schien jetzt erst zu begreifen, dass Stella für Optimismus keine Kraft mehr hatte. »Es tut mir so leid, was du gerade durchmachst.«

»In zwei Wochen müssen wir aus der Wohnung raus. Wahrscheinlich ziehen wir zu meinem Vater. Und glaub mir – das will ich nicht, aber er hat's angeboten, und wer bin ich, dass ich das Angebot ausschlage? Alles besser, als auf der Straße zu landen. Mira muss nach den Ferien auf eine neue Schule gehen. Ich wollte das verhindern, aber manchmal … geht's nicht anders.«

Sie kniff sich die Nase, weil sie merkte, dass ihr Tränen in die Augen stiegen.

»Es ist okay«, sagte Lara. Mehr nicht. Sie ließ Stellas Trauer den Raum, den sie brauchte.

Vielleicht war das jetzt so. Mit dem Wegzug aus Düsseldorf ließ Stella das letzte bisschen vom alten Leben hinter sich, das sie mit Piet aufgebaut hatte.

10

Am nächsten Morgen ging es direkt nach dem Frühstück ans Meer.

Stella wusste nicht, was sie sich von diesen Tagen auf Norderney erhofft hatte. Aber als sie mit Mira aufbrach, Hand in Hand durch den Ort Richtung Promenade lief, da merkte sie, dass ihr Herz ein bisschen leichter war.

Nach dem Gespräch mit Lara war sie überraschend schnell eingeschlafen. Heute früh hatte Lara noch geschlafen, als Mira und sie sich in der Küche ein kleines Müsli machten und auf der Terrasse frühstückten. Mira zog es zum Meer, und Stella war froh über die Entdeckungslust ihrer Tochter.

Am Strand waren schon erste Spaziergänger unterwegs, das Meer allerdings glänzte mit Abwesenheit. »Schade!« Mira zog eine Schnute.

»Macht doch nichts«, meinte Stella. »Wir können Muscheln sammeln!«

Sie zogen Sneaker und Socken aus, krempelten die Hosenbeine hoch und staksten mit viel Gequietsche und Gelächter durch den feuchten Sand. Hand in Hand gingen sie auf Entdeckungsreise. In kleinen Wasserlöchern fanden sie winzige, fast durchsichtige Krebse, sie entdeckten Wattwurmhäufchen und gruben halbe

Herzmuscheln aus dem Sand. Schon bald hatten sie nur noch eine Hand frei, und die brauchten sie zum Buddeln – in der anderen sammelten sie ihre Schätze.

»Mama, dein Handy.«

Stella hörte das Klingeln auch, aber sie hatte die Hände voll Schlick. »Wird schon nicht wichtig sein«, meinte sie.

»Und wenn es ein Makler ist?« Mira hielt die Hände auf, Stella legte ihre Schätze hinein und versuchte, das Handy aus der Gesäßtasche ihrer hellen Leinenhose zu ziehen, ohne sich mit Schlick einzuschmieren. Klappte natürlich gar nicht, und dann schmierte sie das Handy gleich mit ein, weil sie den Anruf annehmen wollte. Unbekannte Nummer, es könnte wirklich der Makler sein, dachte sie aufgeregt.

»Hallo?«

»Hey Stella. Hier ist Georg.«

Sie richtete sich auf. Kein Makler.

Seit Monaten hatte sie nichts von Georg gehört, und sie hatte wenig Lust, jetzt mit ihm zu reden.

»Hallo. Was gibt's?«

»Ich habe gerade Cecile getroffen.«

Sie antwortete nicht. Nur ihr Herz, das zog sich ganz seltsam zusammen. *Bitte nicht …*

»Sie meinte, ihr sucht eine Wohnung.«

»Lass gut sein, Georg«, sagte sie bemüht ruhig, obwohl ihr Herz weiter in der Brust hämmerte. »Wir haben schon eine Lösung.«

»Ich wollte dir nur sagen … Wenn ihr Hilfe braucht … ich bin hier. Oder wenn ihr … für ne Weile könnt ihr auch bei mir unterkommen.«

Scheiße, dachte sie. Das wäre tatsächlich eine Lösung.

»Nein, danke«, erwiderte sie ruhig.

»Stella, ich weiß …«

Sie legte auf. Keine Lust, sich von Georg so lange bequatschen zu lassen, bis sie nachgab.

»Wer war das?«, fragte Mira. »War das Georg? Wann sehen wir ihn mal wieder?«

Stella wollte das Telefon wieder einstecken. »Keine Ahnung«, sagte sie.

»Aber ich vermisse ihn.«

»Ach, Süße …«

Stella legte den Arm um Miras Schulter. Sie suchte noch nach den richtigen Worten, als ihr Handy wieder klingelte. Sie hangelte es noch mal aus der Gesäßtasche, aber diesmal rutschte es aus ihren feuchten, sandigen Fingern und verschwand mit einem recht uneleganten Flupsch im Watt.

»Scheiße!«, rief Stella, Mira rief »Mama!«, ganz die strenge Achtjährige, in deren Gegenwart nicht mal Erwachsene fluchen durften, durfte sie ja auch nicht. Stella bückte sich und wühlte ihr Handy aus dem Sandschlamm. Wenigstens war's verstummt, aber dafür war es jetzt sandig, nass und sah nicht so aus, als würde es diesen Ausflug ins Wattenmeer überleben.

Noch etwas, das Stella auf die lange Liste der Dinge setzen konnte, die sie irgendwann ersetzen musste. Aber das Handy rückte ganz weit nach oben, damit rutschten andere Dinge nach unten. Das hatte sie jetzt echt nicht gebraucht.

Immerhin – wenn Georg ein drittes Mal versuchte, sie zu erreichen, konnte sie später immer noch sagen, sie hätte das Handy ausschalten *müssen*, um es zu säubern und zu trocknen. Das wäre auch nur ein bisschen gelogen.

»Wir rufen ihn später zurück«, versprach sie Mira und hoffte, ihre Tochter vergaß das Versprechen bald wieder.

Sie steckte das Handy ein, nahm von Mira alle Muscheln entgegen und trug sie, während Mira weiter sammelte. Auf dem Rückweg holten sie Brötchen bei einem Bäcker, und die Angestellte war so umsichtig und gab Stella eine extra Bäckertüte für ihre Schätze. Mira hüpfte über den Bordstein und sang leise vor sich hin.

Ihre Tochter war glücklich, und für den Moment war das alles, was für Stella zählte. Sie folgte Mira gemächlich und genoss die ruhige Geschäftigkeit der Ladenbesitzer, die ihre Souvenirshops, die kleine Buchhandlung und den Laden mit Surfer-Kleidung öffneten. Die Menschen hier wirkten fröhlich und entspannt, und Stella spürte diese Entspannung auch in sich. Obwohl ihr Handy im Schlick gelandet war. Obwohl Georg sie angerufen hatte, mit dem sie seit ihrem Streit damals vor einem Jahr keinen Kontakt mehr gehabt hatte.

Wenn ihr Hilfe braucht … ich bin hier.

Sie atmete tief durch. Brauchten sie Hilfe? Ja, vielleicht. Und sie hatte gerade durch Laras Einladung gemerkt, wie wichtig es war, sich helfen zu lassen. Einfach mal rauskommen aus der kleinen Wohnung, aus dem Gedankenkarussell, das sie seit einem Jahr beständig umfing. Das Meer sehen. Das Handy im Watt versenken. Über sich selbst lachen. All das nicht ganz so ernst nehmen. Piet war tot, aber das hieß doch nicht, dass Mira und sie aufhören mussten zu leben? Sie begriff, dass sie auf ihrem Weg noch nicht weit gekommen war. Trauer war ein Prozess, eine beständige Reise, vielleicht kam man auch nie ans Ziel, sondern würde eben immer vermissen. Nachdem sie das Erbe ausgeschlagen hatte, nach dem Kontaktabbruch seitens Piets Familie, war sie stehengeblieben. Von außen betrachtet sah es immer noch aus, als würde sie vorangehen. Weitermachen. Aber tief in ihrem Innern war diese Leere, von der sie gedacht hatte, sie würde nie vergehen.

Brauchten sie Hilfe? Vielleicht. Vor allem aber brauchte sie Freunde wie Georg, die sich auch nach einem Streit und ein Jahr später meldeten und ihre Hilfe anboten.

Irgendwann musste man auch verzeihen können, dachte sie.

Vielleicht war irgendwann ja jetzt?

Das Handy wurde daheim gereinigt und dann in eine Tupperdose mit Reis gelegt. »Passiert hier ständig«, meinte Lara. »Also, ich habe mein Handy schon dreimal ins Meer geworfen. So ist das eben.«

»Und das hat es überlebt?«

Lara grinste. »Das habe ich nicht behauptet, oder? Vielleicht hast du Glück. Sonst muss ich dich zum Handyladen schicken, da gibt's auch ein paar schicke gebrauchte Modelle.«

Stella versuchte, Laras Gelassenheit zu kopieren, scheiterte aber kläglich. Sie wollte Georg zurückrufen. Er würde denken, sie hätte ihn blockiert, wenn sie ihn nicht erreichte. Während Lara in der Küche das Frühstück vorbereitete, schlich sie um die Tupperdose herum und pikste gelegentlich ihr Handy.

»Das wird es kaum beschleunigen.«

»Mist.«

»Vielleicht hat jemand ein Altgerät, das er dir vorübergehend leihen kann. Ich frag mal in der Möwengruppe.«

»Was ist die Möwengruppe?«

Lara hatte schon ihr Handy in der Hand und tippte etwas. »Ein Gruppenchat mit allen Frauen rings ums Möwennest.«

»Ah«, machte Stella.

»Fünfzehn Leute oder so. Alle super lieb. Eine richtig tolle Gemeinschaft.« Sie legte das Handy beiseite und deckte weiter den Tisch. Mira hatte sich nach dem Spaziergang zum Meer müde und sehr kuschelbedürftig wieder aufs Bettsofa gemuckelt, und Stella setzte sich zu ihr.

»Warum haben wir uns so lange nicht mit Georg getroffen?«

»Hm. Georg und ich haben uns gestritten.«

»Aber er ist auch mein Freund.«

Stella strich ihrer Tochter über die Haare. »Ich weiß.«

»Und mein Patenonkel! Wenn du auch stirbst ...« Miras Stimme zitterte. Stella breitete die Arme aus. Mira schmiegte sich an ihre Brust.

»Ich sterbe nicht«, versicherte sie Mira. »Nicht jetzt. Ich bleibe bei dir.« Sie wusste, wie gefährlich so ein Versprechen war und schob diesen Gedanken weit von sich. »Es tut mir leid, dass wir keinen Kontakt mit Georg hatten. Sobald ich ein funktionierendes Handy habe, schreibe ich ihm, okay?«

Mira nickte an ihrer Schulter. Stella streichelte ihren Rücken und blieb noch ein wenig sitzen. Lara brachte ihr einen Becher Kaffee und für Mira einen Becher Kakao. Sie saßen auf dem Sofa, redeten ein wenig, seufzten und witzelten über das Handy, das von Poseidon getauft worden war.

Zum Frühstück gab es Brötchen, Croissants, Orangensaft, Aufschnitt, Käse, Marmelade, Joghurt mit Früchten, Rührei und Krabben. Stella fragte erst, wer das denn alles essen sollte. Dann griffen alle ordentlich zu, und es blieb erstaunlich wenig übrig.

»Ihr sollt das essen«, sagte Lara zufrieden. »Und ich rolle mich jetzt zu meinen Yogakursen. Habt ihr für heute schon was geplant?«

»Mein Handy anstarren?«

Lara verdrehte die Augen. »Moment.« Sie schaute auf ihr Handy. »Wusste ich's doch. Nelas Schwester Tini hat noch eins übrig. Sie ist zu Hause, du kannst dort gleich vorbeigehen und es abholen.«

»Wer ist Nela?«

»Unsere Inselhebamme. Sie hat vor ein paar Jahren ein Geburtshaus eröffnet. Vor zwei Jahren hat sie ihre Freundin Ruth nach Norderney gelockt, und die hat das Möwennest eröffnet, nachdem sie sich in den Schäfer verliebt hat.«

»Den Schäfer?«

»Du wirst sie alle kennenlernen.«

Stella wusste nicht, ob sie da so scharf drauf war, und vor allem: Wann genau sollte sie die vielen Leute kennenlernen? Lara warf fröhlich mit den Namen um sich, diese Menschen waren für sie selbstverständlich.

»Wann denn?«, fragte sie, obwohl ihr die Antwort vermutlich nicht gefallen würde.

»Samstag hat Hanno Geburtstag, wir feiern alle im Möwennest.«

»Wer ist Hanno?«

»Na, der Schäfer!«

Ach so, na klar. Stella lachte auf, und Lara, die gerade etwas eintippte, blickte auf. »Mach dich nur lustig über uns.«

»Mach ich gar nicht. Ich wusste nur nicht, dass wir Kurzurlaub mit Familienanschluss gebucht haben.«

Lara steckte das Handy ein. »Sie sind alle sehr nett«, versprach sie.

»Okay.«

»Wenn es euch zu viel wird, könnt ihr jederzeit heim.«

»Gut.«

»Ich schreib dir die Adresse auf, Tini ist zu Hause. Ist nur drei Straßen weiter.«

Stella nickte. Sie versuchte, das aufkeimende Gefühl von Unruhe niederzukämpfen. Unter Menschen gehen. Sie schaffte das. Nicht mehr verkriechen.

»Ich muss los.« Lara umarmte sie zum Abschied. »Tschüss, Mira!«

»Tschüüüühüüüüß!«, rief Mira. Sie war schon wieder in ihrer Zahlenwelt versunken.

Stella räumte den Tisch ab. Im Internet hatte sie nach Tipps für Norderney mit Kindern gesucht und war fündig geworden: Es gab eine Inselbahn, die regelmäßig bis zur Wittdün verkehrte. Von dort konnten sie zurück Richtung Inseldorf wandern und unterwegs beim Minigolf-Platz eine Runde spielen. Mira liebte Minigolf.

Aber erst musste sie das Handy bei Tini abholen. Sie nahm die SIM aus ihrem Handy, begrub es wieder unter dem Reis und ließ es mit vielen guten Wünschen zurück. Als sie aus dem Haus traten, fing es leise an zu nieseln, doch über dem Meer war der Himmel schon wieder blitzblau. Der Regen war hoffentlich nur ein Schauer.

Mira und Stella zogen sich die Kapuzen tief in die Stirn und liefen los. Tatsächlich hörte es schon drei Straßen weiter auf zu regnen und die Sonne kam raus. Stella blieb vor einem großen, weißen Jugendstilhaus stehen, das von einer Magnolie und einer Kastanie flankiert wurde. Über dem Haupteingang stand in geschwungenen Buchstaben »Geburtshaus«. Das musste es wohl sein.

Lara hatte ihr erklärt, Tini wohne im rechten Flügel. Dort gab es seitlich einen zweiten Eingang. Stella klingelte. Im Innern hörte man Schritte poltern, dann riss eine junge Frau die Tür auf. Ihre schwarzen Haare hatten pinke Spitzen, der Pony hing über die Augen, die grün blitzten. Sie trug eine Haremshose und ein lockeres T-Shirt. »Hi! Ihr müsst Stella und Mira sein. Ich habe das Handy schon rausgelegt.«

»Hallo Tini.«

Sie betraten den Flur. Friesisch rummelig, Gummistiefel auf dem Schuhregal, ein Dutzend Jacken an der Garderobe, aus der angrenzenden Küche drang Radiogedudel. Tini zeigte Stella das Handy, ziemlich neu, kaum benutzt, wie Tini einräumte. »Ich brauchte es für meine Arbeit als Influencerin. Aber kurz danach bekam ich ein neues von einem Kooperationspartner. Du kannst es gerne haben.«

»Was willst du dafür?« Stella geriet ins Schwitzen. Sie hatte mit einem älteren Modell gerechnet, mit dem sie die Zeit überbrücken konnte, bis sie sich ein neues leisten konnte. Das hier *war* praktisch neu und sah ziemlich teuer aus.

»Ach, ich überleg mir was. Du kannst es erstmal nehmen, bis wir wissen, ob deins das Schlickbad überlebt hat.«

»Danke.« Stella versuchte, das schlechte Gewissen wegzudrücken. Tini half ihr, die SIM-Karte einzulegen.

»Schau! Schon ist es irgendwie deins. Alle Kontakte sind da.«

»Gibst du mir auch deine Nummer?«, fragte Stella schüchtern. »Falls ich es doch länger brauche …«

»Na klar.« Tini diktierte die Nummer, Stella rief sie an, damit beide die neuen Kontakte direkt speichern konnten. Mira hatte geduldig gewartet, doch jetzt wollte sie los.

»Viel Spaß auf Norderney!«, wünschte Tini zum Abschied.

Dann standen sie draußen. Stella atmete auf. Es war ihr so unangenehm, sich von anderen helfen zu lassen. Warum eigentlich? Tini brauchte nicht zwei Handys, und Stella hatte gerade Bedarf. Wieso fiel es ihr so schwer, eine Leihgabe anzunehmen?

Sie musste nicht *alles* allein schaffen.

Auf dem Weg zur Inselbahn mussten sie sich ein wenig beeilen und erreichten atemlos und etwas nassgeregnet – der zweite Schauer ging gerade nieder – die Haltestelle hinter dem Kurpark. Fünf Minuten später ging es los, gemächlich und begleitet von den launigen Kommentaren des Fahrers. Mira kuschelte sich an Stella und guckte neugierig aus dem Fenster. Sie wirkte so entspannt wie lange nicht. Der Urlaub war nicht nur für Stella nötig, merkte sie.

An der Wittdün stiegen sie aus, stapften über den Dünenweg zum Strand und liefen bis zum Wasser. Mira zog ihre Regenjacke aus, Stella lief langsam hinterher, während Mira mit den Füßen schon wieder im Meer stand. Sie zog das Handy aus der Hosentasche, strich über das Display. Es war ein anderes Modell als ihr bisheriges, sie musste einiges erst suchen. Aber die Kontakte fand sie schnell, alles noch da, sie suchte nach Georg und wählte seine Nummer.

»Stella!« Er klang atemlos.

»Hi, Georg.«

»Hey. Warte einen Moment, ich muss mich setzen.« Er schnaufte.

»Was machst du?«, erkundigte sie sich belustigt.

»Joggen.«

Stella lachte. »Ist doch gar nicht deine Art?«

»Aber es tut mir leider gut, und ich bin jetzt in so einem Alter, da verzeiht der Körper zwar das abendliche Alt im Schlüssel, aber er braucht dafür deutlich länger als früher.«

»Und mit Joggen geht's schneller?«

»Nein. Aber ich bilde mir ein, dass die frische Luft mir gut tut und so eine Nahtoderfahrung hier und da schadet nicht. Puh!«

Stella schwieg.

»Scheiße. Das war unsensibel von mir. Sorry.«

»Nein, schon okay«, beeilte sie sich zu sagen. »Mich kriegen keine zehn Pferde zum Joggen, mir wird also diese Erfahrung erspart bleiben.«

»Sei's drum. Also, vorhin hast du ja unser Gespräch etwas abrupt beendet.« Sie konnte sein Lächeln hören.

»Ja, tut mir leid. Ich war überfordert, und dann ist mein Handy in den Schlick gefallen.«

»In den Schlick?«

»Wir sind auf Norderney. Lara besuchen.«

»Ach so.«

Stille. Stella beobachtete, wie Mira immer kleiner wurde. Sie bückte sich gelegentlich nach einer Muschel und sammelte die schönsten in der Bauchtasche ihres pinken Hoodies.

»Jedenfalls … Ich habe mich ewig nicht gemeldet, du dich auch nicht, und wir hatten beide unsere Gründe. Ich war sauer auf dich, und du hast das respektiert. Danke dafür. Aber dann hast du angerufen, und das erste, was du sagst, ist, dass du von unserer Wohnungsnot gehört hast. Ich meine, du hast das alles gewusst. Sobald wir von Piets Tod erfahren haben, musst du gewusst haben, in welchen Abgrund ich blicken werde. Und es war dir egal? Oder du wolltest lieber deinen Arsch retten, statt mich mal behutsam darauf hinzuweisen, was da auf mich zurollt. Noch besser wär's natürlich gewesen, wenn mir *irgendwer irgendwann* zu einem früheren Zeitpunkt gesagt hätte, was da lief.

Und nicht erst, nachdem Piet keinen anderen Ausweg mehr sah.«

Atemlos hielt sie inne. Sie hatte das alles gar nicht sagen wollen. Aber sobald sie damit anfing, gab es kein Zurück mehr.

»Ich hätte wenigstens gern die Chance gehabt, irgendwas zu tun«, fügte sie etwas leiser hinzu. »Ihm helfen.«

Sie hörte, wie Georg tief durchatmete – und das nicht, weil ihn das Joggen so erschöpfte. »Du hast doch alles getan. Er war mit euch glücklich.«

»Das meine ich nicht. Ich hätte gern diese schlechten Zeiten mit ihm zusammen durchgestanden. Damit er nicht … diesen Ausweg wählt.«

Georgs Stimme klang belegt. »Wir wissen beide, dass er sich nie hätte helfen lassen. Vor allem nicht von dir.«

Stella schloss für einen Moment die Augen. Sie hörte das Meeresrauschen, Mira juchzte, weil sie einen besonders schönen Fund gemacht hatte, und dann war da am anderen Ende der Leitung der beste Freund, den Piet gehabt hatte. Miras Patenonkel. Auch ihr Freund seit so vielen Jahren. Und dieser Mann weinte, weil er Piet nicht hatte retten können, weil er sich Vorwürfe machte, so wie sie sich Vorwürfe machte. Sie hatten beide so viel aushalten müssen. Aber was brachte es, wenn sie einander weiter Vorwürfe machten? Er hatte gefragt, ob er ihr helfen könne. Und sie lehnte seine Hilfe ab, so wie Piet es getan hatte. Gut, die Ausgangslage war eine andere. Stella würde es schon irgendwie schaffen. Es gab Lösungen. Aber sie sollte nicht denselben Fehler machen wie Piet.

»Wir müssen uns verzeihen.« Georg räusperte sich. »Ich weiß, das klingt einfacher als es ist. Aber ich versuche es. Mir verzeihen, weil ich Fehler gemacht habe. Bei alledem dürfen wir nur nicht vergessen, dass es nicht unsere *Aufgabe* war, ihn zu retten. Wie hätten wir das tun sollen, wenn wir nicht das ganze Ausmaß kannten? Auch ich habe zu spät erkannt, wie schlimm es war. Das

tut mir leid. Ich hätte aufrichtig sein müssen und habe ihn stattdessen geschützt.«

Stella blinzelte. Der Wind trieb ihr die Tränen über die Wangen. »Ich …« Sie verstummte.

Georg wartete.

»Ich muss nachdenken«, sagte sie schließlich.

»Meldest du dich?«

»Ja. Bald«, versprach sie.

Dann war da nur noch das Meer. Und Mira, die fröhlich durch
die Brandung stapfte, dass die Gischt aufspritzte. Ihr Kind, das
endlich wieder glücklich sein konnte. Daheim hatte zu oft ein
Schatten auf ihrem Alltag gelegen, ständig hatte Stella Sorgen, die
sie niederdrückten, und dann kam die Trauer wieder angekrochen. Sie war im vergangenen Jahr nicht immer die geduldige,
zugewandte Mutter gewesen, die sie so gerne wäre.

Sie lief auf Mira zu, wählte die Kamera des Smartphones an
und ging in die Hocke, um die Bewegung des Meers und die
Fröhlichkeit des Mädchens einzufangen. Über ihnen kreisten
Möwen und schrien ihren Frust heraus, weil weder Mira noch
Stella ein Fischbrötchen mitgebracht hatten, das man ihnen aus
der Hand reißen könnte.

Stella kniff die Augen zusammen. Sie scrollte durch die Fotos,
die sie gemacht hatte. Es war natürlich nicht dasselbe wie fotografieren mit einer Spiegelreflexkamera. Aber sie sah die Schönheit
im Detail, die Komposition. Es ging darum, mit den Fotos ein
Gefühl einzufangen, eine Erinnerung zu bannen, ohne diese Erinnerung zu beschädigen.

Mira lief auf sie zu, die Hände voll mit Muscheln und Steinen.
Ihre Augen strahlten. Sie hatte heute früh gegen den Regen eine
Strickmütze aufgesetzt, die sie sich tief in die Stirn gezogen hatte,
der pinke Hoodie leuchtete weithin und dazu dieses Lachen, diese
Lebensfreude … »Darf ich ein Foto machen?«, fragte Stella. Sie

fragte *immer*, denn Mira hatte nicht immer Lust, fotografiert zu werden, und das respektierte Stella. Doch jetzt nickte sie begeistert. Stella knipste ein paar Fotos, zeigte Mira die Aufnahmen und richtete dann das Handy auf die Möwen. Doch die waren zu weit weg, und nach mehreren Versuchen gab sie es auf. Mit einer guten Kamera hätte sie bestimmt bessere Chancen.

Sie merkte, wie viel Spaß ihr die Kamera dieses neuen Smartphones machte. Auf dem Weg zum Minigolf-Platz machte sie noch mehrere Fotoserien, spielte mit den Einstellungen der Kamera-App und brummte zufrieden.

Mira lief neben ihr und erzählte etwas Lustiges aus dem Buch, das sie gerade las. Sie löste sich immer mal wieder von Stella, rannte zum Meer und kam mit einer besonders schönen, rot marmorierten Muschel zurück. Ihre Fröhlichkeit war so atemlos und ansteckend, dass Stella schon bald das Gespräch mit Georg abschütteln konnte. Im Moment sein. Die Zeit mit ihrer Tochter genießen. Darum ging es gerade.

11

Abends scrollte Stella durch die Fotos, die sie über den Tag gemacht hatte. Mira saß neben ihr und entschied, welche Aufnahmen von ihr gelöscht werden mussten, weil sie zu verkniffen in die Sonne blinzelte, und welche Stella an Opa schicken durfte.

»Schickst du das hier an Georg?«, fragte Mira und zeigte auf ein Selfie von ihnen beiden. Aufgenommen in den Dünen, kurz bevor sie zum Minigolf gingen.

»Klar.« Stella wählte das Foto aus und schickte es an Georg. Kleines Lebenszeichen, Friedensangebot, wie auch immer man es nennen wollte. Sie atmete tief durch. Dann legte sie das Smartphone beiseite. Mira lief in die Küche, sie wollte Lara beim Kochen helfen.

Als sie wenig später am Tisch saßen und sich den Nudelauflauf schmecken ließen, erzählten Stella und Mira mit glänzenden Augen von ihrem wunderschönen Tag am Meer. »Es ist so toll hier«, seufzte Mira. »Ich wünschte, wir können für immer bleiben.«

Stella sagte dazu nichts, doch sie bemerkte den Blick, den Lara ihr zuwarf. Fragend, ein bisschen nachdenklich.

»Du hattest recht«, sagte Stella leise. »Hier am Meer wird der Kopf ganz leise. Es grübelt sich schlechter, wenn man am Strand steht.«

Lara nickte. »So ging es mir auch.«

Später, als die Küche aufgeräumt war und Mira müde wurde und sich auf das Schlafsofa kuschelte, gingen Stella und Lara nach draußen. Sie saßen im Strandkorb, tranken Rhabarberlimo und knabberten Salznüsse, kuschelten sich unter die Wolldecken und warteten auf die ersten Sterne.

»Es ist komisch.« Stella suchte nach den richtigen Worten.

»Was genau?«

»Ich habe nichts von diesen Tagen am Meer erwartet. Wir müssen bald entscheiden, wo wir hinziehen, und Düsseldorf wird's wohl nicht sein. Vermutlich zu meinem Vater, und dort muss ich dann einen Job suchen. Bis vor einem Jahr war mein Leben so einfach, und seitdem ist es immer komplizierter geworden. Ich habe das Gefühl, keine Zeit für mich zu haben. Zum Trauern. Oder dafür, mich zu fragen, was genau ich machen will. Ob ich überhaupt eine Wahl habe oder als Kassiererin beim nächsten Supermarkt ende, weil ich nichts Vernünftiges gelernt habe.«

»Na ja, du hast immerhin studiert.«

»Ja, aber angefangen habe ich nichts damit.«

Lara zuckte mit den Schultern, aber nicht fatalistisch, sondern eher, als wollte sie Stella ermutigen. *Kann ja noch werden.*

»Du könntest auch hierbleiben.« Lara hatte die Augen halb geschlossen, die Flasche in der Hand, ein zufriedenes Lächeln auf dem Gesicht.

»Aber hier ist es mit Wohnraum noch schwieriger als in Düsseldorf, oder?«

Lara zuckte mit den Schultern. »Vielleicht auch nicht. Riekje sucht Unterstützung für das Café. Wäre das was für dich?«

»Als Kellnerin?«

»Ja, so was.«

Stella fühlte sich nicht in der Lage, irgendwelche Ansprüche an einen Job zu stellen. Kellnern? Das hatte sie zuletzt während des Studiums gemacht. Es wäre ein Anfang. Allemal verlockender als noch mehr Rotz von Kleinkindern wegzuzaubern. Doch dafür nach Norderney ziehen? Und nach der Hauptsaison wäre sie arbeitslos?

Etwas anderes bereitete ihr viel größere Sorgen. »Wir brauchen auch eine Wohnung. Mira müsste hier zur Schule gehen …«

»Ich weiß. Wenn du an dem Job interessiert bist und es mit Riekje passt, könnten wir nach einer Wohnung schauen. Fürs Erste könnt ihr auch bei mir wohnen, und ich ziehe ins Dachgeschoss vom Möwennest, während Ruth vorübergehend in die Schäferei zieht. Nicht ideal, aber es wäre ein Übergang.«

Stella schwirrte der Kopf. Es klang, als hätte Lara sich schon einige Gedanken darüber gemacht. Sie selbst verstand nur die Hälfte von dem, was Lara erzählte.

»Weißt du was? Ich glaube, Mira und du solltet einfach mal die Menschen kennenlernen, mit denen ich hier in lockerer Gemeinschaft zusammenlebe. Samstagabend bei Hannos Geburtstagsparty zum Beispiel. Kommt mit, lernt alle kennen – und dann kannst du dich entscheiden. Du musst das nicht sofort wissen, nur weil ich dir einen Job hinwerfe wie einem Hund den halb abgenagten Knochen.«

Stella grinste schief. »Dieser Hund muss sich tatsächlich mit einem halb abgenagten Knochen zufriedengeben«, räumte sie ein. »Okay, ich schau's mir mal an.«

»Braver Wauzi.« Sie lachten, stießen die Limoflaschen aneinander und besiegelten damit ihre Vereinbarung. Stella versprach, sich am nächsten Tag bei Riekje zu melden.

Als sie schlafen ging, fühlte sie sich ein kleines bisschen leichter. Ihr Leben hatte im vergangenen Jahr so viel Veränderung mit sich gebracht. Eigentlich sollte eine zusätzliche, große Veränderung – ein Umzug mit Wohnortwechsel, ein komplett neuer Job, all das – sie eher abschrecken. Aber in den letzten vierundzwanzig Stunden war etwas Merkwürdiges mit ihr passiert. Je weiter sie sich räumlich von Düsseldorf entfernte, umso mehr konnte sie durchatmen. Was hieß das für ihre Zukunft? War Düsseldorf dann überhaupt noch der richtige Ort für sie? Und falls nicht – gab es auf Norderney einen Platz für sie?

Sie spürte, wie sie am Meer zur Ruhe kam. Und sie merkte dasselbe bei Mira, die allzu oft unruhig gewesen war. Sicher auch wegen der Ungewissheit. Sollte Stella für sich und ihre Tochter nicht lieber einen kompletten Neuanfang wagen, statt weiterhin an einem Leben festzuhalten, das sie beide zu sehr schmerzte?

»Sorry, dass du warten musstest.« Mit einem Seufzen ließ Riekje sich auf dem Stuhl neben Stella nieder. »Hi Mira, schön dass du deine Mama begleitest. Willst du wieder eine heiße Schokolade?«

»Hallo.« Mira schmiegte sich an Stella. Sie war auf einmal ganz schön schüchtern, sonst gar nicht ihre Art, sie kannte und mochte Riekje ja schon. Vielleicht spürte sie die Veränderung, die in der Luft lag und die Stella noch nicht aussprach, weil sie sich erst selbst ganz sicher sein wollte.

Riekje schaute von Stella zu Mira und verstand. »Oder möchtest du mal drüben im Lädchen nach Ruth und Neruda gucken? Neruda ist ein ganz lieber Hund, den wirst du mögen.«

Stumm nickte Mira.

»Na, komm.« Riekje stand auf und streckte die Hand aus. Mira nahm sie und ging mit ihr aus dem Café. Stella folgte den beiden.

Der kleine Laden auf der anderen Seite der großen Halle mit der langen Tafel und den vielen Türen zu den verschiedenen Kursräumen war ihr schon bei ihrem ersten Besuch aufgefallen. Jetzt traten sie ein, wurden freundlich von einer dunkelhaarigen Frau begrüßt, die hinter dem Tresen stand und Bienenwachskerzen und Seifen auffüllte. Auf einer Decke neben dem Tresen lag ein großer, wuscheliger Hund.

»Hallo Ruth!«

»Hey Riekje.« Die beiden umarmten sich flüchtig.

»Stella und Mira sind übers Wochenende hier. Kann Mira mit Neruda spazieren gehen, während ich mit Stella rede? Das ist für sie sonst total langweilig.«

»Kein Problem. Leni und Noah wollten gleich vorbeikommen und ihn für eine Runde holen. Magst du mitgehen? Die beiden sind etwa in deinem Alter.« Ruth lächelte Mira aufmunternd an, und jetzt vergaß Mira ihre Schüchternheit.

»Au ja!« Ihre Augen strahlten. Andere Kinder *und* ein Hund? Das klang wohl sehr verlockend. »Darf ich, Mama?«

»Na klar.« Stella war erleichtert. Ein Vorstellungsgespräch im Beisein ihrer Tochter zu führen wäre ihr nicht besonders professionell vorgekommen.

Sie kehrte mit Riekje in das Café zurück. »Möchtest du was trinken?«, fragte Riekje.

»Ein Wasser, bitte.« Stella setzte sich wieder. Riekje musste an der Theke zwei Gäste bedienen, die bezahlen wollten. Als sie zurückkam und das Wasser hinstellte, kam sie gleich zur Sache.

»Also, du siehst ja, was hier los ist. Eigentlich müsste ich in der Backstube stehen. Ich habe Unterstützung, im Moment läuft's aber so gut, dass ich über zusätzliche Hilfe ganz froh wäre. Lara meint, du hast schon mal gekellnert?«

»Früher im Studium.«

»Ist ja auch kein Hexenwerk, da bist du bestimmt schnell wieder drin.« Riekje lächelte aufmunternd. »Also, von mir aus kannst du morgen anfangen.«

»Du brauchst keine Referenzen?«

»Nö. Ich bin froh, jemanden zu finden, und wenn Lara sagt, du taugst, genügt mir das.«

»Wow, okay.« Stella überlegte. Es waren noch vier Wochen bis zu den Sommerferien. Konnte sie Mira so kurzfristig aus der Schule nehmen und auf Norderney anmelden? Oder sollte sie lieber noch die vier Wochen warten? Aber der Mietvertrag lief zum Monatsende aus ...

Sie seufzte. Wieder so viele Fragen. Und die drängendste – wo sollten Mira und sie auf der Insel wohnen? – war noch gar nicht geklärt.

»Ich überleg's mir.«

»Klar. Ist ja auch ein großer Schritt, auf die Insel zu ziehen.«

»Was hat dich hierher gezogen?«

Riekje lachte. »Oh, ich bin hier geboren und aufgewachsen. Und mich kriegt niemand weg von der Insel. Bevor ich mich selbstständig gemacht habe, hatte ich eine Stelle bei einer Zimmervermittlung. Auch schön, aber nicht das, was ich mein Leben lang machen wollte.«

»So könnte es mir mit dem Kellnern auch gehen«, gab Stella zu.

»Dann ist das so. Was wäre denn dein Traum? Also, wenn du wirklich ohne Rücksicht auf all die Umstände entscheiden könntest?«

Stella musste nicht lange überlegen. »Fotografieren«, sagte sie.

»Wow, spannend! Was genau? Porträt, künstlerisch, Landschaften ...«

Stella zuckte unbehaglich mit den Schultern. »Keine Ahnung. Aber ich habe gerade mein altes Handy geschrottet, das neue macht fantastische Fotos, und vielleicht liegt's nicht nur am Handy, sondern auch an der Person, die das Handy bedient. Ich wollte mal in der Richtung arbeiten, aber dann kam was dazwischen.«

In einem anderen Leben. Bevor Piet und sie zusammenzogen und sie nach dem positiven Schwangerschaftstest aufhörte, über eine eigene Karriere nachzudenken, weil Piet ja für alles sorgte. Das sagte Stella nicht. Sie dachte es nur und schämte sich, weil sie so naiv gewesen war zu glauben, dass sie damit fürs Leben ausgesorgt hätte.

»Ich musste meinen Traum damals auch gegen viele Widerstände durchsetzen. Vor allem gegen die hier drin.« Riekje tippte sich gegen die Stirn. »Mann, habe ich mir selbst im Weg gestanden. Da musste dann erst Yanis kommen und mir zeigen, dass ich's drauf habe. Hätte ich da auch selbst draufkommen können? Ja, sicher. Ich war aber nach der vorherigen Beziehung komplett blockiert, mein Selbstbewusstsein war am Boden, und ich musste erst wieder lernen, wie viel ich schaffen kann.« Sie lachte. »Seitdem geht's meistens. Ach so, neu ist allerdings, dass ich allen Leuten erzähle, wie gut es mir geht, seit ich meinen Traum vom Café verwirklicht habe. Was ich eigentlich sagen möchte: dream big. Die Träume könnten sich nämlich in die Tat umsetzen lassen. Vor allem hier.« Riekje umfasste mit einer Handbewegung das Café, das Möwennest – und vielleicht die ganze Insel. »Keine Ahnung, warum. Aber ich habe Norderney immer als selbstverständlich hingenommen und spät bemerkt, wie besonders das Leben hier ist.«

»Wenn du gerade versuchst, mir den Umzug schmackhaft zu machen …«

Riekje grinste. »Würde mir ja nicht im Traum einfallen. Aber nur zu! Frag mal Ruth. Die musste holterdiepolter aus München weg und ist geblieben. Manchmal hat die Insel sehr genaue Vorstellungen davon, wer hierher gehört.«

»Klingt fast beunruhigend.«

»Frag sie. Ich glaube, sie ist ganz zufrieden hier.«

»Mache ich«, versprach Stella.

»Sagst du Bescheid, wenn du dich entschieden hast?«

Stella versprach auch das. Riekje musste schon wieder los, mehr Gäste bedienen und Kuchen backen. Sie winkte Stella und verschwand Richtung Backstube.

Stella blieb noch einen Augenblick sitzen. Die Atmosphäre im Café gefiel ihr. Die meisten Besucher waren entspannt und brachten Zeit mit, sie ließen sich auf Gespräche ein und hatten gute Laune. Sie sah ältere Damen in Northface-Jacken und mit Wanderstöcken, die sich an einem Tisch niederließen, Kaffee und Torte bestellten und einander zufrieden anlächelten. Junge Familien mit ein, zwei, drei kleinen Kindern, die Waffeln mit Kirschen und extra Sahne orderten. Die Eltern waren müde, ein bisschen abwesend, aber auch ihre Mienen hellten sich auf, wenn sie am Tee nippten und von den Waffeln probierten. Das Café war fast ein bisschen magisch. Wen es hier reinspülte, der fand einen Ort, um sich von egal welchen Strapazen zu erholen und ein bisschen Glück vom Teller zu naschen.

Sie trank das Wasser aus, brachte ihr Geschirr zum Tresen und schlenderte rüber zum Lädchen. Ruth stand auf einer Leiter und holte einzelne Strickschals runter, die an einer Stange hoch oben an der Wand hingen. Ein älteres Ehepaar in zueinander passenden Outdoorjacken in rot und grün suchte jeweils harmonierende Schals dazu. Ruth legte die Stange auf einen Tisch mit Strickwolle und ließ die beiden in Ruhe schauen und Farben vergleichen. Sie sollten nicht nur zu den Jacken passen, sondern auch zueinander.

»Hey, was kann ich für dich tun? Deine Tochter ist noch unterwegs.«

»Riekje hat mich geschickt. Ich überlege, bei ihr anzufangen, aber zugleich hat sie mich … naja. Ermutigt, mehr über meinen Traumjob nachzudenken.«

Ruth machte »tss«. »Ehrlich, das ist typisch Riekje. Kaum hat sie jemand als Aushilfe in Aussicht, kommt sie mit der ›Verwirkliche *deinen* Traum‹-Rede um die Ecke? Ich meine, wessen Traum ist es denn, als Kellnerin zu arbeiten?«

»Für den Moment wäre ich schon froh über den Job. Aber …«

Ruth wurde ernst. »Ich verstehe dich total. Ging mir auch so, als ich herkam. Ich brauchte einen Ort, wo ich unterschlüpfen konnte. Einen Job. Ich kam gerade von einer Weltreise und wusste überhaupt nicht, wohin mit mir, weil meine Mitbewohner mich quasi aus meiner eigenen Wohnung geworfen haben. Darum kam ich hierher, fand einen Job in der Schäferei, und plötzlich bin ich mit dem Schäfer verheiratet und habe zwei Stiefkinder.« Sie lachte. »Ehrlich, das war nicht unbedingt das Leben, das ich für mich geplant hatte, aber ich liebe alles daran. Ich wäre auch ohne Mann und Kinder glücklich geworden. Vielleicht. Aber nicht *so*.«

Stella schluckte. »Ja, das klingt schön«, sagte sie. Was sollte sie auch sagen? *Ich war auch mal glücklich mit meinem Mann und meinem Kind. Aber dann hat er mich jahrelang belogen, und weil er sich so sehr schämte, hat er sich lieber umgebracht.*

Die Wahrheit war brutal, und sie war immer noch nicht darüber hinweg, wie groß der Verrat war, den Piet an ihrem gemeinsamen Leben begangen hatte. Vielleicht würde sie auch nie darüber hinwegkommen. Aber sie wollte nach vorne blicken. Ihr restliches Leben sollte nicht von einer Lüge dominiert werden.

»Wir müssten in Düsseldorf alle Zelte abbrechen. Mira müsste hier zur Schule gehen.«

Ruth nickte verständnisvoll. »Ein riesiger Schritt. Wie alt ist sie? Acht?«

Stella nickte.

»Dann kommt sie vielleicht in Noahs Klasse. Die beiden haben sich auf Anhieb super verstanden. Leni kommt dieses Jahr auch in die Schule.«

»Ich muss nachdenken.«

»Das verstehe ich. Sehen wir uns morgen bei Hannos Party?«

Stella nickte. Sie nahm sich fest vor, dort hinzugehen. Mit den Menschen reden. Zuhören. Fragen stellen. Oh, sie hatte so viele Fragen! Es war ein großer Schritt. Dennoch war sie gewillt, diesem neuen Leben eine Chance zu geben.

»Aber was willst du denn auf Norderney?«

Georg klang überhaupt nicht begeistert. Stella rief ihn abends an, als Mira schon schlief und Lara noch nicht da war. Mondscheinyoga, hatte sie entschuldigend erklärt, der Kurs war schon seit Wochen ausgebucht. Störte Stella nicht. Sie fand sich in Laras Wohnung zurecht, und nach Nudeln mit Pesto hatte sie Mira vorgelesen, bevor sie das Licht löschte und mit ihrem Buch und einer Limo nach draußen ging. Aber draußen war es kühl und das Buch langweilte sie, deshalb daddelte sie nur auf dem Handy herum. Bis sie Georg schrieb: *Noch wach? Ich würde gern mit dir reden.*

Er rief sie drei Minuten später an, und sie erzählte ihm von ihren Plänen. Mit der Reaktion hatte sie nicht gerechnet.

»Neu anfangen«, war ihre schlichte Antwort.

Georg schwieg.

»Ich sehe gerade keine Zukunft in Düsseldorf«, fügte sie leise hinzu. »Keine neue Wohnung. Wir müssten weiter raus ziehen, dann muss Mira ohnehin die Schule wechseln. Die Jobsuche, all das … Hier hätte ich einen Job.«

»Als Kellnerin. Das bist du doch nicht, Stella.«

»Ich hab halt nichts Vernünftiges gelernt.«

»Du hast Fotografie studiert.«

»Aber ich kann mich nicht von heute auf morgen selbstständig machen. Das dauert alles. Ich habe ein Kind, kein Geld, ich muss irgendwo anfangen.«

Warum verstand er nicht, dass sie froh um die Chance war? Dass sie keine Kraft hatte, sich in eine Selbstständigkeit zu werfen, wenn sie sich zugleich um Mira kümmerte? Wenn sie immer noch täglich mit der Trauer konfrontiert wurde? Wie viel Energie es sie kostete, nach vorne zu schauen und einen Weg für sich zu finden? Hier wäre ein Anfang, und sie hatte gehofft, Georg könnte sie darin bestärken. Nur damit er ihr jetzt quasi Vorwürfe machte, weil sie Düsseldorf hinter sich lassen wollte?

»Was denkt Mira?«

»Sie mag Norderney. Sie hat schon ein paar Kinder kennengelernt, mit denen sie sich gut versteht.«

Sie wusste, worauf Georg hinauswollte. Aber Mira hatte den Spaziergang mit Neruda, Noah und Leni sehr genossen. Nach über einer Stunde waren die drei Kinder stolz und mit einem komplett sandigen Hund zurückgekommen, der sich am Strand gewälzt hatte, wie Mira mit glänzenden Augen berichtete. »Mama, kriegen wir auch einen Hund?«

In Düsseldorf wäre das keine Option gewesen. Auf Norderney vielleicht. Wenn sie irgendwann angekommen wären.

»Sie muss die Schule wechseln.« Georg klang nicht überzeugt.

Stella seufzte. »Schade. Ich habe gehofft, du würdest mich bestärken.«

Georg schwieg einen Moment. »Das könnte ich vielleicht. Aber ich habe den Eindruck, du läufst vor deinem Leben davon.«

»Nein«, erwiderte sie heftig. »Genau das tue ich nicht. Ich laufe dem Leben entgegen. Ich suche Lösungen und stecke nicht mehr den Kopf in den Sand, wie ich's die letzten Monate getan habe. Du weißt nichts über mich, Georg. Du warst nicht da.«

»Weil du mich nicht da haben wolltest«, erinnerte er sie sanft.

Stella schnaubte. Sie spürte, wie sich ihr Herzschlag beschleunigte und der Ärger wieder in ihr hochkochte. »Erinnere mich lieber nicht daran.«

Beide verstummten. Ein bisschen atemlos auf Stellas Seite. Was war das, dass Georg und sie sich bei jedem Gespräch in die Haare bekamen?

»Okay. Ich möchte auch gar nicht streiten.« Georg klang wieder versöhnlich. »Es kommt wohl nur so überraschend. Wir haben wieder Kontakt, und das erste, was du planst, ist ein Umzug auf eine weit entfernte Insel.«

»So weit ist sie gar nicht entfernt. Und es ist ja auch erstmal eine Idee. Ohne Wohnung wird's schwierig, und Norderney ist da nicht so anders als Düsseldorf. Kann also sein, dass Mira und ich in zwei Wochen bei dir auf der Matte stehen und ein Bett brauchen.«

»Das Gästezimmer steht euch jederzeit zur Verfügung«, sagte Georg sanft.

Ja, aber ich will das nicht.

Sie sprach es nicht laut aus. Eine Option zu haben war das eine. Sie auch anzunehmen etwas völlig anderes. Sie fühlte sich nicht bereit dafür. Es war zu viel passiert.

»Halte mich auf dem Laufenden, ja? Wenn du magst.« Georg klang nicht besonders glücklich. Hatte er gehofft, sie würde ihn um Hilfe bitten?

Nein. Ich war zu lange abhängig. Ich brauche das. Die Dinge selbst in die Hand nehmen und meistern.

Sie beendeten das Gespräch. Stella saß in der hereinbrechenden Dunkelheit. Sie bildete sich ein, in der Ferne das Rauschen des Meers zu hören. Schön war das. Sie wollte mehr davon.

Eine halbe Stunde später kam Lara nach Hause, leicht überdreht und erhitzt von einer intensiven Yoga-Einheit. »Bleiben wir noch etwas wach?«, fragte sie. Stella nickte. Lara brachte ihr noch eine Limo, sie saßen nebeneinander im Strandkorb.

»Gar kein Mond zu sehen.«

Lara gluckste. »Ich nenne es auch nur so. Heute ist Neumond, es ist ein riesiger Betrug, den ich da abziehe. Nein, im Ernst. Die Kursteilnehmerinnen mögen das. Sie können sich abends noch mal ein bisschen auspowern, und zum Schluss liegen sie im Shavasana auf ihren Matten, und mindestens die Hälfte von ihnen schnarcht leise. Wenn ich sie anschließend in die Nacht entlasse, sind alle ganz weich. Im Blick und im Herzen.« Lara lächelte. »Ich liebe meinen Job.«

»Das merkt man.«

»Um noch mal auf meine Idee mit der Fotografie zurückzukommen … Ich habe ja immer noch keine Webseite. Keine Ahnung, ob ich die brauche; Ruth meint, ja. Jedenfalls bräuchte ich dafür auf jeden Fall professionelle Fotos. Es wäre dein erster Auftrag. Na? Klingt das gut?«

Stella starrte zum Himmel hoch. »Du willst unbedingt, dass ich bleibe, nicht wahr?«, sagte sie leise.

»Erwischt. Ich glaube, du brauchst diesen Wechsel. Es wird dir gut tun. Die Insel. Die Menschen hier. Ich habe das auch nicht gedacht, als ich herkam. Was soll das schon sein? Aber dann habe ich Ruth besser kennengelernt. Nela, Tini, Sirja, Riekje ... sie alle haben mich so sehr unterstützt. Ich hätte das nicht für möglich gehalten, aber ich bin angekommen.«

»Es geht eben nicht nur um mich«, sagte Stella leise. »Ich muss auch an Mira denken. Was für sie gut ist. Was sie braucht.«

»Sie braucht eine Mutter, die genug Kraft schöpfen kann, um für sie da zu sein.«

Sie schwiegen lange.

»Also, ich weiß nicht viel übers Elternsein. Aber Mira ist ein tolles Mädchen und du bist eine tolle Mutter. Ihr seid eine Einheit. Das wart ihr früher schon.«

Früher. Bevor Piet starb.

»Und wenn es nicht klappt, geht ihr nach einem halben Jahr zurück. Oder ihr versucht's für die Sommerferien und entscheidet danach, ob ihr zu deinem Vater zieht oder Düsseldorf noch eine Chance gebt.«

Für Lara klang das alles so einfach. Stella fühlte sich hin- und hergerissen zwischen dem, was ihr ein Leben auf Norderney verhieß und dem, was sie sich für Mira wünschte – möglichst wenig Veränderung.

Vielleicht sollte sie Mira fragen, was sie wollte? Nicht, um ihre Entscheidung davon abhängig zu machen. Sondern um ein Gefühl dafür zu bekommen, was das Beste war.

»Du musst das nicht heute Abend entscheiden«, fügte Lara hinzu. »Morgen reicht vollkommen.«

Sie lachten, lehnten die Köpfe aneinander und blickten in die wolkenlose Nacht.

12

M ama, da sind Noah und Leni!« Mira winkte ihren neuen
Freunden zu, kaum dass sie am nächsten Abend den ausge-
dehnten Garten hinter der Caféterrasse betraten. Schon sauste
Mira los, wurde von ihren Freunden begrüßt und verschwand irgendwo hinter den Bäumen.

»Bestimmt zeigen sie ihr die Bude, die sie gebaut haben. Hier.«
Ruth drückte Stella einen Becher mit Bowle in die Hand und stieß
mit ihrem Becher dagegen. »Schön, dass ihr da seid. Darf ich dich
später mit ein paar Leuten bekannt machen?«

»Ist das Teil von Laras Plan, dass wir auf die Insel ziehen?«, erkundigte sich Stella misstrauisch.

Ruth grinste. »Erwischt! Aber ich verspreche, es sind aus-
nahmslos nette und tolle Leute.«

»Na gut.«

»Wir werden dich nicht entführen und in einem Keller ein-
sperren, damit du auf der Insel bleibst.«

»Vielen Dank. Da kann ich aber froh sein.«

Sie grinsten einander an.

»Obwohl. Vielleicht habe ich gar nichts dagegen, wenn ihr
mich zum Bleiben zwingt?«

»Abwarten.«

Ruth entdeckte bei den Neuankömmlingen eine Bekannte. Sie verschwand in der Menge. Stella sah sich um. Auf der Terrasse vom Café war ein Büffet aufgebaut, in einer Ecke bereitete sich eine Dreiercombo darauf vor, gleich Livemusik zu spielen. Immer mehr Menschen strömten durch das Café nach draußen. Die Luft war nach einem wunderschönen Sommertag, den Stella und Mira komplett am Strand verbracht hatten, angenehm lau und ein sanfter, kühlender Wind strich über ihre nackten Schultern. Zum ersten Mal in diesem Jahr trug sie ein Kleid. Eines von denen, die sie letztes Jahr nicht verkauft hatte. Petrolfarben, aus einem weichen fließenden Stoff und das Beste daran: es hatte Taschen!

Stella entdeckte Tini, die sie heranwinkte. »Hey, so ein Zufall! Wir haben gerade über dich gesprochen. Das ist Nela, unsere Inselhebamme und zufällig auch meine Schwester. – Stella sucht gerade ein neues Zuhause, sie könnte bei Riekje anfangen, wenn sie eine Wohnung findet«, fügte sie an Nela gewandt hinzu.

»Hey Stella. Ich würde dir die Hand geben, aber …« Nela hob etwas hilflos die Schultern. Das Baby, das auf ihrer Hüfte in einem Tragetuch saß, krähte vergnügt und streckte die Händchen nach Nelas Becher aus. »Nein, mein Schatz, das ist nun wirklich noch nichts für dich.«

»Nela und ich suchen eine Mieterin.«

»Ihr verlasst die Insel?«, fragte Stella bestürzt. »Warum?«

»Ach Quatsch, nein! Aber in unserem Haus ist eine Wohnung frei geworden, nachdem Omama Alma nicht mehr da ist.«

»Oh, mein herzliches Beileid.« Stella versuchte, möglichst betroffen auszusehen, obwohl ihr Herz einen klitzekleinen Sprung machte. Eine Wohnung? Wie viel Glück sollte sie noch haben? Natürlich schade, dass dafür offenbar die Großmutter der beiden hatte sterben müssen, aber …

»Tini, erzähl doch nicht so einen Quatsch! Omama erfreut sich bester Gesundheit, terrorisiert jetzt das Seniorenheim mit

Roland Kaiser und ihrer DVD-Sammlung Traumschiff, und dadurch steht im Geburtshaus eben eine Wohnung frei. Erdgeschoss, zwei große Zimmer, Zugang zum Obstgarten. Gelegentlich werden nachts nebenan Babys geboren, Omama hat's nicht gestört, die war schwerhörig. Ich weiß nicht, ob du damit ein Problem hast?«

Stella stotterte: »Babys sind toll!« Sie konnte ihr Glück kaum fassen. »Also, und die Wohnung, ich müsste sie erst sehen und keine Ahnung, ob ich sie mir leisten kann, aber irgendwie kriege ich das hin. Also: Ja!«

»Siehst du? Sag ich doch. Als Ruth meinte, sie ist schwer in Ordnung, hatte ich keinen Zweifel mehr.« Tini wirkte sehr zufrieden mit sich.

»Komm einfach morgen früh vorbei, dann kannst du dir die Wohnung anschauen. Ruth meint, du hast eine Tochter?«

Stella nickte bang. »Ist das ein Problem?«

»Quatsch, im Gegenteil! Jonte wird's lieben, wenn er nebenan eine große Freundin hat, und diese junge Dame bestimmt auch. Wenn ihr so viel Familienanschluss wollt.« Nela zwinkerte. »Jonte ist drei. Er müsste auch gerade hier irgendwo herumflitzen.«

»Dann haben die zwei sich bestimmt schon kennengelernt.«

Stella war überwältigt. Sie verabschiedete sich etwas linkisch, weil sie erst mal mit sich und tausend Gedanken allein sein musste. Was passierte hier? War ihr gerade die Lösung für ihre vielen Probleme quasi in den Schoß gefallen? Erst der Job bei Riekje, jetzt eine Wohnung auf Norderney? Als hätte das Schicksal ihre Karten neu gemischt, weil das alte Blatt keine Trümpfe mehr hatte. Auf einmal waren da Menschen – Frauen! –, die ihre Nöte sahen und Lösungen parat hatten. Klar, ein Job musste überhaupt erst mal gemacht werden, eine Wohnung kostete Geld. Aber Laras Vorschlag, ein neuer Lebensmittelpunkt könnte die Lösung für Stellas Probleme sein, hatte quasi direkt Früchte getragen.

»Beruhige dich«, murmelte sie. Obwohl sie sich fest vorgenommen hatte, sich heute Abend lieber an die Limos zu halten, trat sie nun ans Büffet und schöpfte Bowle in einen Becher. Sie nahm einen Schluck. Huiuiui! Das war eine sehr erwachsene Bowle, von der sie ganz schön schnell beschwipst wurde, die brauchte definitiv bald eine Grundlage. Stella schlenderte am Büffet entlang, entschied sich für ein Pizzabrötchen und biss gerade genüsslich hinein, die Augen halb geschlossen, wie köstlich konnten Pizzabrötchen bitte schmecken?, als sie von hinten angerempelt wurde.

»Hoppla!« Hinter ihr stand ein großer Mann, seine blauen Augen blitzten vergnügt, die schwarzen Haare waren auf so eine lässige Art verwuschelt und kleine Lachfältchen umkränzten die Augen. In der hereinbrechenden Dämmerung hoben sich seine Zähne blendend hell von der gebräunten Haut ab. »So sieht man sich wieder.«

Stella runzelte die Stirn. »Tio?«, fragte sie spröde.

»Stella, nicht wahr? Stella aus Düsseldorf.« Wieder dieses Grinsen. Er wirkte sehr zufrieden mit sich.

»Hallo, Tio von Norderney.«

»So sieht man sich wieder.«

Fehlte nur noch, dass er behauptete, er hätte schon viel von ihr gehört. Stella musste an sich halten, um nicht die Augen zu verdrehen. Sie wollte gar nicht unfreundlich sein, und beim letzten Mal war Tio ja auch nett zu ihr gewesen – wie alle, die sie auf der Insel traf. Aber sie hatte gerade zu viel im Kopf, und Tio musterte sie eine Spur zu interessiert dafür, dass er mit Lara verbandelt war.

Und selbst wenn er Single wäre, wusste sie nicht, ob sie überhaupt schon *bereit* für etwas Neues war. Oder ob sie es jemals sein würde.

»Bist du alleine hier?«

»Oh nein, Mira flitzt irgendwo herum.«

»Ich mag ja Kinder. Darf ich dich näher kennenlernen, Stella?«

Fast hätte sie Nein gesagt. Aber das wäre grob unhöflich, oder? Sie dachte an Lara. Wenn sie zukünftig auf der Insel lebte, würde sich die eine oder andere Begegnung mit ihrem Freund kaum vermeiden lassen. Sie nickte stumm und Tio nahm sanft ihren Ellenbogen und führte sie zu einem der Strandkörbe, die am Rand der Wiese standen. Uh, gleich so … kuschelig? Die Strandkörbe waren geräumig, keine Frage, aber für Stella eine Spur zu intim, um einen Mann näher kennenzulernen. Sie setzte sich etwas schräg, ihre Knie berührten seine und sie wäre gern wieder aufgesprungen. Aber sie blieb sitzen und wusste nicht mal, warum. »Ich bin so raus aus diesem Spiel«, flüsterte sie mehr zu sich selbst. Tio bemerkte es nicht. Er sprang auf. »Wie unhöflich von mir, wir brauchen was zu essen und zu trinken.« Weg war er. Stella blickte ihm nach, er schob sich durch die Reihen der anderen Gäste, begrüßte einige mit Handschlag und Umarmungen, alle schienen ihn zu kennen. Sie nippte weiter an der Bowle und versuchte sich zu entspannen.

Darf ich dich kennenlernen? Eigentlich ein geschickter Spruch, dachte sie. Klappte bestimmt oft. Hatte bei ihr ja auch funktioniert, und das, obwohl sie innerlich aus verschiedenen Gründen definitiv auf Distanz blieb.

Tio blieb verschwunden. Nach zehn Minuten kam Mira angerannt, warf sich zu Stella in den Strandkorb, verschwitzt und bestens gelaunt. »Ich hab Durst!«

»Hol dir ne Limo am Büffet!«

»Okay.« Weg war sie. Noah und Leni tauchten aus dem Getümmel auf, entdeckten Mira und winkten. Die drei zogen gemeinsam los.

Um Mira musste sie sich wohl bei ihrem Umzug auf die Insel keine allzu großen Sorgen machen. Mira kam klar. Sie schloss leicht Freundschaften. Stella sollte endlich aufhören, sich wegen ihrer Tochter den Kopf zu zerbrechen und sich auf ihre eigenen

Bedürfnisse konzentrieren. Was brauchte *sie*, damit Norderney eine neue Heimat werden konnte?

Einen Job? Hatte sie. Eine Wohnung? Wundersamerweise auch. Freunde? Sie würde ihre Freundinnen vermissen, ja. Aber hier waren so viele tolle Frauen, die ihr das Gefühl gaben, dass sie dazu gehörte. Viel mehr das Gefühl gaben, als es Anne oder Sophia zuletzt vermocht hatten. Also auch Haken dran, eventuell in Klammern.

Brauchte sie einen Partner zu ihrem Glück?

Da wurde es schon etwas kniffliger, denn diese Frage hatte sie sich bisher nie so deutlich gestellt. Und eventuell sollte sie erst eine Antwort darauf finden und *danach* auf die Flirtversuche eines Norderneyers eingehen. Möglichst einem, der nicht in einer komplizierten Beziehung zu ihrer besten Freundin vor Ort steckte.

Tio kam zurück. Er hatte irgendwo ein Tablett aufgetrieben, auf dem er jetzt zwei voll beladene Teller und zwei weitere Gläser Bowle balancierte. Stella sprang auf und zog ein kleines Tischchen heran, die überall zwischen Strandkörben und Liegestühlen verteilt standen. Er stellte das Tablett ab und strahlte sie an. »Das sollte erst mal reichen«, meinte er. »Ich wusste nicht, was du magst, darum habe ich von allem ein bisschen mitgebracht. Ich mag nämlich alles.«

Er sagte es mit einem Augenzwinkern. Sie zogen den Tisch näher an den Strandkorb, als sie sich wieder in die Polster sinken ließen.

Sie beschloss, dass sie ja jederzeit gehen konnte und dass Tio eigentlich ganz okay war. Menschen kennenlernen, das war nicht unbedingt ihre leichteste Übung. Vor allem im letzten Jahr war sie mehr mit Überleben beschäftigt gewesen und nicht damit, neue Menschen in ihr Leben zu lassen. Aber Tio hatte so eine unkonventionelle, erfrischende Art, die es ihr leicht machte.

»Okay, Stella. Drüben am Büffet habe ich schon einiges über dich gehört.«

»Oh, zum Beispiel?« Sie kicherte, wählte eine Blätterteigschnecke mit Lachs und Frischkäse aus und biss hinein. Es krümelte ordentlich auf ihr Kleid.

»Zum Beispiel, dass du auf die Insel ziehst. Stimmt das?«

»Ich denke darüber nach. Du lebst hier?«

Er nickte.

»Dann kannst du mir bestimmt sagen, ob das eine gute Idee ist.«

»Ist es. Auch wenn ich zugeben muss, dass ich kurz davor stehe, die Insel für immer zu verlassen.« Er blickte betrübt drein.

»Oh, wie schade! Wieso denn?« Davon hatte Lara gar nichts erzählt. Es musste für sie ein herber Schlag sein, wenn Tio ging. Vielleicht hatte sich ihre Miene deshalb so verfinstert, als das Gespräch auf ihn kam.

Er beugte sich zu ihr rüber und flüsterte ihr zu: »Zu viel Familie.«

Stellas Lächeln fiel verhalten aus.

»Kann man denn zu viel Familie haben?« Sie dachte an Piet. An ihre Mutter. So viele Verluste, die sie sich gern erspart hätte. Für sie war eher *zu wenig Familie* ein Problem.

»Oh ja, kann man.« Tio prostete ihr mit seinem Bowlebecher zu. »Ich wohne im Moment noch mit meiner Bonusfamilie zusammen, und mit vier Kindern wird's echt anstrengend. Ich muss da raus.«

Stella runzelte die Stirn. Darum also kompliziert. Kein Familienmensch. Sondern jemand, der sehr offen damit umging, dass er gerade in Trennung lebte. Stella atmete tief durch. Mit Tio hatte sie definitiv keine Schnittmenge. Es wunderte sie vielmehr, dass Lara eine mit ihm zu finden schien.

»Und wohin geht's?«

»Zurück nach Spanien. Meine Mutter lebt hier, mein Vater in Madrid.« Er zuckte mit den Schultern. »Irgendwann überwiegt das Spanische, ich brauch's etwas wärmer. Und dass es das ganze Jahr hier regnet? Muss man mögen.«

»Hast du Pläne, was du dort machen willst?«

»Ach, ich finde schon einen Job. Habe ich bisher immer geschafft. Hier habe ich jahrelang irgendwo gejobbt. Zuletzt habe ich meiner Mutter in ihrer Geschenkeboutique geholfen. Aber die hat sie jetzt weiterverkauft. Hey, suchst du noch 'nen Job?«

»Ich glaube nicht.«

»Helen braucht noch jemanden.« Er schien sich nicht davon abbringen zu lassen. »Sie müsste auch irgendwo hier herumlaufen. Warte mal.« Schon war er wieder verschwunden. Stella war ganz froh darüber, merkte sie. Ein Gespräch mit ihm war anstrengend. Ständig hüpften seine Gedanken über Stock und Stein, aus ihrer Frage, was er in Madrid machen wollte, war ein Jobangebot für sie geworden … Mit so einem wild assoziierenden Kopf war's vermutlich eine Herausforderung, bei einer Sache zu bleiben, bei einem Job, bei einer Beziehung.

Sie nippte an der Bowle und schüttelte über sich selbst den Kopf. *Hör auf, dir über den Beziehungsstatus fremder Männer den Kopf zu zerbrechen. Du bist nicht auf der Suche nach etwas Neuem, und er ist ohnehin vergeben.*

Mira kam zu ihr, diesmal deutlich langsamer als vorhin. Sie ließ den Kopf hängen, warf sich neben Stella und kuschelte sich an sie. Stella zauste ihre Haare. »Alles okay?«, flüsterte sie.

»Ich bin müde, Mama.«

Klar. Es war schon nach zehn, da wurde Mira immer müde.

»Dann sagen wir Tschüss und gehen?«

»Okay.« Mira blieb sitzen. Selbst für eine Verabschiedung zu müde. Stella fand Ruth und Lara und bedankte sich für die Einladung. »Ihr müsst schon los?«

»Ja. Falls Tio mich sucht, ich brauche wirklich keinen Job.«
Stella lachte verlegen.

»Du hast Tio kennengelernt?« Ruth hob eine Augenbraue.
»Und?«

»Was – und?«

»Magst du ihn?«

Stella zuckte mit den Schultern. »Ich weiß es nicht.«

»Das ist mal eine vernünftige Aussage«, murmelte Lara.

Stella warf ihr einen prüfenden Seitenblick zu, doch Lara hatte sich halb weggedreht und saugte sehr angestrengt ihren Aperol Spritz durch den geringelten Papierstrohhalm.

»Lara will damit vor allem sagen, dass Tio …«

»Sag es nicht«, unterbrach Lara Ruth.

»Okay«, sagte Stella gedehnt. Für das unangenehme Gefühl, das sie in Tios Gegenwart befallen hatte, gab es handfeste Gründe. Er war mit Lara zusammen, verhielt sich aber gar nicht so.

Mira hing so müde an ihrem Arm, dass sie schleunigst nach Hause gehen musste. Unterwegs jammerte sie so sehr, dass Stella sie auf den Arm hob und das letzte Stück trug. Langsam wurde Mira dafür zu schwer, vor allem, wenn sie wie ein nasser Sack auf ihr hing. Ihre Stirn fühlte sich verdächtig warm an. Als Stella ihr zu Hause in den Schlafanzug half, glühte Mira förmlich, und in dieser Nacht lag Stella neben ihrer fiebernden Tochter wach.

Hauptsache, wir sind zusammen, dachte sie. Alles andere würde sich finden. Egal ob auf Norderney, in Düsseldorf oder bei ihrem Vater.

Aber fürs Erste, das immerhin war ihr an diesem Abend ganz sicher klar geworden, wollte sie Norderney versuchen. Irgendwie hatte sie das unbestimmte Gefühl, als könnte hier mehr auf sie warten als nur der Job als Kellnerin. Und wenn's das Meer war, das sie jederzeit besuchen konnte. Das Meer stellte keine Fragen. Das Meer verschwand zweimal am Tag, kehrte aber genauso zuverlässig zurück und hörte zu, ohne auf einmal seine eigene Geschichte erzählen zu müssen. Das Meer meckerte nicht, wenn man die Kameralinse darauf richtete, es kam immer wieder zurück. Das Meer strahlte eine Ruhe aus, so unendlich wie die Zeit, die es schon da war. Immer anders, nie dasselbe. Und doch. Das Meer verlangte nichts, es gab ihr das Gefühl, genau richtig zu sein. Mit dem Meer fühlte sie sich ein bisschen heiler.

Stella erkannte, wie wenig sie bereit war, wieder in innige Beziehungen zu Menschen zu treten. Mit Männern. Also, mit irgendeinem Mann. Einem Partner, so wie Piet es gewesen war.

Sie stellte sich der Wahrheit. Auch wenn Piet sie zum Schluss belogen und damit die Erinnerung an ihn getrübt hatte, war er all die Jahre für sie da gewesen. Er hatte für Mira und Stella gesorgt. Er hatte ihnen viele Wünsche erfüllt. Eine gute Zeit war das gewesen. Daran wollte sie in der Erinnerung festhalten.

13

B itte, was hast du vor? Kellnerin?!« Sophia stand das Entsetzen ins Gesicht geschrieben, Cecile und Anne schwiegen betreten. »Also komm, das ist doch unter deiner Würde!«

Der Sonntag zwei Wochen drauf im Café Florian. Cecile, Sophia und Anne hatten zögerlich einem Treffen zugesagt – erst nachdem Stella erklärt hatte, sie werde Düsseldorf verlassen und nach Norderney ziehen, stimmten sie der Verabredung zu. Das Band zu diesen Freundinnen, es war ausgefranst und hatte sich schon fast gelöst. Sie hätte auch einfach verschwinden können. Dass sie es nicht tat, war vielleicht auch eine Trotzreaktion.

Norderney, das klang ja schon mal gut, fast so gut wie Sylt. Das schrieb Sophia in den Gruppenchat, und Stella hatte auf die Frage, was sie denn auf der Insel arbeiten wolle, erst mal nicht geantwortet. Das wollte sie lieber persönlich sagen. Sie ahnte, die Reaktion ihrer Freundinnen würde nicht unbedingt positiv ausfallen.

Mira und sie saßen schon auf gepackten Koffern, am Freitag gab es Zeugnisse und sie wollten direkt mittags aufbrechen. Auf einmal ging alles so schnell. Von der Schule abmelden, die Möbel einlagern, die nicht nach Norderney mitkommen konnten, mit ihrem Vater den Umzugswagen organisieren … Die letzten acht Tage waren ein wilder Ritt ohne Schlaf gewesen.

»Na, prost.« Anne hatte sich gefasst und hob ihr Glas Prosecco. »Ich hätte nicht gedacht, dass du so wenig Selbstwertgefühl hast.«

Stella atmete tief durch. Der Moment der Wahrheit. »Ich bin froh, wenn ich überhaupt einen Job finde.«

»Aber Kellnerin? Könntest du nicht die Sache mit der Fotografie weitermachen? Oder dich direkt selbstständig machen? Du bist clever, hast da oben schon erste Kontakte geknüpft … richte dir ein Atelier ein, häng ein paar ansprechende Aufnahmen ins Fenster, und schon rennen die Leute dir die Bude ein für die schönsten, stimmungsvollsten Urlaubserinnerungen.«

»Nein, das geht nicht.«

»Aber warum nicht?« Sophia winkte dem Kellner, ihnen noch mehr Prosecco zu bringen. Als fiele ihr ein, was sie da gerade tat, ließ sie die Hand sinken. Ihre Stimme, die oft so harsch klang, nahm dem jungen Mann gegenüber einen sanften Tonfall an.

Stella legte die Hände vor sich auf die Tischplatte. »Ich habe kein Geld.« Ganz ruhig sagte sie das, obwohl sie innerlich zitterte. Sie hätte natürlich lügen können. Ihren Freundinnen erzählen, es sei alles prima, sie werde *eventuell* als Fotografin arbeiten, weil sie *Lust* auf den Job hatte. Aber die Wahrheit sah nun mal so aus: Sie war dringend auf einen Job angewiesen. Und zwar nicht auf einen, der nach hohen Anfangsinvestitionen das Risiko barg, dass sie mit ihren Plänen monatelang Verluste machte.

»Kein Geld?« Sophia riss die Augen auf.

»Was meinst du, warum sie aus der Wohnung ausgezogen ist.« Cecile legte die Hand auf Stellas. »Es tut mir leid, Liebes. Ich vermute, du möchtest dir immer noch nicht helfen lassen, hm?«

Stella schüttelte den Kopf. »Ich will kein Geld.«

»Jesus!« Sophia warf die Hände in die Luft. »Dir ist echt nicht mehr zu helfen. Verkauf halt noch ein paar Möbel oder ein paar Klamotten, du hast doch jahrelang gut gelebt …«

»Es ist nichts mehr da«, erwiderte Stella scharf. »Kapier's endlich, Sophia. Ich verstehe schon, das wirst du nicht hören wollen. Aber wir alle, wie wir hier sitzen, sind nur einen verdammten Schicksalsschlag von der Gosse entfernt. Wenn eure Ehemänner, die beruflich erfolgreich sind und euch jeden Wunsch erfüllen, morgen tot umfallen, wird die Versicherung Fragen stellen. Ihr werdet keine Kraft haben, die zu beantworten. Ihr gebt auf. Ihr versucht, euch und eure Kinder irgendwie durchzubringen. Er hat die Wohnung verkauft, schon vergessen? Ich musste das Erbe ausschlagen, und zwar nicht, weil es nichts zu erben gab. Es gab mehr als genug. Einen Haufen Schulden. Klar, ich hätte doch ne Privatinsolvenz machen können. Aber das wollte ich nicht. Er hat mich jahrelang belogen, und als ich davon erfuhr, blieb mir nicht viel Zeit. Ich musste mich entscheiden, und danach hatte ich nichts. Jetzt habe ich noch weniger.« Atemlos hielt sie inne.

»Wow«, sagte Anne leise. Sie fingerte ein silbernes Zigarettenetui aus der Handtasche und ließ es aufschnappen. »Bisschen dramatisch, findest du nicht?«

»Lass sie ausreden«, sagte Cecile ruhig. Dankbar warf Stella ihr einen Blick zu. Ceciles Lächeln war aufmunternd.

»Es ist eben dramatisch, wenn man alles verliert. Wenn man danach vor lauter Trauer und Wut nicht weiß, was man machen soll. Wenn man die neue Wohnung verliert. Irgendwann fehlt eben die Kraft, sich ständig neu zu erfinden.« Stella ärgerte sich. Warum versuchte sie überhaupt, sich zu verteidigen? »Jedenfalls habe ich auf Norderney einen Job. Dort gibt es eine Perspektive.«

»Als Kellnerin.« Annes Stimme triefte vor Sarkasmus. »Ganz toll.«

»Anne«, murmelte Cecile.

»Ist schon gut.« Stella straffte die Schultern. Sie hatte geahnt, dass es eskalieren würde. Sie hatte nur nicht gedacht, dass ausgerechnet Anne ihr einen so miesen Kommentar reinwürgen würde. Sie schob den Teller weg, den sie kaum angerührt hatte, legte zwei

Geldscheine neben ihren Milchkaffee und stand auf. »Ich gehe dann lieber. Nicht, dass meine Anwesenheit euch den Brunch vermiest. Servicekräfte sollen ja immer schön unsichtbar bleiben.«

»Stella!« Cecile rief ihr nach, doch sie hob die Hand, viel hätte nicht gefehlt und sie hätte ihren Freundinnen den Mittelfinger gezeigt. Obwohl, Freundinnen? Waren sie das überhaupt, wenn sie Stella sofort fallenließen, weil sie nicht mehr mit ihrem privilegierten Lebensstil mithalten konnte?

Sie ging nach Hause, vorbei am Gemüsemann an der Ecke, bei dem sie in dem Dreivierteljahr, das sie hier gelebt hatte, so gern eingekauft hatte. Die Stufen hoch zur Wohnung im zweiten Stock waren diesmal besonders steil. Die Traurigkeit drückte ihre Schultern runter.

Jetzt bloß nicht schlappmachen, sagte sie sich. Alles war geregelt. Freitagfrüh kam ihr Papa, sie packten alles ein, und schon Samstag ging es auf die Insel. Keine Zeit für einen Rückzieher, kein Platz für Plan B. Außerdem: Wie hätte der denn aussehen können? Ein gemütliches Zelt unter der Rheinkniebrücke? Sie fiel aufs Sofa.

Lara hatte geschrieben.

Du kommst doch?

Das war ungefähr der emotionale Support, den sie gerade brauchte.

Ich hoffe! Zweifle gerade wieder, ob das richtig ist …

Keine zwanzig Sekunden nach dem Absenden der Nachricht rief Lara an.

»Wollen wir darüber reden?«

Stella schluckte. »Ich weiß einfach nicht, wohin ich gehöre. Ich war gerade mit meinen Freundinnen im Café an der Ecke, so eine

Art Abschiedsbrunch. Sie sind der Meinung, dass ich mein Leben und mein Talent wegwerfe, wenn ich auf Norderney Kellnerin werde.«

»Aber du musst den Job ja nicht für immer machen.«

»Sie meinen, ich soll mich sofort selbstständig machen. Aber wie?«

»Hm«, machte Lara. »Möchtest du das denn?«

Berechtigte Frage. Die Unsicherheit einer Selbstständigkeit zusätzlich zu den ganzen anderen Unsicherheiten? Lieber nicht.

»Ich möchte einfach erst mal zur Ruhe kommen.«

»Das kannst du hier.«

»Aber ständig diese Zweifel …«

Lara schwieg. Nicht, weil sie nichts zu sagen hatte, sondern vermutlich, weil sie sich die richtigen Worte zurechtlegen wollte.

»Die hat jede. Wenn man etwas Neues anfängt, ist da zuallererst mal diese Unruhe. Ist das richtig? Macht es mich glücklich? Was, wenn es nicht gelingt? Und stell dir ruhig die Fragen. Wenn es schiefgeht und du nach ein paar Wochen merkst, dass es nicht geht. Was ist dein Plan B?«

Stella lachte auf. »Zu meinem Vater ziehen?«

»Ist das ein beunruhigender Gedanke?«

»Außer dass ich dann gänzlich gescheitert wäre? Nein.«

»Und die Selbstständigkeit? Kannst du die auch nebenberuflich anfangen? Wenn du zur Ruhe gekommen bist? Also, wenn dich das wirklich reizt …«

Reizte es sie? Je länger Stella ganze Vormittage und halbe Nächte damit zubrachte, sich selbst bei der Bildbearbeitung auszubeuten – wohl ahnend, dass sie früher oder später durch eine Software ersetzt werden würde, sobald sich die Gelegenheit bot –, desto mehr vermisste sie das Fotografieren. So richtig mit Menschen zusammen sein und das Beste aus ihnen herausholen. Erinnerungen schaffen …

»Ich muss nachdenken. Ich muss erst für mich selbst wissen, wohin ich gehöre, verstehst du?«

Sie hörte das Lächeln in Laras Stimme. »Du gehörst dorthin, wo du dich wohlfühlst, einen Job hast und ihr zwei gut leben könnt«, sagte sie. »Das trifft für den Moment hier oben zu, oder?«

»Hm«, machte Stella.

»Was stört dich dann?«

»Dieses … Abschiednehmen ist so anstrengend.«

»Das ist es immer. Du fürchtest die Veränderung. Total normal.«

»Ist das jetzt wieder deine Yogalehrerinnen-Weisheit?«

»Als Yogalehrerin habe ich endlich begriffen, dass nichts endlich ist. Wir können das Leben nicht aufhalten. Wir können nur jede Minute mit so viel Leben füllen wie möglich.«

Stella brummelte. »Wie hast du das letztes Jahr geschafft?«, wollte sie wissen.

»Ehrliche Antwort? Gar nicht. Das Leben ist ein einziges Ankommen, es ist immer noch tageweise sehr anstrengend. Aber ich fühle mich nicht alleingelassen, und nur weil ich ein paar blöde Erfahrungen gemacht habe, seit ich hier bin, heißt das nicht, dass alles blöd gelaufen ist.«

Dies wäre wohl der perfekte Moment gewesen, um Lara zu fragen, warum sie so schlecht auf Tio zu sprechen war. Doch Stella ließ es bleiben, denn sie würde ihm ohnehin wahrscheinlich nicht noch mal über den Weg laufen.

»Wo ist Mira?«

»Bei einer Freundin. Ich hole sie in einer Stunde ab, dann packen wir letzte Dinge zusammen und Freitagfrüh kommt mein Papa.«

»Du wirst also keine Zeit haben, noch länger zu grübeln. Sehr gut. Denk einfach an die Wohnung, die hier auf euch wartet, besenrein, frisch gestrichen und wunderschön.«

Stella musste lachen. »Das stimmt.«

»Manchmal will das Universum uns etwas mitteilen, und ich glaube, mit dieser Chance hat es dir sehr deutlich mitgeteilt, dass du hierhergehörst. Es passt gerade alles perfekt. Der Job, der dich nicht komplett einnimmt, die Wohnung, alles.«

»Okay«, flüsterte Stella. Sie glaubte nicht an solche Dinge, aber Lara klang sehr überzeugt, und Stella brachte es nicht übers Herz, ihr die Illusion davon zu nehmen, dass im Leben alles genau so lief, wie es sollte, weil eine höhere Macht das für einen jetzt vorgesehen hatte. Wenn es für Lara funktionierte – okay. Aber Stella fand es nicht hilfreich, sich mit so vergiftetem Optimismus alles schönzureden. Denn wenn man davon ausging, hieß das ja, dass es auch für Piets Tod einen guten Grund gab.

Und das konnte einfach nicht sein.

14

Zwei Stunden später riss sie das Türklingeln aus dem Packen der letzten Kleinigkeiten. Stella drückte den Türöffner und hörte jemanden fluchend durchs Treppenhaus poltern.

»Liebe Güte, was wird das denn?« Sie konnte sich ein Kichern nicht verkneifen, als der Besucher endlich auf ihrer Etage anlangte und hinter einem riesigen Kuschelkissen fast verschwand, das er den ganzen Weg nach oben geschleppt hatte.

»Ihr seid noch da, gut.« Georg lehnte sich gegen den Türrahmen der Wohnungstür und klemmte das Kissen unter einen Arm, um sich mit der Hand den Schweiß von der Stirn zu wischen. »Ich wusste nicht, wann ihr wegfahrt, und wollte das hier noch vorbeibringen.«

Stella löste sich von der Wohnungstür. »Komm rein«, sagte sie leise.

Seit sie vor knapp drei Wochen wieder Kontakt mit ihm aufgenommen hatte, waren sie vorsichtig miteinander umgegangen – aber sie hatten beide den Faden nicht wieder losgelassen, den sie so behutsam wieder angeknüpft hatte. Letzten Montag hatten sie sich im Buchladen an der Kö oben im Café getroffen und stundenlang geredet. Nicht alle Missverständnisse und jeder Schmerz waren damit aus dem Weg geräumt, doch sie hatte endlich wieder das Gefühl, nicht sofort in eine Panikattacke zu verfallen, sobald sie an ihn dachte. Denn der Gedanke an Georg führte unweigerlich zu Piet.

Es war ein Anfang.

»Was ist das?«, fragte sie.

»Ein Squishmallow«, erklärte Georg. Er klang, als sei das doch wirklich offensichtlich.

»Ach so! Natürlich.« Stella kicherte.

»Mira meinte Mittwoch, sie hätte von mir gar kein Weihnachtsgeschenk bekommen letztes Jahr. Und weder letztes noch dieses Jahr ein Geburtstagsgeschenk. Und na ja, das kann ich als Patenonkel natürlich nicht auf mir sitzen lassen. Ich bin doch noch ihr Patenonkel?«

»Bist du.« Sie nickte. »Sie ist gerade noch bei einer Freundin, ich hole sie gleich ab. Große Übernachtungsparty zum Abschied mit all ihren Freundinnen.« Die Eltern von Miras Freundinnen waren in den letzten Wochen sehr hilfsbereit gewesen und hatten für die Mädchen noch ein paar schöne Erlebnisse organisiert, um den Abschiedsschmerz zu lindern.

»Wir können sie auch zusammen holen. Also, wenn dir das nicht zu viel ist, meine ich.«

»Können wir sehr gerne machen. Kaffee?«

Sie ging in die kleine Küche. Georg lud das riesige, kugelige Kuscheltierkissen auf dem Sofa ab und folgte ihr.

»Ich habe schon das meiste eingepackt, es gibt nur noch löslichen Kaffee und einen kümmerlichen Rest H-Milch.« Sie stand etwas ratlos in der Küche. Warum genau sie schon alles eingepackt hatte, obwohl noch ein paar Tage blieben, wusste sie auch nicht so genau. Vermutlich, damit es sich real anfühlte.

»Kein Problem.« Er sah sich in der Küche um. »Ihr habt's schön gehabt hier.«

»Na ja. Etwas kleiner als die Wohnung davor.« Sie versuchte, unbekümmert zu tun. Innerlich spannte sie sich an. Georg war Dozent an der Uni und schrieb seit ein paar Jahren darüber hinaus populärwissenschaftliche Sachbücher zu seinen Themen, die sich wohl sehr gut verkauften. Er bewohnte eine großzügige Dreizimmerwohnung mit Dachterrasse in Derendorf und schien sich nie Gedanken darüber zu machen, ob das zu viel für einen Single war oder nicht.

»Erinnert mich an meine Studentenbude. Aber die war nicht halb so geschmackvoll eingerichtet. Was hältst du davon, wenn ich Mira und dich heute Abend zum Essen ausführe? Du musst nichts kochen, ist doch eh schwierig in diesem Chaos. Und wenn ihr noch Hilfe beim Packen braucht, kann ich alles machen, was ihr mir auftragt.«

Stella antwortete nicht sofort. Sie goss kochendes Wasser in die zwei Becher, rührte mit einem Teelöffel um und gab Georg einen Becher. »Das wäre toll«, sagte sie schließlich. »Danke, dass du da bist.«

»Dafür sind Freunde doch da.«

Stella musste ihren Becher auf der Spülmaschine abstellen, so schnell kamen ihr die Tränen. Sie wallten einfach hoch, ohne dass sie es verhindern konnte. »Scheiße, ja«, flüsterte sie. »Dafür sind Freunde da. Aber dann habe ich wohl nicht mehr viele Freunde.«

Georg stellte seinen Kaffee neben ihren und breitete die Arme aus. »Komm her.« Sie ließ sich in seine Umarmung sinken. »Was ist passiert?«

Sie schüttelte den Kopf. Erst musste sie sich gründlich ausheulen. Dann begann sie stockend zu erzählen. »Ich hab hier niemanden mehr. Da sollte mir der Abschied leicht fallen, oder?«

Er drückte sie etwas fester.

»Ich war in den letzten anderthalb Jahren echt kein guter Freund«, flüsterte er. »Aber ich geb mir Mühe, ja?«

»Dich meine ich doch gar nicht.« Sie schniefte. »Alle anderen. Sie verstehen mich nicht. Ich frage mich, was uns all die Jahre verbunden hat außer die Tatsache, dass wir alles hatten. Das reicht nicht.«

»Ich habe trotzdem das Gefühl, ich müsste irgendwas wieder-gutmachen. Dabei geht das nicht. Was passiert ist, hat uns beiden das Herz gebrochen.« Noch mal drückte er sie an sich. Und dann ließ er sie einfach weinen. Stella verlor sich in dem Schmerz und der Gewissheit, dass da jemand war. Jemand, der sie festhielt, dem sie verzeihen konnte, der ihr keine Vorwürfe machte. Sie hätte in Düsseldorf bleiben können – Georg hätte ihr bestimmt gehol-fen – aber sie hatte sich für Norderney entschieden. Auch jetzt hätte vermutlich ein Wort von ihr genügt, und er hätte ihr den Mond vom Himmel geholt, sein Heim geöffnet und alles möglich gemacht, was sie brauchte, um zu bleiben.

Aber das ging nicht. Sie spürte, dass sie jetzt auf eigenen Füßen stehen musste. Zum ersten Mal in ihrem Leben.

Und das war für ihn okay. Es änderte nichts an ihrer Freund-schaft.

Wenn man nur einen Freund hatte, der so war wie dieser, dann konnten ihr die anderen Freundinnen gestohlen bleiben, die so-fort das Weite suchten, weil sie fürchteten, sich an Stellas Elend zu infizieren.

Mira fiel Georg quiekend um den Hals, als er ihr das Kuscheltier-kissen überreichte. »Eine Einhornkatze!«, rief sie und drückte das lila Kissen mit dem Regenbogenbauch fest an sich. »Danke!«

»Gerne.« Georg erwiderte die Umarmung und schulterte dann Miras Übernachtungstasche. Sie liefen durch das Viertel zurück zur Wohnung, und dabei konnte Mira überhaupt nicht den Mund halten. Sie freute sich zu sehr, endlich mal wieder Zeit mit Georg verbringen zu dürfen.

Stella folgte den beiden. Es tat ihr gut, dass Mira und Georg so selbstverständlich dort anknüpften, wo sie vor fast anderthalb Jah-ren aufgehört hatten. Im Nachhinein machte sie sich Vorwürfe. Sie hatte Mira ihren Patenonkel vorenthalten. Vielleicht aus gutem

Grund, aber es war schwer gewesen, dafür eine gute Erklärung zu finden. War ja nicht so, als hätte Mira nicht gelegentlich nach ihm gefragt. Umso schöner war es, die beiden zu beobachten.

»Du kommst uns doch besuchen, oder?« Mira hatte auf dem Weg zur Wohnung nur von dem neuen Leben auf Norderney geschwärmt, doch jetzt war ihr eingefallen, dass sie dieses Leben ohne Georg beginnen musste. Sie umklammerte die Einhornkatze etwas fester.

»Na klar.« Georg strich ihr über die Haare und warf Stella über Miras Kopf hinweg einen fragenden Blick zu. Sie nickte kaum merklich.

An diesem Nachmittag packten sie die letzten Sachen. Während Mira mit Georg in ihrem Zimmer verschwand, stand Stella in der Küche und wickelte das Geschirr in Packpapier und sortierte es in verschiedene Kartons. Die einen für Norderney, die anderen für Haltern am See. Schon beim letzten Umzug hatte sie viel aussortiert, aber sie merkte, wie wenig sie tatsächlich brauchte und reduzierte nun noch mal.

»Drei Umzüge, und ich habe nur noch zwei Teller, Löffel und Becher«, murmelte sie, als Georg in die Küche kam.

»Mira möchte Pizza bestellen und nicht essen gehen. Okay für dich?«

»Ja, klar.«

»Wenn ich dir zu viel werde, sag es. Dann gehe ich.«

Sie schüttelte den Kopf, den Blick weiter auf das Geschirr vor sich gerichtet. »Es ist okay«, behauptete sie. Obwohl ihre Gefühle in Aufruhr waren.

Aber dafür hätte Lara auch die richtigen Worte gefunden.

Natürlich bist du durcheinander. Du gehst einen großen Schritt ins Ungewisse. Wir sind da und fangen dich auf. Aber das Meiste trägst du dann doch auf deinen Schultern, und niemand kann wissen, ob der Sprung gelingt oder ob du abstürzt. Was du spürst, sind

Wachstumsschmerzen. Die sind unangenehm, aber sie haben auch eine wichtige Funktion. Vertrau dir. Irgendwie wird's gutgehen.

»Danke, dass du … da bist.«

»Immer.« Er sah sie ernst an. Ihr Herz machte einen Satz. So viel Ernsthaftigkeit lag in seinem Blick. »Egal wann, Stella. Ich bin da. Für Mira und für dich.«

Sie nickte und musste sich hastig abwenden, bevor ihre Gefühle sie wieder komplett überwältigten. »Ich nehme eine Tuna ohne Zwiebeln«, brachte sie gerade noch hervor. Georg war so verständnisvoll und verließ die Küche. Sie stützte sich auf die Anrichte und hörte Mira nebenan jubeln. Sie lächelte, doch zugleich tropften Tränen auf das Packpapier.

Lara hatte recht. Ganz schön unangenehm, diese Wachstumsschmerzen.

»Schläft sie?«

Stella nickte und ließ sich aufs Sofa plumpsen. Die Aufregung hatte Mira jetzt doch erfasst, und heute Abend hatte sie mehr Begleitung beim Einschlafen benötigt als sonst. Schließlich war sie eingeschlafen, das Regenbogenohr ihres Kuscheltierkissens fest umklammert.

Georg reichte ihr ein Glas Wein, und sie stießen miteinander an. Stella starrte auf die beiden Gläser. »Woher hast du die?«

»In einem Küchenkarton aufgestöbert. Keine Sorge, ich verspreche, dass ich sie nach dem Trinken abspüle, abtrockne und wieder dort verstaue, wo ich sie gefunden habe.«

»Dann ist's ja gut.« Sie nahm einen Schluck und seufzte. »Verdammt, das ist alles ganz schön anstrengend.«

»Aber du hast es geschafft.«

»Mit deiner Hilfe.« Sie stieß erneut leise ihr Glas gegen seins, es machte Pling. »Danke.«

»Immer gerne.«

Sie verfielen in ein angenehmes Schweigen. Stella legte den Kopf in den Nacken und schloss die Augen. Himmel, war sie verspannt. Die letzten Kartons hatte sie etwas voller gepackt und als sie allein versuchte, einen auf den Stapel im Flur zu wuchten, hatte sie eine falsche Bewegung gemacht und sich irgendeinen Muskel in der Schulter gezerrt. Unangenehm.

»Soll ich dir eine Wärmflasche machen?« Georg beobachtete sie.

»Ich wüsste nicht mal, wo genau die ist.«

»Das ist schlecht.«

»Mhm«, machte sie.

»Warme Pellkartoffeln vielleicht?«

Stella kicherte. »Kochtopf, Kartoffeln …«

»Okay, ich sehe das Problem.« Er grinste. »Voltaren?«

»Irgendwo in der Badezimmerkiste. Und die steht, lass mich überlegen … Ungefähr hinter und unter einem Dutzend anderer Kartons.« Sie zuckte hilflos mit den Schultern und verzog im selben Moment schmerzlich das Gesicht. »Autsch.«

»Ich könnte dir jetzt nur noch anbieten, die Schulter zu massieren.«

Stella antwortete auf das Angebot nicht sofort. Sie versuchte, sich irgendwie anders hinzusetzen, aber immer wieder rutschte die linke Schulter nach oben, weil sie eine Schonhaltung einnahm.

»Also gut.« Seufzend trank sie das Glas leer, als müsste sie sich Mut antrinken und drehte sich auf der Sofakante so, dass sie ihm die kaputte Schulter zuwandte. Sie waren Freunde, und manchmal durften Freunde einander bei einer schmerzenden Schulter helfen, nicht wahr? Da war nichts dabei.

Georg rückte hinter sie. Seine Hand legte sich durch den Stoff ihres T-Shirts auf das Schulterblatt. Sie schauderte. »Sorry«, murmelte er. »Meine Hände sind ganz schön kalt.«

»Nicht schlimm«, log sie.

»Wo sitzt der Schmerz? Hier ungefähr?« Seine Finger fuhren vom Nacken nach unten über die Schultern und drückten sanft auf den Muskelstrang, der sich komplett verhärtet hatte. Stella stöhnte leise.

»Okay, ich habe ihn gefunden.«

»Ich brauche mehr Wein«, murmelte Stella.

Sofort zog er die Hände zurück. »Tut's zu sehr weh?«

Sie wollte erst den Kopf schütteln, doch dann nickte sie.

Es war so lange her, seit jemand sie berührt hatte. *So* berührt hatte. Nichts an Georgs Versuch, ihre Schulter zu massieren, war irgendwie sexuell aufgeladen, und trotzdem fühlte es sich merkwürdig an. Als würden sie etwas Verbotenes tun. Ein Terrain betreten, das für sie immer tabu gewesen war.

»Erzähl mir was.«

Georg lachte. »Zum Beispiel?«

»Etwas, das ich noch nicht über dich weiß. Das lenkt mich dann hoffentlich so weit ab, dass du meine Schulter weiter malträtieren kannst.«

Er schwieg lange. Dann legte er die Hand wieder auf ihre Schulter. Diesmal fühlte sie sich wärmer an. Stella seufzte wohlig.

»Ich kann dir etwas über Piet erzählen statt über mich«, begann er leise. »Es hat auch mit mir zu tun, aber vor allem mit ihm.«

Sie hielt unwillkürlich die Luft an. Seine Finger strichen über ihre Schultern. »Nicht verkrampfen«, hörte sie ihn flüstern.

»Okay«, sagte sie ebenso leise, doch die Schulter blieb oben. »Erzähl mir von Piet.«

»Er hat mich angerufen. An dem Morgen. Bevor er …« Georg musste nicht weitersprechen. Sie wusste auch so, was er sagen wollte. *Bevor er Suizid beging.*

»Sag es nicht. Ich glaube nicht, dass ich …« Sie wollte sich von ihm losmachen, doch dann hielt sie doch die Luft an. Georgs

Hände ruhten auf ihren Schultern. Es war gut, dass sie sich nicht ansahen. Stella senkte den Kopf und starrte auf ihre Hände.

Georg holte tief Luft. »Er hat mir gesagt, was er plant. Ich habe es gewusst, Stella. Und ich habe nichts getan, um es zu verhindern. Es war früh morgens. Halb sechs. Ich hatte in der Nacht kaum geschlafen, weil ich am neuen Buch gearbeitet habe. Es lief beschissen, ich war todmüde und gerade erst eingeschlafen.«

Sie erinnerte sich, wie sie auf den Wecker geschaut hatte, als er sich von ihr verabschiedete. 5:41 hatte er angezeigt. Diese Uhrzeit würde sie ihr Leben lang nicht vergessen.

»Halb sechs?«, krächzte sie.

»5 Uhr 29, um genau zu sein.«

Ihr stockte der Atem, als sie begriff, was das hieß.

»Ich hätte dich anrufen müssen. Irgendwie. Aber ich war zerrissen zwischen der Verwirrung und Piets eindringlichen Worten, ich müsse auf dich und Mira aufpassen. Ich lag schon im Bett, ich war komplett fertig von der Nacht. Nur kurz nachdenken und dann … Dachte ich. Aber dann bin ich eingeschlafen.« Seine Hände ließen ihre Schultern los. Stella drehte sich halb zu ihm um.

»Mach weiter«, sagte sie leise, ohne zu wissen, ob sie die Massage oder sein Geständnis meinte.

»Ich habe so tief und fest geschlafen. Schlecht geträumt, aber ich wachte nicht auf, bis mein Telefon klingelte. Du und ich waren seine Notfallkontakte, und sie sind wohl direkt zu dir gefahren, aber mich haben sie angerufen.« Er legte die Hände wieder auf ihre Schultern und strich sanft mit den Daumen vom Nacken nach unten zu den Schulterblättern. »Es ist absolut nicht zu verzeihen, was ich getan habe. Was ich *nicht* getan habe. Ich hätte sofort hellwach sein müssen. Aber ich dachte … Er hat davon schon häufiger geredet. Es war nicht das erste Mal. Ich dachte wohl, es sei nicht so … zwingend. Dass es auch diesmal schon nicht passieren würde. Ehrlich gesagt weiß ich nicht, was ich gedacht habe.«

Stella beugte sich vor und schenkte ihnen Wein nach. Ihre Gedanken waren in Aufruhr. Sie hatte das alles nicht gewusst, aber zumindest geahnt, seit sie von Piets Suizid wusste. Er war niemand, der eine so schwerwiegende Entscheidung leichtfertig traf, und schon gar nicht hätte es sie überraschen dürfen, wie lange er mit sich gerungen hatte. Aber dass er Georg die ganze Zeit ins Vertrauen gezogen hatte, ihm diese Sorge aufgebürdet hatte – das schmerzte noch mal auf eine ganz andere Art.

»Seit wann ging das so?«, fragte sie und drehte sich halb zu Georg um. Er nahm sein Weinglas. Sein Blick war so offen und verletzt, dass sie an sich halten musste, ihm nicht die Hand auf die Wange zu legen, um ihn in irgendeiner Form zu trösten.

»Es ging etwa ein halbes Jahr vor seinem Tod los.«

»Ein halbes Jahr.« Sie wusste nicht, was sie mit dieser Information anfangen sollte. Aber auf einmal war ihr eiskalt, sie zog die Schultern wieder hoch. Georg bemerkte ihr Unbehagen. Er fluchte, zog eine Decke heran, legte sie um Stellas Schultern.

»Es tut mir leid.«

Sie drehte sich zu ihm um und zog die Beine an. »Muss es nicht«, behauptete sie. »Er hat lieber dich ins Vertrauen gezogen statt mich.«

»Nein, ich meine – dass ich eingeschlafen bin. Dass ich seine Suiziddrohung nicht ernst genommen habe. Dich nicht angerufen habe. All das. Ich werfe es mir vor.«

Sie senkte den Blick.

»Und ich könnte es verstehen, wenn du es mir auch vorwirfst«, fügte er leise hinzu.

»Warum machst du das, Georg?«, fragte sie.

»Was mache ich?«

»Das hier. Du kommst her und legst ein Geständnis ab. Wir haben am Montag lange geredet, und da hast du kein Wort … kein Wort …« Sie atmete tief durch, spürte schon wieder, wie ihr

Herz raste, da kam eine Panikattacke angerauscht, und sie wusste, der entkam sie jetzt nicht mehr, dafür war's schon zu spät. Sie legte die Hand auf ihre Brust und versuchte zu atmen. Atmen, verdammt! Das konnte doch nicht so schwierig sein?

Georg beobachtete sie aufmerksam. Sie tastete nach seiner Hand, ihr Atem ging immer schneller und sie musste sich *irgendwo* festhalten. Georg hielt ihre Hand, sie quetschte seine Finger.

»Darum«, murmelte er. »Ich wollte nicht, dass du in der Öffentlichkeit …«

Sie nickte. Seine Stimme, tief und dunkel, warm und mitfühlend, hielt sie gerade in der Realität fest. »Sprich weiter«, flüsterte sie, als er verstummte.

»Also, ich wollte dir das nicht am Montag sagen, weil ich es da selbst noch nicht so richtig für mich begriffen hatte. Ich habe die ganze Zeit mit mir gerungen, ob und wann und wie ich es dir sagen kann. Als du dann gesagt hast, ihr zieht nach Norderney, dachte ich, jetzt muss ich es machen, sonst werde ich es nie sagen. Ich finde, du hast ein Recht auf die Wahrheit. Die *ganze* Wahrheit. All meine Fehler.«

Er verstummte. Stella wollte ihn schon bitten, weiterzureden, aber ihr Herzschlag hatte sich normalisiert. Sie konnte wieder ruhig atmen. Die Panikattacke ebbte ab. Dafür war ihr jetzt eiskalt. Stella stand auf. »Komm, ich koche uns einen Tee.«

Georg folgte ihr in die Küche.

»Du hast mich nicht weggeschickt.« Er klang erstaunt.

»Warum sollte ich?«

Er blieb in der Küchentür stehen. Sie sprachen jetzt leise, die Tür zu Miras Kinderzimmer lag direkt gegenüber und war nur angelehnt.

»Weil ich nichts getan habe? Ich hätte seinen Tod verhindern können.«

Stella schaltete den Wasserkocher ein und wusch die beiden Kaffeebecher ab, die noch im Spülbecken standen. »Nein, Georg. Niemand hätte das verhindern können.« Sie hatte das Wasser zu heiß aufgedreht. Ihre Hände schmerzten, doch sie ignorierte es. »Piet hat das selbst entschieden. Und selbst wenn wir es an diesem Morgen gemeinsam verhindert hätten, wäre es später so weit gewesen. Er wollte nicht mehr sein.« Sie schluckte. »Er hätte das niemals ausgehalten. Den Gesichtsverlust. Für ihn musste alles perfekt sein. Mit seinem Scheitern hätte er zugeben müssen, wie sehr er uns in die Scheiße geritten hatte.«

»Stella …« Georg stand vor ihr und ließ hilflos die Arme hängen.

»Es ist okay, weißt du?« Sie merkte, dass die Tränen flossen. Mal wieder. Wie viel konnte ein Mensch weinen? Im ersten Jahr war keine Zeit dazu gewesen, aber seit sie versuchte, wieder zu leben, so richtig, war sie seelisch wundgescheuert von so vielen bitteren Erfahrungen. Irgendwo musste der Schmerz hin. Piets Tod hatte ihr alles andere auch genommen, und jetzt musste sie auch noch den gefühlt letzten Freund, den sie so lange aus ihrem Leben rausgehalten hatte, verlassen. Ja, so fühlte sich das an. Als wäre in den letzten sechzehn Monaten ihr Leben Schicht um Schicht geschält worden. Bis nichts mehr da war außer Mira und sie.

»Er hat das gemacht, Georg. Nicht du, nicht ich. Er traf die Entscheidungen. Wenn ich jemandem einen Vorwurf machen will, vielleicht seinen Eltern, weil er nie ihren Ansprüchen genügt hat. Weil er nie ansatzweise die Chance hatte, ihnen zu genügen. Und nicht mal bei ihnen würde ich so weit gehen, sie zu beschuldigen. Die Entscheidung hat er selbst getroffen, weil jeder andere Ausweg ihm schlimmer erschien als das hier.« Sie schluckte, wandte den Blick ab. Es fiel ihr schwer, fair zu bleiben. Einfacher wäre es, irgendwem die Schuld zu geben. Am einfachsten sich selbst. Aber inzwischen wusste sie, diese permanente Selbstzerfleischung führte nur noch näher an den Abgrund.

Georg drückte mitfühlend ihre Schulter. Sie merkte, wie er ihr eine knisternde Taschentuchpackung in die andere Hand drückte, und die nahm sie. Dankbar, sich irgendwie zu beschäftigen, Tränen abtupfen, schnäuzen, den Tee aufgießen. Schweigend warten, dass der Tee fertig gezogen war.

Georg setzte sich auf den einzigen freien Küchenstuhl. Er sah sie nicht an. Das Gespräch war gekippt, auf einmal war alles wieder düster und hoffnungslos. Stella tupfte weiter die Tränen ab, die sich davon wenig beeindruckt zeigten.

Als sie sich mit Georg versöhnte, hatte sie nicht hiermit gerechnet. Dass die Trauer sich sofort wieder rührte, dass so viele Gefühle hochschwappten. Aber gut zu wissen; es erleichterte ihr den Abschied von Düsseldorf. Der Abstand war dringend nötig.

Vor allem von Georg.

15

U nd? Was denkst du?«
Stellas Papa drehte sich im Wohnzimmer einmal im Kreis.
»Nicht schlecht«, meinte er. »Aber nur zwei Zimmer?«

»Eins für Mira, eins für mich.«

Bitte sag nicht, das sei zu wenig, flehte sie ihn in Gedanken an.

»Passt doch«, sagte er, und sie atmete auf. Genau. Mehr brauchten sie nicht. Mehr hätten sie sich eh nicht leisten können, selbst wenn sie es gebraucht hätten.

Während Mira schon in ihrem Zimmer dem Kuscheltierkissen alles zeigte – also die sauber ausgefegten Ecken und die weißen Wände –, ging Stella noch mal die einzelnen Räume ab. Die kleine, gemütliche Wohnküche mit Eckbank, das Badezimmer und der Flur mit Wandschrank. Auf der Terrasse konnte sie bis zu Nelas Hausseite rüberschauen, dazwischen lag das Geburtshaus, das eine eigene Terrasse hatte.

»Ihr habt sogar einen Strandkorb.« Ihr Vater wirkte sehr zufrieden. »Wollen wir auspacken?«

Stella nickte. Es war später Vormittag, alles hatte reibungslos geklappt. Lara hatte versprochen, gegen ein Uhr mit »Mittagessen und ein paar Helfern« vorbeizugucken. Was auch immer das hieß. Nela hatte Stella vorhin den Schlüssel ausgehändigt und ihr fürs

Ankommen alles Gute gewünscht. »Melde dich, wenn du etwas brauchst, ich bin zu Hause.«

Im Moment brauchte sie nichts. Höchstens Zeit zum Ankommen. Aber die bekam sie, wenn alles ausgepackt war. Ihr erster Arbeitstag war am Donnerstag. Bis dahin sollten die meisten Kartons leer sein. Aber es waren auch nicht so viele. Zwei Umzüge innerhalb so kurzer Zeit, da merkte man erst, wie wenig man *wirklich* brauchte.

Stella hatte sich alles genau überlegt. Das rote Sofa, das bisher im kleinen Wohnzimmer gestanden hatte, kam nun vor das Regal, mit dem sie den größeren Raum teilte. Dahinter richtete sie ihre Schlafecke ein. Statt Kleiderschrank würden ihr eine Kommode und eine Kleiderstange genügen. Die Mahlzeiten würden sie in der Küche einnehmen. In Miras Zimmer wollte sie möglichst wenig Zugeständnisse machen müssen. Miras Hochbett musste unbedingt mit; so gewannen sie zusätzlichen Raum darunter. Mira freute sich schon auf ihre Kuschelhöhle, die mit vielen bunten Kissen einlud, sich zurückzuziehen. Stella und ihr Vater machten sich an die Arbeit, und damit Mira schon bald in ihrem Zimmer auspacken konnte, fingen sie mit dem Hochbett an. Als um ein Uhr die Verstärkung anrückte, hatten sie das Bett fast komplett aufgebaut und schleppten gerade die Matratze in die Wohnung. Lara brachte nicht nur einen riesigen Topf Gulaschsuppe und drei Dutzend Brötchen mit, sondern – um Stellas Frage, wer das alles essen solle, direkt den Wind aus den Segeln zu nehmen – auch ein paar Freundinnen und Freunde, die sofort mit anpackten. Es waren Sirja, Thore, Simon und Hanno, die Stella schon vor ein paar Wochen auf der Party im Garten des Möwennests kennengelernt hatte.

Zu acht ging es nun schnell voran und Stella musste nur noch dirigieren, was wohin kam. Als Thore und Simon eine riesige Leinwand reinschleppten, fragten sie, wohin sie sollte.

»In den Flur über die Kommode«, entschied Stella spontan.

Sie folgte den beiden ins Wohnzimmer, wo sie die Leinwand erst gegen die Wand lehnten und sie dann von den Pappen und der Luftpolsterfolie befreiten. Stellas Vater kam um die Ecke, er hatte seinen Werkzeugkoffer zur Hand. »Dann wollen wir mal.«

»Wow«, sagte Thore. »Hast du das gemacht?«

Stella nickte stolz.

Es war das Foto vom Meer, das früher im Flur der alten Wohnung gehangen hatte. Nach Piets Tod hatte sie es mit Georg abgenommen, und in der kleinen Wohnung war kein Platz dafür gewesen. Aber hier sollte es hängen. Als Erinnerung daran, sich nicht zu verbiegen. Das Meer und sie gehörten zusammen, und das wollte sie nie mehr vergessen.

Eine Stunde später standen alle Möbel an ihrem Platz, die Suppe auf dem Herd wärmte auf, alle tranken Limo aus Flaschen und saßen zufrieden auf den Gartenstühlen auf der Rasenfläche.

»Danke«, sagte Stella. Sie stand mit Lara in der Küche. Lara umarmte sie. »Das haben wir gerne gemacht. So kommt dein Vater noch rechtzeitig und entspannt nach Hause, und ihr könnt euch später in Ruhe einrichten.«

Stella schluckte. »Ich weiß gar nicht, womit ich das verdient habe.«

»Niemand sollte sich ein gutes Leben oder einen sicheren Ort ›verdienen‹ müssen«, widersprach Lara. »Du hast Freunde, die für dich da sind. Weil du auch für sie da sein wirst. Riekje wird von deiner Hilfe profitieren.«

»Sie wird mich dafür bezahlen.«

»Ja, und? So ist das. Aber deine Hilfe wird trotzdem von unschätzbarem Wert sein. Ich kenne niemanden, der so hart arbeitet wie Riekje. Sie hat dieses Café und ihren Törtchenlieferservice aus dem Nichts erschaffen. Also, nicht ganz aus dem Nichts, aber sie hatte anfangs nur die Vision und hat dann einfach damit begonnen, ihren Traum umzusetzen.«

»Das klingt bewundernswert.« Stella holte tiefe Teller und Schüsseln aus einem Karton. »Mist, jetzt rächt es sich, dass ich von allem so wenig habe.«

»Kein Problem. Simon kann drüben aus seiner Wohnung holen, was uns fehlt. Ich sag ihm Bescheid.« Lara verschwand nach draußen. Stella atmete tief durch. Um Hilfe bitten. Fragen. Es fiel ihr so verdammt schwer. Sie merkte, wie ihr Leben mit Piet sie in einen Kokon aus Sorglosigkeit gehüllt hatte, in dem jedes Problem nicht mit Solidarität gelöst wurde, sondern man das, was fehlte, einfach anschaffte. Sie musste umdenken.

»Wie sieht's eigentlich mit deinem ersten Auftrag aus?«, erkundigte sich Lara, als sie wieder in die Küche kam.

»Was meinst du?«

»Na, die Fotos für meine Webseite und mein Instagram.«

»Das hast du ernst gemeint?«

Lara verdrehte die Augen. »Stella …«, murmelte sie.

»Ich dachte, ich mache ein paar Fotos für dich als Dankeschön für deine Unterstützung.«

Lara seufzte. »Ernsthaft?«, fragte sie sanft.

»Na ja, wenn ich die Bilder dann für mein Portfolio verwenden darf, wäre es quasi ein Gewinn für beide Seiten.« Stella zog unwillkürlich die Schultern hoch. »Keine gute Idee?«

»Nein«, sagte Lara ruhig. »Ich möchte nicht, dass du dich unter Wert verkaufst. Oder einen Freundschaftspreis aufrufst. Ich bekomme bei Riekje auch nur zehn Prozent Rabatt. Das wäre das Maximum an Entgegenkommen, das ich annehmen könnte. Und komm bloß nicht auf die Idee, die Preise niedriger anzusetzen. Ich weiß, was ein professionelles Shooting inklusive Nachbearbeitung kostet.«

»Okay«, sagte Stella kleinlaut. »Ich habe eh noch keine Ausrüstung oder so. Man kann die auch mieten, aber das kostet ja im Monat auch einige hundert Euro für alles. Das Geld habe ich im Moment einfach nicht. Aber kaufen kann ich mir erst recht nicht leisten.«

»Mhm«, machte Lara, als hätte sie nicht richtig zugehört. »Komm, wir verteilen die Suppe.«

Sie ließen das Thema ruhen. Schon wenige Minuten später saßen alle gemütlich im Garten, balancierten Schüsseln und Teller auf den Knien oder fanden an dem Gartentisch Platz. Stella ging herum und verteilte Brötchen aus der Bäckertüte. »Jetzt setz dich doch mal hin!«, kam's prompt von ihrem Papa.

Stella setzte sich neben ihn. »Besser so?«

»Viel besser.« Er nickte zufrieden. »Du hast hier eine gute Gemeinschaft gefunden. Erinnert mich ein bisschen an unsere alte Nachbarschaft.«

Stella schwieg. Über die »alte Nachbarschaft« sprach ihr Vater selten. Er hatte vor über zwanzig Jahren mit Stellas Mutter das Haus gebaut, in dem sie als Familie lebten – bis ihre Mutter starb und Stella und ihr Vater zurückblieben. Die Nachbarschaft, die vorher schon eng zusammengerückt war, hatte sich auch danach der beiden angenommen. Sie erinnerte sich gut daran, wie oft sie nachmittags bei einer Nachbarin war, während ihr Vater noch arbeitete.

Aber sie erinnerte sich auch an die Einsamkeit, die für sie damit einherging. Wie oft sie sich gewünscht hatte, ihr Vater wäre mehr für sie da.

Sie rutschte unbehaglich auf dem Gartenstuhl herum. Auf einmal war da dieses unbestimmte Gefühl angesichts all der Ungewissheiten, die ihr neues Leben mit sich brachte. Tat sie das Richtige? Würden Mira und sie auf Norderney gut ankommen? Kam Mira in der Schule gut zurecht? Und was, wenn nicht? Norderney hatte nur diese eine Grundschule.

»Durchatmen.« Ihr Vater legte die Hand auf Miras Unterarm. »Was ich geschafft habe, kriegst du auch hin.«

»Dass du da so sicher bist …«

Er zuckte mit den Schultern und trank sein Bier aus. »Na klar. Ich habe auch erst nach dem Tod deiner Mutter gemerkt, wie stark ich sein kann. Die meiste Kraft habe ich daraus gezogen, wie wir beide als Team funktioniert haben. Du und ich, wir haben das Leben ohne sie gemeistert. Und ich finde, wir haben es gut geschafft. Ohne größere Blessuren.«

Sie widersprach nicht. Aber in ihr regte sich Widerstand. Was, wenn sie im Grunde viel zu kaputt war, um für Mira und sich dieses neue Leben aufzubauen? Wenn sie einen Knacks weg hatte, weil sie ihre Mutter so früh verloren hatte und auch Mira jetzt mit dem Verlust eines Elternteils aufwuchs, den Stella nicht kompensieren konnte? Allein wie das klang, kompensieren. Niemand konnte Piet ersetzen. Er würde immer fehlen.

Sie spürte ihren Gefühlen nach. Die hatten sich verändert. Im ersten Jahr der Trauer hatte vor allem die Wut regiert, weil sie Piet so viele Vorwürfe machen wollte. Jetzt war da vor allem dieses Bedauern, dass sie nicht genug gemeinsame Zeit gehabt hatten. Dass er ihr nicht vertraut hatte, weil er glaubte, er müsse ihr die ganze Zeit ein sorgenfreies Leben bieten. Dabei war es ihr nie darum gegangen. Schon gar nicht um diesen Preis.

»Na, ich mach mich dann mal auf den Weg.«

Ihr Vater stemmte sich aus dem Gartenstuhl, er schwankte kurz. Stella sprang auf. »Bleib doch noch über Nacht«, schlug sie vor. »Du hattest zwei Bier. Mir wäre wohler, wenn du bleibst.«

Er sah sie an, ein bisschen überrascht. Dann wurde sein Blick weich. »Das ist wohl das Beste«, sagte er leise. »Kann mich gern noch ein wenig nützlich machen.«

»Klar.« Sie räusperte sich. Irgendwie fühlte es sich gut an, ihrem Vater zu zeigen, dass es total okay war, wenn er über Nacht blieb. Wenn er nicht sofort verschwand. Es würde ja ein paar Wochen dauern, bis sie sich wiedersahen.

»Ich muss mal wohin.« Er verschwand Richtung Terrassentür, und Stella plumpste zurück auf den Gartenstuhl. Lara kam vorbei, sie bemerkte, dass Stella nichts mehr zu trinken hatte und machte direkt kehrt.

»Hier.« Sie drückte Stella eine Limoflasche in die Hand. »Alles okay?«

»Ja, irgendwie … Ich habe gerade meinem Vater gesagt, er soll doch über Nacht bleiben. Er hatte zwei Bier, und mir war unwohl bei dem Gedanken, dass er jetzt noch so weit fährt.«

»Gut gemacht.«

»Ehrlich?«

Lara nickte. »Ganz ehrlich! Alkohol ist ein fieser Möpp, und wir sollten viel häufiger gut aufeinander aufpassen.«

Stella wollte etwas sagen, doch dann hielt sie den Mund. Manchmal konnte man eine Aussage auch einfach stehen lassen.

Hätte ich mal besser auf Piet aufgepasst.

Aber das war ein fieser Gedanke. Einer, der aus der hintersten Ecke ihres Verstands immer dann angekrochen kam, wenn sie müde oder verzweifelt war.

Sie musste endlich begreifen, dass Piet selbst entschieden hatte, was aus seinem Leben wurde. Dass sie keine Schuld traf. Sie konnte es aber jetzt besser machen. Aufpassen. Auf sich selbst und auf die Menschen, die sie liebte.

Nachdem die Umzugshelfer sich verabschiedet hatten, räumte Stella in der Küche die Schränke ein, während ihr Vater Mira half, die ersten Kartons im Kinderzimmer auszupacken. Als Stella nach ihnen schaute, saßen die beiden auf dem Fußboden und spielten eine Runde Drecksau. Stella zog die Tür hinter sich ins Schloss. Sie lächelte. Drecksau war eins von Miras liebsten Kartenspielen, und es war lange her, dass sie es gespielt hatte.

Ihr Handy brummte. Georg rief an. Ohne Zögern nahm sie den Anruf entgegen.

»Wie geht es euch?«, erkundigte er sich als erstes. »Habt ihr alles gut rüberbekommen?«

»Bis jetzt fehlt nichts und alles ist heil geblieben.« Stella klemmte das Handy zwischen Ohr und Schulter und hob einen Stapel Teller aus dem Karton. »Nur noch auspacken, und Donnerstag geht der Job los.«

»Klingt machbar, oder?«

Sie lächelte. »Ja, schon. Nur ein bisschen Muffensausen.«

»Warum?«

Sie wusste es selbst nicht so genau. »Die Ungewissheit?«

»Meld dich, wenn ihr was braucht.« Er schwieg einen Moment. Dann: »Vielleicht kann ich euch mal besuchen. Wenn ihr euch eingelebt habt.«

»Bestimmt«, versicherte sie ihm, ohne sich selbst so sicher zu sein.

Sie plauderten noch ein paar Minuten, doch Stella war in Gedanken nicht bei der Sache, und das merkte Georg. Er verabschiedete sich. Sie legte das Handy auf den Küchentisch.

Als Georg sich bei seinem letzten Besuch verabschiedet hatte, hatte er auch angeboten, beim Umzug zu helfen. Stella hatte abgelehnt. Warum eigentlich? Jetzt bedauerte sie das. Es wäre schön gewesen, mit ihm die Küche einzuräumen, während Mira mit ihrem Opa spielte. Ihre Sehnsucht nach ein bisschen heiler Welt überraschte sie. Es gab keine heile Welt. Irgendwo lauerte immer die nächste Katastrophe.

KAPITEL

16

Es passierte am letzten Tag ihrer ersten Arbeitswoche kurz vor Feierabend beim Abräumen der Tische. Stella überschätzte ihre Fähigkeiten, sie stapelte zu viele Tassen und Becher auf dem Tablett und stolperte auf dem Weg zur Theke über ihre eigenen Füße. Das Tablett neigte sich gefährlich nach vorne – und dann fiel in einem ohrenbetäubenden Lärm das ganze Dutzend Becher zu Boden und zersprang in tausend Scherben.

Einen Moment stand sie wie erstarrt vor dem Scherbenhaufen. Gerade noch, dass sie dachte: Ein bisschen wie mein Leben.

Dann bückte sie sich und begann, die größeren Scherben aufzusammeln. Ihre Wangen glühten, sie schämte sich. Wie ungeschickt von ihr. Die Blicke der letzten Gäste spürte sie im Rücken, die verstummten Gespräche setzten wieder ein und sie glaubte, wie die ältere Dame am Tisch in der Ecke etwas murmelte, das verdächtig nach »Hab ich's nicht gesagt?« klang.

Hab ich's nicht gesagt, dass sie völlig unfähig ist?

Vorhin hatte sie steif und fest behauptet, es müsse Kirschkokosstreuselkuchen geben, weil sie den schon seit Jahrzehnten in diesem Café aß, jedes Jahr, wenn sie auf Norderney war. Ihre Begleitung, eine jüngere Frau, hatte sie besänftigt, das sei nicht hier gewesen, sondern auf Spiekeroog, aber die Ältere beharrte darauf, es

147

müsse hier gewesen sein. Klar, in einem Café, das erst letztes Jahr eröffnet hatte.

Trotzdem piekste der Kommentar. Stella brachte die großen Scherben zum Mülleimer und holte aus der Küche Besen und Kehrblech. Während sie die restlichen Scherben zusammenschob, hielt sie den Kopf gesenkt. Sie fühlte sich nicht gut. Sie war müde, ihre Füße schmerzten, die langen Tage waren ungewohnt und anstrengend. Alles eine Frage der Gewohnheit, aber sie war froh, dass sie morgen frei hatte.

»Gräm dich nicht.« Riekje kam mit einer Tortenplatte aus der Backstube und begann, die Cupcakes einzuräumen. Noch eine halbe Stunde bis Feierabend. Die ältere Dame rief quer durch den Raum, sie wolle sofort bezahlen, früher wäre der Service ja wohl besser gewesen. Im Vorbeigehen legte Riekje die Hand auf Stellas Oberarm. »Ich mach schon.«

»Danke«, murmelte Stella. Sie fegte die letzten Splitter auf, und weil aus den Tassen Tee und Kaffee in alle Richtungen gespritzt war, holte sie aus der Küche den Putzeimer und begann, den Boden weiträumig zu wischen.

Riekje verabschiedete die letzten Cafégäste. Die alte Dame konnte es nicht lassen; als sie an Stella vorbeikam, murmelte sie »Fachkräftemangel, man merkt's überall«.

Riekje blieb neben Stella stehen, die sich erschöpft auf den Wischmopp stützte. »Ich kann das nicht«, sagte Stella.

»Das stimmt nicht.« Riekje wollte gerade etwas hinzufügen, doch ein Backofen in der Küche piepte. Sie lief hinter die Theke. Wenn der Backofen piepte, musste man sofort zur Stelle sein. Erste Lektion bei Riekje.

Die zweite: Sei nicht so streng mit dir. Die hatte Stella bisher aber noch nicht so gut verinnerlicht. Es fiel ihr schwer, sich einzufügen. Sie musste so viel lernen.

»Ich bin echt zu doof für diesen Job.«

»Lass das, Stella. Ich mein's ernst.« Riekje stützte die Hände neben der Tortenplatte ab, auf der sie gerade die letzten Cupcakes hübsch anrichtete. »Es bringt nichts, dich fertigzumachen. Du warst ein paar Jahre raus aus dem Arbeitsmarkt, du hast dich verändert, der Arbeitsmarkt auch. Aber du bist nicht unfähig oder falsch und schon gar nicht ›zu doof‹. Das Wort möchte ich hier nicht hören, okay?«

Stella schwieg erschöpft. Sie wischte die Hände an der roten Schürze ab, die alle Mitarbeiterinnen in Riekjes Café trugen. »Aber ...«

Riekje hob die Hand, und beide mussten grinsen. »Ich höre mir jederzeit deine Sorgen und Nöte an. In diesem Fall möchte ich trotzdem, dass du mal wohlwollend auf dich selbst schaust. Auf das, was du erreicht hast. Da ist so ein bisschen kaputtes Geschirr wirklich ... nichts. Jeder hat hier schon Tassen runtergeworfen, und ich habe niemanden vor die Tür gesetzt deswegen. Du machst das hier gerade mal seit einer Woche. Natürlich hakt es da manchmal. Ich sehe dich. Du machst deine Sache gut. Darum werde ich bei dir nicht damit anfangen, jemanden wegen ein paar Scherben niederzumachen. Okay?«

»Okay«, murmelte Stella.

»Und jetzt ab mit dir. Du hast schon seit fünf Minuten Feierabend.« Riekje schob die Platte zurück in die Theke. »Wo steckt denn Mira?«

»Bestimmt wieder in der Keramikwerkstatt.« Stella lächelte. Seit einer Woche war sie nun im Café, und sie hatte sich – bis zu dem Fiasko mit dem vollbeladenen Tablett vor einer halben Stunde, das ihr einfach aus den Händen geglitten war – bisher recht gut eingefunden. Mira verbrachte Stellas Arbeitszeit entweder in der Töpferwerkstatt oder sie war mit Noah und Leni unterwegs. Wenn beides nicht möglich war, half sie nebenan im Lädchen aus oder sie saß in dem kleinen Büro hinter dem Laden und malte oder löste Sudokus für Kinder. Wenn Stella fragte, ob sie einen schönen Tag hatte, bestätigte Mira das jedes Mal fröhlich. Stella achtete trotzdem darauf, dass sie im Anschluss noch etwas Schönes für Mira machten. Heute hatte sie ihr versprochen, in der Fußgängerzone noch ein wenig bummeln zu gehen. Mira hatte ihr Taschengeld gespart, weil sie sich Deko für ihr Zimmer kaufen wollte. Was auch immer das sein sollte. Vermutlich so ein kitschiger Keramikleuchtturm mit Glitzer und einem Schildchen davor, auf dem Moin stand. Mira hatte erstaunlich viel für so Nippes übrig. Aber warum auch nicht? Es war ihr Geld, und wenn es ihr half, sich auf Norderney besser einzuleben, war es Stella egal, ob das mit überteuertem Kitsch geschah oder mit einem pädagogisch wertvollen Buch über Mülltrennung.

Sie räumte die Spülmaschine in der Küche aus und wieder ein, Riekje kam nach hinten und räusperte sich. »Ab mit dir. Und schreib die halbe Stunde noch extra auf!«

»Ist ja schon gut!« Stella hängte ihre Schürze auf, winkte noch mal und ging über den großen Aufenthaltsraum, der das Herzstück der Begegnungsstätte war, Richtung Laden. Aus dem Yogaraum hörte sie Laras Stimme und in der Töpferwerkstatt surrte die Töpferscheibe. Im Laden waren gerade vier ältere Frauen mit Funktionsjacken eingefallen, die sich gegenseitig die Strickwolle, die getöpferten Tassen mit pinker und hellblauer Glasur, die Bienenwachskerzen und Schaffelle zeigten. Ruth stand hinter dem Tresen und beantwortete geduldig alle Fragen, neben ihr auf einem Hocker stand Mira und packte mit einer berührenden Ernsthaftigkeit die Einkäufe einer Kundin ein. Sie legte die duftende Schafsmilchseife, die zwei Knäuel rosa Wolle und ein Päckchen Christbaumkerzen in eine Papiertüte und nannte den Preis. Die älteren Damen waren entzückt über so viel Einsatz und Arbeitseifer bei einer Achtjährigen. Stella stand in der Tür und beobachtete ihre Tochter mit einer Mischung aus Stolz und übersprudelnder Liebe.

Sie wartete, bis die schnatternden Rentnerinnen sich an ihr vorbeischoben und mit ihren Einkäufen Richtung Café liefen, ehe sie selbst vor den Kassentisch trat. »Guten Tag, haben Sie zufällig meine Tochter gesehen?«

Mira rief »Mama!«, kam um den Tisch herum und umarmte sie. Stella taumelte fast, sie genoss die Umarmung und hob Mira sogar hoch.

»Entschuldige, aber ich habe nur die weltbeste Assistentin da«, meinte Ruth und zwinkerte Mira zu. »Vergiss dein Trinkgeld nicht.«

»Oh, guck mal, Mama!« Mira machte sich los, flitzte um den Tisch und holte ein paar Münzen aus einer Schale. »Die waren alle für mich. Cool, nicht?«

»Wow, das ist ja fast mehr Trinkgeld als ich bekommen habe.«

»Davon kann ich mir jetzt was kaufen.«

»Dann mal los.«

Hand in Hand verließen sie das Möwennest und machten sich auf den Weg zur Fußgängerzone. Mira konnte gar nicht aufhören zu plappern. Sie hatte so viel erlebt! Für Stella war Miras Begeisterung ansteckend. Sie konnte die dumme Geschichte mit dem kaputten Geschirr abschütteln und genoss den Feierabend. Das Wetter war herrlich, wie eigentlich fast jeden Tag, seit sie vor knapp zwei Wochen nach Norderney gekommen waren – sonnig, leichter Wind, nicht zu heiß. Gelegentlich schoben sich fluffige Wolkenberge vor die Sonne. Perfektes Urlaubswetter.

»Können wir in den Laden da, Mama?« Mira zog Stella an der Hand zu einem Souvenirladen, der von außen schon weithin als solcher zu identifizieren war. Es gab Kleiderständer mit Hoodies, Drehständer mit Mützen und Halssocken, Namenstassen und große Fächer mit Sandspielzeug. Postkartenständer drehten sich im Wind. Stella ließ sich von Mira in den Laden ziehen. Es war nichts los, die Frau hinter der Theke grüßte nicht, sondern beugte sich über einen Stapel Papiere. Mira fand schnell, wonach sie suchte. Es gab tatsächlich diese Porzellanleuchttürme mit Glitzer, so wie Mira ihn ihr seit Tagen beschrieb. Mira schob enttäuscht die Unterlippe vor, als sie den Preis sah – ganz so viel hatte sie nicht gespart. Stella legte ihr einen Arm um die Schultern. »Na komm, ich geb dir drei Euro dazu«, sagte sie. Dann passte es. Stolz trug Mira den Leuchtturm zur Kasse.

»Das Geld hab ich mir zusammengespart!« Mira stellte den Leuchtturm auf den Tisch und kramte in ihrer kleinen Geldbörse nach den Münzen. Stella legte drei Euro auf den Tisch. Die Verkäuferin sah sie nicht mal an. Sie tippte den Betrag ein, die Kasse ratterte, dann trommelten ihre Finger ungeduldig auf den Tresen. Sie war etwas älter als Stella, die Augen unendlich müde. Als wäre jeder Kunde eine Zumutung. Erst als sie an Stella vorbeisah, hellte sich ihre Miene auf. »Da bist du ja«, sagte sie zu jemandem, der gerade den Laden betrat. Sie nahm das Geld, der Mann trat neben Stella. Sie erkannte ihn sofort, und seine Miene hellte sich auf.

»Schau an, die schöne Rheinländerin.« Tio grinste. »Hey Helen, hast du den beiden Rabatt gegeben? Sie sind die neuen Insulaner, von denen ich dir erzählt habe. Stella und … Mira, richtig?« Mira nickte.

»Nicht nötig«, sagte Stella hastig, weil sie merkte, wie Helens Mundwinkel nach unten wanderten. Helen blickte von Mira, die den Arm schon beschützend um den Leuchtturm legte, zu Stella und Tio und wieder zurück.

»Na, schon.« Sie klaubte zwei Münzen aus der Kasse und legte sie neben den Leuchtturm. »Du arbeitest bei Riekje?« Auf einmal war da sogar der Anflug eines Lächelns.

»Ja, genau.«

»Habt ihr euch gut eingelebt?«, erkundigte sich Tio.

Stella nickte. Wenn man davon absieht, dass ich das Geschirr zerdeppere und nur noch müde bin, dachte sie.

»Ist ja auch toll im Möwennest.« Helen reichte Mira eine Papiertüte. »Soll ich den Leuchtturm noch einschlagen, dass ihm nichts passiert?« Auf einmal war sie wie ausgewechselt.

»Helen hätte auch gern einen Laden dort«, verriet Tio.

»Ach, lass schon«, sagte Helen. »Das interessiert Stella sicher nicht.«

»Na, stimmt doch? Du meintest doch, wenn dein Geschäft besser läge, könntest du auch anständig verdienen. Helen hat die Geschenkboutique Anfang des Jahres übernommen, aber es läuft nicht so gut.«

Jetzt kniff Helen wieder den Mund zusammen, als müsste sie eine scharfe Bemerkung zurückhalten. Sie wickelte den Leuchtturm in mehrere Lagen Papier und steckte ihn zusammen mit drei Kaubonbons in eine weiße Papiertüte mit maritimen, blauen Wellen. »Es läuft«, sagte sie.

»Aber nicht gut genug.« Tio grinste. »Na, jedenfalls: Weißt du, ob es da noch Platz für ein Lädchen gibt?«

Stella zuckte hilflos mit den Schultern. »Es gibt ja schon einen Laden, aber der hat ein ganz anderes Sortiment.«

Was dieser kleine Geschenkeladen bot, das gab's auch in einem Dutzend anderer Geschäfte in der Fußgängerzone. Die Inselgäste mussten sich eben für einen Laden entscheiden, und dieser hier war eng, schlecht ausgeleuchtet und lag etwas abseits. Sie hatten ihn auch eher zufällig auf dem Weg in die Fußgängerzone entdeckt, und Miras Ungeduld hatte sie hier reingetrieben.

Helen überreichte die Papiertüte an Mira. »Hier. Viel Freude damit.« Wenn sie lächelte, sah sie hübsch aus. Nicht so unglücklich. Stella hätte ihr gern etwas Tröstendes gesagt, doch Helen würdigte sie keines Blickes mehr, sondern beugte sich wieder über die Listen. Tio verließ hinter Stella und Mira das Geschäft.

»Entschuldigt bitte Helens Art. Sie hat finanzielle Sorgen.« Er kniff die Augen gegen die grelle Sonne zu. »So, aber ich darf euch bestimmt auf ein Eis einladen, oder?«

Stella zögerte. Sie mochte Tio nicht, ohne dass sie so genau sagen konnte, woran es lag. An Laras Reaktion, sobald sie seinen

Namen sagte? Mal war sie ganz begeistert von ihm, dann aber hatte Stella das Gefühl, als dürfte Tios Name in Laras Gegenwart überhaupt nicht ausgesprochen werden. Was war da los? Und dann noch Helens Begeisterung, sobald er in der Nähe war … Die beiden hatten sich doch getrennt, war da überhaupt kein Groll zwischen ihnen?

Er hatte so was Forsches, als gehörte ihm die Welt und die Frauen müssten ihm zu Füßen liegen. So etwas Selbstverständliches, das Stella überrumpelte. Für Mira jedoch war die Aussicht auf ein Eis mit Tio eine verlockende Aussicht, sie blickte hoffnungsvoll zu Stella hoch. Sie gab widerstrebend nach.

»Dann können wir uns noch ein bisschen über Fotografie unterhalten.« Tio grinste. »Hab ich ja schon erwähnt. Ich bin Künstler. Vor allem Landschaftsfotografie, aber auch Porträt, Hochzeiten, was halt gebraucht wird. Passbilder eher ungern.« Wieder dieses Grinsen. »Jedenfalls, in Spanien mache ich das aber erstmal nicht weiter. Brauchst du eine Fotoausrüstung? Lara hat da was erwähnt.«

»Oh, echt? Cool.« In den letzten Tagen hatte sie wenig Kontakt mit Lara gehabt, und wenn war es auch nicht noch mal um die Fotoausrüstung gegangen. Stella war abends zu müde, um noch viel zu kommunizieren. Aber das war okay, dachte sie. Wenn sie sich eingelebt hatten, würde es leichter werden. Bis dahin war ihr Fokus ganz bei Mira und sich.

»Was hat sie dir denn erzählt?«

»Ach, sie meinte vor ein paar Tagen, du würdest für sie die Fotos für ihren neuen Internetauftritt machen. Eigentlich hatte ich ihr schon ein Angebot dafür gemacht, aber jetzt ziehe ich ja bald weg und sie will sowieso lieber mit dir zusammenarbeiten.«

Stella atmete tief durch. Die eigene Selbstständigkeit, dafür war in den letzten Wochen wirklich kein Platz in ihrem Kopf gewesen. Sie wusste nicht mal, ob sie das überhaupt noch wollte.

»Also, selbst wenn ich mich selbstständig mache, würde ich für den Anfang eher eine Fotoausrüstung mieten.«

»Mieten, wer macht denn so was? Willst du irgendeinem dubiosen Internethandel jeden Monat fünfhundert Euro in den Rachen werfen für ne anständige Ausrüstung? Nee, ey. Da zeige ich dir lieber meine Kameras und du sagst mir, ob du davon was brauchen kannst. Mach dir auch nen Freundschaftspreis.«

»Ich weiß nicht …«

»Na, erst mal ein Eis.« Tio marschierte so selbstbewusst voran, dass Stella sich nicht traute, ihm zu widersprechen. Sie nahm Mira an die Hand, die glücklich die Papiertüte mit dem Leuchtturm trug.

Eisdielen gab es auf Norderney ungefähr so viele wie Souvenirlädchen, und Tio steuerte die nächste an und verkündete, es sei nicht nur die erstbeste, nein, es sei die *allerbeste* Eisdiele auf der Insel. »Spaghettieis? Mögt ihr?«

Stella kam gar nicht dazu, sein Angebot abzuwehren, denn er verschwand im Innern, scherzte und lachte mit dem Besitzer und kam nach zehn Sekunden wieder raus. »Ich habe schon bestellt. Hier ist doch niemand gegen Erdbeeren allergisch?«

Für Einwände wär's ohnehin zu spät gewesen, denn Tio hatte sich kaum hingesetzt, als der Eisdielenbesitzer schon die drei riesigen Spaghettieis nach draußen trug. »Mit extra viel Erdbeersauce«, verkündete er und zwinkerte Mira zu.

»Ah, Giovanni! Du verwöhnst uns!« Tio sprang auf, umarmte Giovanni noch einmal und legte ihm den Arm um die Schultern, drückte ihn damit ein bisschen nieder. »Giovanni ist mein bester Freund seit ewigen Zeiten.«

»Und jetzt verlässt du mich!« Giovanni machte sich lachend los und legte gespielt dramatisch beide Hände auf die Brust.

»Es tut mir leid! Kannst du mir verzeihen?« Tio legte die Hände aneinander, wie im Gebet. Stella sah die beiden temperamentvollen Männer, die sich gegenseitig die Bälle zuspielten, und ihr Widerstand schwand.

Tio setzte sich zu ihnen, und während sie ein bisschen erzählten, ließen sie sich das Eis schmecken. Stella erfuhr, dass Tio schon sein ganzes Leben auf der Insel verbracht hatte und dass er hier zur Schule gegangen sei. Das weckte Miras Interesse, und er schwärmte ihr von der Schule vor, die auch seine vier Bonuskinder besuchten. »Du wirst es lieben«, versprach er ihr. Mira taute auf und stellte ein paar Fragen.

»Und du, Stella aus Düsseldorf? Warum hast du keinen tollen Mann an deiner Seite, der dich auf Händen trägt? Wieso musst du dich als Kellnerin in einem Café kaputtarbeiten?« Es sollte scherzhaft klingen, doch Stella merkte, wie Tios Bemerkung bei ihr völlig falsch ankam.

»Mein Mann ist letztes Jahr bei einem Autounfall gestorben und hat uns völlig mittellos zurückgelassen.«

Für einen winzigen Moment geriet Tios gut gelaunte Miene ins Wanken. Doch er fasste sich schnell wieder, legte die Hand tröstend auf ihren Unterarm. »Das klingt, als hättet ihr viel durchgemacht.«

Sie nickte nur. Wollte nicht mehr darüber reden. Tio lehnte sich zurück. Er ließ sie nicht aus den Augen.

»Das ist schlimm«, fuhr er fort. »Ich weiß noch, als meine Großmutter starb, ich war echt am Boden zerstört.«

Sie wollte ihn anfauchen, dass es ja wohl ein kleiner Unterschied war, wenn die Großmutter hochbetagt starb. Doch sie kniff nur die Augen zusammen. Mira löffelte weiter ungerührt ihr Eis; sie schien von der Unterhaltung nichts mitzubekommen.

»Können wir bitte das Thema wechseln?«, flüsterte Stella.

»Natürlich.« Er nahm die Hand von ihrem Unterarm. Sie umarmte sich fröstelnd.

Was stimmte denn nicht mit ihr? Da war jemand, der aufmerksam und freundlich war, der seine eigenen Gefühle nicht verleugnete, sondern sich ihr ebenfalls öffnete. Trotzdem befiel sie ein so starkes Unbehagen, dass sie am liebsten weggelaufen wäre.

»Und was habt ihr heute noch vor?«

»Filmabend!«, rief Mira. »Machen wir einen, Mama?«

»Na klar, Süße.« Stella legte den Arm um Miras Schultern. »Und dazu selbstgemachte Pizza?«

Mira jubelte, und der Moment des Unbehagens war verflogen. Sie aßen auf, während Tio weiter über die verschiedenen Vorzüge der Insel redete. Er war ein guter, überzeugender Redner, stellte sie fest. Als sie sich kurze Zeit später verabschiedeten, fragte er Stella, ob sie seine Nummer haben wollte.

»Meld dich einfach, wenn du wen zum Reden brauchst. Oder wenn du doch mal die Kameras anschauen willst.«

»Danke.« Sie speicherte die Nummer ein und wollte seine Nummer wählen, damit er ihre einspeichern konnte.

»Lass mal«, sagte er. »Ich möchte nicht, dass du dich zu irgendwas verpflichtet fühlst.« Sein Lächeln, das vorhin so enigmatisch gewesen war, dass es ihr fast unangenehm war, hatte jetzt etwas angenehm Zurückhaltendes.

»Okay«, sagte sie. »Und wenn ich mich nie melde?«

Er zuckte mit den Schultern. »Dann ist das schade, aber irgendwann werde ich schon darüber hinwegkommen.« Er beugte sich zu ihr herüber. »Aber wenn du dich meldest, freue ich mich *sehr*.«

Ein kleiner Schauer rann über ihren Rücken. Seine Stimme klang sanft, beinahe betörend. Sie blickte zu ihm auf, er lächelte – und der Moment war vorbei.

Flirtete er etwa mit ihr?

17

D ie Frage platzte aus ihr heraus, als sie am Samstagabend mit Lara und Sirja bei Nela zu einem spontanen Mädelsabend landete.

Lara sah sie mit hochgezogenen Augenbrauen an. Etwas war da in ihrem Blick. Etwas Resigniertes.

»Ich fürchte, Tio flirtet mit jeder Frau auf Norderney.« Sie verteilte Limoflaschen.

Nach einem langen Arbeitstag, bei dem sie kein Geschirr zerdeppert, aber von mehreren Cafégästen die Rückmeldung bekommen hatte, sie sei eine sehr aufmerksame Servicekraft – was sich auch in einem großzügigen Trinkgeld widerspiegelte – hatte Stella Mira zur Inselschäferei gebracht. Mira wollte bei Noah und Leni übernachten. Hanno und Ruth hatten nichts dagegen.

Aber allein zu Hause sitzen? Sofort hatte Stella das Gefühl, ihr würde die Decke auf den Kopf fallen. Sie rief Georg an, weil sie ein wenig mit ihm plaudern wollte, doch er nahm den Anruf nicht entgegen. Vermutlich war er unterwegs, dachte sie. Da passte es gut, dass Lara ihr ein Foto von einer großen Schüssel Popcorn und zwei Ipanemas schickte. *Bock auf Mädelsabend? Bei Nela, Sirja kommt auch!*

So landete sie zwei Türen weiter bei Nela, die ihrem Mann Simon die Kinder aufs Auge drückte und zum Popcorn auch Nachos mit Käse und Jalapeños servierte. Dazu gab es eine alte romantische Komödie. »Ihr habt die Wahl zwischen ›Notting Hill‹ oder ›Die Hochzeit meines besten Freundes‹«, verkündete sie.

Doch schon während Hugh Grant versuchte, Julia Roberts zu erobern, fingen sie an zu quatschen, drehten den Ton leiser und waren bald davon überzeugt, dass ihr Leben gerade deutlich spannender war als das eines Londoner Buchhändlers in den späten Neunzigerjahren. Und dann kam Stella mit dieser Frage, die ihr seit gestern keine Ruhe gelassen hatte. Vor allem, weil Lara manchmal nicht gut auf ihn zu sprechen war und dann wieder komplett verknallt wirkte.

»Also, dass er mit jeder Frau auf der Insel flirtet, ist nicht ganz richtig«, meldete sich Nela zu Wort. »Soweit ich weiß, hat er Omama Alma bisher in Ruhe gelassen.«

»Ja, aber doch nur, weil er seine Grenzen kennt! Gegen Roland Kaiser kommt bei ihr keiner an. Nicht mal der Onkel deines Mannes, und der bemüht sich seit Jahren um sie.« Lara reichte eine Schüssel mit Nachos herum. »Trotzdem. Wenn ich dir einen Rat geben darf: Lass die Finger von ihm. An dem verbrennt man sich.« Sie sagte das so düster, dass Stella gern nachgefragt hätte. Doch das war gar nicht nötig. »Mich hat er auch in den Abgrund gerissen, der Schuft. Und ich kann es noch nicht mal auf ihn schieben, ich war ja gewarnt.«

»Oje, was ist passiert?«, erkundigte sich Stella mitfühlend. »Seid ihr nicht mehr zusammen?«

Jetzt fühlte sie sich erst recht schlecht, weil sie das Thema überhaupt angesprochen hatte.

»Ich war so dumm, ihm zu glauben.« Lara zuckte mit den Schultern. »Er hat mir erst das Blaue vom Himmel versprochen, und dann durfte ich feststellen, dass seine Absichten eher darauf abzielten, seine Langeweile zu vertreiben. Da war's aber schon zu spät. Er hat mir ganz klassisch das Herz gebrochen.«

»Autsch«, murmelte Nela mitfühlend.

»Und Helen bricht er es auch, jedes Mal, wenn er sich so einen ›Fehltritt‹ leistet.« Sirja malte Gänsefüßchen um das Wort Fehltritt in die Luft. Sie griff in die Nachosschüssel und legte die Füße auf die Rückenlehne des Sessels, ihre blonden Haare hingen fast auf den Boden. »Ernsthaft, ich bin froh, wenn er die Insel verlässt. Es gibt Männer, die sorgen nur für Unruhe. Tio ist so einer.«

»Er hat mir seine Nummer gegeben und war mit uns ein Eis essen.« Stella wäre am liebsten in der Sofaritze versunken.

»Ja, so fängt es an«, sagte Lara düster. »Und als nächstes läuft man sich über den Weg, er fragt, wieso man sich nicht gemeldet hat, man hat ein schlechtes Gewissen, bumm. Alles schon erlebt.«

»Und Helen ist seine … Ex?«

»Seine On-off eher. Die Arme.« Nela seufzte. »Ihre jüngste Tochter ist damals eines der ersten Babys gewesen, die im Geburtshaus zur Welt kamen. Er hat sie begleitet.«

»Das ist aber nett«, entfuhr es Stella.

Nela schnaubte. »Ich würde eher sagen, es ist selbstverständlich.«

»Ja? Mir hat er erzählt, er habe auf der Insel eine Bonusfamilie, die er jetzt leider verlässt.«

»Lass das Bonus weg, dann passt es.« Lara nahm eine Handvoll Nachos und bekleckerte sich mit der Käsesauce. »Wundert mich aber nicht, dass er überall erzählt, er sei ungebunden. Ich hoffe, du hast ihm nicht von Piet erzählt.«

»Er weiß nur, dass er gestorben ist.«

»Dann lass es auch dabei, wenn ich dir diesen Hinweis geben darf.«

»Ihr tut ja gerade so, als wäre Tio so ein Mann, dem keine Frau widerstehen kann.« Stella schnaubte. »Mir war er vom ersten Moment an irgendwie … unsympathisch. Also, ihr habt da nichts zu befürchten.«

»Hört, hört«, murmelte Sirja. Sie rappelte sich auf und setzte sich neben Lara. Mitfühlend legte sie den Arm um Laras Schultern. »Lass dich nicht runterziehen, Süße. Okay?«

»Ach, ich bin längst über ihn hinweg«, behauptete Lara. »Aber wehe, du fängst was mit ihm an, Stella!«

»Habe ich nicht vor! Aber er hat mir seine Fotoausrüstung angeboten. Ist das noch okay, wenn ich sie mir ansehe?«

»Naaa gut.«

Sie wandten sich anderen Themen zu, starteten den Film neu, Lara lehnte sich bei Stella an. Nela ging in die Küche und machte für alle noch eine Runde Ipanemas. »Alles okay?«, fragte Stella leise.

Lara wollte erst nicken, doch dann schüttelte sie den Kopf. »Nichts ist okay. Aber irgendwann wird's schon wieder gehen«, versicherte sie.

Stella nahm sich fest vor, auf keinen Fall auf Tio reinzufallen. Sie würde aber trotzdem wenigstens seine Fotoausrüstung anschauen, und danach würde sie ihm ein Angebot machen, damit sie endlich für Lara die Fotos machen konnte.

Sie kam kurz vor Mitternacht nach Hause, fiel aufs Bett und schrieb Georg eine Nachricht.

Bin ein bisschen beschwipst und sehr müde von der Insel. Wollen wir mal wieder telefonieren? So ungefähr jetzt?

Zwei Minuten später brummte ihr Telefon.

Leider keine Zeit. Morgen Nachmittag?

Mehr nicht.

Sie seufzte. Auf einmal vermisste sie Georg.

Zum Abschied hatte sie Sirja und Lara versprochen, dass sie schon bald alles beisammen hätte, damit sie für die neue Homepage Fotos machen konnte. Und weil sie gerade keine Nerven hatte, sich mit den zahlreichen Angeboten für gemietete Fotoausrüstung auseinanderzusetzen, suchte sie im Telefonbuch nach Tios Nummer und schrieb ihm.

Hey, hier ist Stella. Steht das Angebot mit der Fotoausrüstung noch? Ich würde sie mir gerne anschauen, auch wenn ich sie mir vermutlich nicht leisten kann, haha! LG, Stella

Sie schickte die Nachricht ab, legte das Handy auf den Nachttisch und ging ins Bad. Als sie zehn Minuten später zurückkkam, blinkte es. Sie nahm es nur in die Hand, weil sie hoffte, dass Georg noch mal schrieb. Es waren drei Nachrichten von Tio.

Klar! Wann können wir uns treffen, morgen?

Bist du noch wach?

Kann ich dich anrufen?

Im selben Moment brummte das Smartphone in ihrer Hand los, und sie ließ es fast aus der Hand fallen vor Schreck. Es war Tio. Sie starrte auf seinen Namen auf dem Display. Dann legte sie das Handy vorsichtig auf den Nachttisch, als wäre es eine Handgranate.

Sie starrte es an und wusste nicht, was sie tun sollte. Drangehen? Ignorieren? Würde er es dann noch mal versuchen? Vielleicht hatte er ja direkt morgen früh Zeit für sie. Kurz entschlossen nahm sie das Handy und meldete sich, eventuell eine Spur zu hastig und atemlos.

»Hallo?«

»Hey Stella.« Tios Stimme, warm und angenehm. »Ich dachte, ich rufe direkt an.«

»Ja, äh. Danke.«

»Du willst also meine Kameras begutachten? Kein Problem. Passt es dir morgen?«

»Morgen passt mir. Ich hole Mira um elf bei ihren Freunden ab.«

»Okay, willst du vorher bei mir vorbeikommen?«

»Wenn das geht?«

Er lachte leise. »Klar geht das. Sonst hätte ich es nicht angeboten.« Ach so, klar. Tio gab ihr die Adresse durch. »Sagen wir um neun? Dann kannst du dir alles in Ruhe anschauen.«

»Okay«, sagte sie. »Bis dann.«

Sie legte auf. Voll erwachsen, dachte sie. Obwohl sie ja *wusste*, dass Tio ein Schuft war – Laras Worte! –, wollte sie sich die Gelegenheit nicht entgehen lassen, seine Kameras zu sichten. Mit etwas Glück fand sie was Passendes und konnte schon bald wieder fotografieren. Also so *richtig*. Sie spürte in ihrem Bauch ein freudig aufgeregtes Kribbeln. Das lag bestimmt an der Aussicht, endlich wieder ihrer Leidenschaft nachzugehen und nicht daran, dass sie morgen früh Tio wiedersah, oder?

Tio bewohnte ein kleines, geradezu schnuckeliges Dachgeschossapartment im Inseldorf, ziemlich zentral gelegen und für Stella zu Fuß erreichbar. Als sie um zwei Minuten vor neun bei ihm klingelte, ertönte nach zehn Sekunden der Türsummer. Sie stieg die drei Treppen hinauf, trat durch die geöffnete Wohnungstür und stand direkt im Wohnzimmer mit der offenen Küche. Tio wartete kurz hinter der Tür auf sie.

»Hi«, begrüßte er sie und schloss sie behutsam in die Arme. Stella schauderte ein wenig, das war ihr eindeutig zu viel Nähe auf einmal.

»Hallo«, sagte sie spröde und machte einen halben Schritt rückwärts.

»Ich hoffe, es stört dich nicht, dass ich uns ein kleines Frühstück hergerichtet habe.« Er zeigte auf den Esszimmertisch, der zur einen Hälfte von einem Frühstück für zwei eingenommen wurde. Die andere Tischhälfte war mit Kameras, Objektiven, Filtern und anderem Zubehör vollgeräumt.

»Wie wär's erst mal mit einem Kaffee? Ich hoffe, du hast noch nicht gefrühstückt.«

»Das wäre doch nicht nötig gewesen …«

»Eh-eh-eh, natürlich ist es das nicht. Aber für dich mache ich das gerne.« Wieder dieses Lächeln, das an seinen Mundwinkeln zupfte.

»Ich fürchte, du hast inzwischen genug Horrorstorys über mich gehört, dass ich nur diese eine Chance für einen ersten Eindruck habe.«

»Tatsächlich ist das schon unsere vierte Begegnung«, wandte sie ein. Sie setzte sich an den Tisch. Das Frühstück mit Croissants und Brötchen, Marmelade, Honig, einem Teller mit verschiedenen Sorten Aufschnitt und Käse, Orangensaft und Krabbensalat sah wirklich sehr verlockend aus, und da Seeluft hungrig machte und sich ihr Körper auch nach Wochen noch nicht an das neue Klima gewöhnt zu haben schien, hatte sie trotz der großen Portion Nachos von gestern Abend durchaus wieder ein kleines Hüngerchen.

»Ja, aber die ersten drei zählen nicht«, erklärte er. »Da waren wir nie ungestört für uns.«

Bevor sie etwas erwidern konnte, lärmte die Kaffeemühle los. Tio bereitete mit seiner chromglänzenden Siebträgermaschine einen perfekten Cappuccino zu, den er ihr kredenzte. »Wie wär's mit Prosecco?«

»Auf keinen Fall!«, rief sie.

Tio lachte. »Warum nicht?«

Sie biss sich auf die Unterlippe. Es kam ihr albern vor, ihm erklären zu müssen, dass Prosecco zum Frühstück für sie untrennbar mit den regelmäßigen Brunchverabredungen mit ihren Freundinnen in Düsseldorf verknüpft war. Sie vermisste Cecile, Anne und Sophia. Sie vermisste ihr Leben von früher. Und wenn sie jetzt Prosecco trank, würde sie in einem Meer aus Melancholie versinken. Keine gute Idee.

»Ich halte mich an den Orangensaft. Ist eh gesünder.«

»Ah, du trinkst gar keinen Alkohol?«

Sie zuckte mit den Schultern. Selbst wenn – müsste sie sich dafür entschuldigen? Wohl kaum.

Tio setzte sich ihr gegenüber. »Greif zu!«, forderte er sie auf. »Für die Kameras haben wir danach noch Zeit. Ich möchte erst mehr über dich erfahren.«

Noch mehr?, entfuhr es ihr beinahe. Sie nahm ein Croissant und brach die Spitze ab. Während sie aßen, kam das Gespräch nur schleppend in Gang, weil Stella sich die ganze Zeit ins Gedächtnis rief, dass Lara sie vor Tio gewarnt hatte. Zugleich war er so freundlich, zugewandt und aufmerksam, dass es schwerfiel zu glauben, was Lara über ihn erzählt hatte.

»Ich habe eine Frage an dich«, sagte Stella schließlich, weil sie es nicht länger aushielt.

»Schieß los!«

»Stimmt es, was Lara mir erzählt hat? Dass ihr eine Affäre hattet und deshalb deine Beziehung mit Helen in die Brüche gegangen ist?«

»Oh, wow.« Er lehnte sich zurück. »Das ist eine ganz schön persönliche Frage.«

»Sorry. Du musst nicht antworten.«

»Nein, schon okay.« Er überlegte. »Also, was genau hat sie dir erzählt?«

»Mehr nicht. Nur dass ihr zusammen wart, während du und Helen …« Stella machte eine unbestimmte Handbewegung. »Und als sie es rausbekam, hat sie dich vor die Tür gesetzt, und du hast Lara abserviert.«

»Hm.« Er rührte in seinem Kaffee. »Ich möchte … also, nicht dass du ein falsches Bild von mir bekommst, ja? Wenn man es so runterbricht, klingt es fast so, als wäre ich an allem schuld.«

»Nein, nein. Keine Sorge. Darum frage ich ja.«

»Die Sache ist die …« Er stieß die Luft aus. »Helen und ich, das ist schon seit Jahren kompliziert. Vermutlich ist die Insel schlicht zu klein für uns. Sie will unbedingt, dass es mit uns funktioniert, aber inzwischen glaube ich, das wird nichts mehr. Leider.« Er trank einen Schluck Kaffee, ohne Stella dabei aus den Augen zu lassen.

»Verflixt, ich hab das Rührei vergessen!« Tio sprang plötzlich auf und verschwand in der offenen Küche. Sofort fing er an, mit Pfanne, Schüsseln und dem Kühlschrank zu klappern. Während er das Rührei vorbereitete und in der Pfanne briet, erzählte er weiter. Aber so beiläufig, als wäre gar nichts dabei, wenn ein Paar sich auseinanderlebte und dann auseinanderging. Davon, wie er letzten Herbst Lara kennenlernte. »Du kennst Lara«, sagte er. »Sie ist so positiv, ruht in sich … Wie kann man sich da nicht in sie verlieben?«

»Aber es hielt nicht?«

Er schüttelte den Kopf. »Ich bin vielen Frauen zu viel«, räumte er ein. »Das war vermutlich unser Problem. Ständig habe ich sie bedrängt, immer wieder sagte sie, ich dürfe nicht so viel Raum in ihrem Leben einnehmen.«

»Mir hat sie das anders erzählt«, sagte Stella vorsichtig. »Es klang eher so, als wärst du nicht für sie da gewesen und … nun ja. Als wärst du eine Weile zweigleisig gefahren.«

Er verharrte mitten in der Bewegung, den Silikonpfannenwender in der Hand. »Das hat sie gesagt?«, murmelte er gedankenverloren. »Wow. Das ist hart.«

»Dann stimmt das nicht?«

»Ich habe es mir wirklich nicht leicht gemacht. Ich hatte ja Verantwortung für Helen und die Kinder. Die Jüngste ist gerade mal drei. Und als Lara und ich uns kennenlernten, war das wie …« Er hielt inne. Dann bewegte er das Rührei ein bisschen in der Pfanne, sie schwiegen beide. Schließlich schaltete er die Herdplatte aus. »So war das.«

Als hätte in sein Schweigen eine ganze Geschichte gepasst.

Stella merkte, dass sie ihn mit anderen Augen sah. Nun ja, sie kannte ihn kaum. Aber sie hatte sich eine Meinung gebildet, und vor allem nachdem Lara ihr von der Affäre erzählt hatte, war für sie eindeutig klar, wer in dieser ganzen Sache die Fehler gemacht hatte.

»Gegen Gefühle kann man sich wehren. Aber manchmal wird man trotzdem schwach.« Er stellte die Schüssel auf den Tisch. »Bedien dich.«

Stella nahm die Schüssel. Er ließ sie nicht aus den Augen, während sie Rührei auf ihren Teller gab. »Ich habe Lara nicht gut getan. Und das tut mir leid. Ich würde gern Besserung geloben, aber … na ja.«

»Schon okay«, sagte sie leise.

Nach dem Frühstück zeigte Tio ihr die Kameras und die dazugehörige Ausrüstung. »Ich verkaufe sie echt ungern«, sagte er. »Aber in Spanien werde ich sie nicht mehr brauchen, und im Moment muss ich das Geld zusammenhalten. Norderney ist teuer. Vor allem die letzten Monate.«

»Hm«, machte Stella. »Was willst du für das ganze Equipment haben?«

»Willst du alles?«

Sie nickte nachdenklich. Es wäre ein solider Anfang. Zwei Kameras, dazu verschiedene Objektive, speziell für Porträt, für Landschaft, dazu ein Makro, das sie vermutlich nicht so häufig brauchen würde. Insgesamt mehr als genug für den Anfang.

»Was möchtest du für die hier haben?« Sie zeigte auf die Canon, die sie der Sony vorziehen würde.

»Mit den drei Objektiven und dem Zubehör?« Er legte die Sachen ein wenig zusammen. »Da müssten es schon zweitausend Euro sein, Minimum. Neuwert sind knapp viertausend, und sie ist keine drei Jahre alt.«

Stella nickte. Für ihr Empfinden war das ein mehr als fairer Preis. Aber sie hatte das Geld nicht. Sie müsste sparen, und das würde mindestens den ganzen Sommer dauern. Sie verdiente ganz gut, aber Tio hatte recht – Norderney war teuer.

»Ich wäre interessiert«, sagte sie vorsichtig. »Allerdings habe ich im Moment das Geld nicht. Könnten wir Ratenzahlung vereinbaren oder so?«

Er runzelte die Stirn. »Ungern«, sagte er.

»Schade. Verstehe ich aber. Du wirst sie vermutlich auch so gut loswerden.«

Sie gab ihm die Kamera zurück. Es war viertel vor elf, sie musste jetzt ohnehin langsam los und Mira abholen.

»Ich überleg's mir.«

»Überleg nicht zu lange. Es gibt noch andere Interessenten.« Er grinste, und für einen winzigen Moment war sie unsicher, ob er die Kameras oder etwas anderes meinte.

Als sie Richtung Osten radelte, grübelte sie weiter. Aber wie sie es auch drehte und wendete: Im Moment hatte sie das Geld für die Profi-Ausrüstung nicht. Es genügte ja nicht, eine Fotoausrüstung zu haben. Wenn sie tatsächlich als Fotografin arbeiten wollte, brauchte sie auch eine Bildbearbeitungssoftware, eine Homepage, eventuell ein Büro oder ein kleines Atelier. Wenn sie träumen dürfte, sah sie vor sich ein kleines Lädchen, ähnlich dem, das Ruth im Möwennest eingerichtet hatte, jedoch in ihrem Fall war es ein heller, minimalistisch eingerichteter Raum, Eichenparkett, weiße Wände – und an den Wänden ihre Bilder als Kunstdrucke. Fotos vom Meer. Dazu könnte sie dann noch Porträtfotografie anbieten. Aber gab es dafür überhaupt einen Markt? Wer ließ sich denn im Urlaub fotografieren? Denn ihr war klar, dass Inselgäste einen Großteil ihres Kundenstamms ausmachen müssten, damit ihre Idee funktionierte.

Auf einmal fühlte sie sich wieder mutlos. Als sie heute früh zu Tio fuhr, hatte sie gedacht, dass ihr mit einer guten Kamera in der Hand automatisch auch das richtige Konzept für ihre Selbstständigkeit in den Schoß fallen würde. Und nun stellte sich heraus, dass alles noch ein bisschen komplizierter war.

Sie musste sich entweder mit einer günstigeren Lösung zufriedengeben – und das widerstrebte ihr, denn wie ihr Vater schon immer sagte, wer billig kauft, kauft zweimal – oder nach Finanzierungsmöglichkeiten suchen. Sie überschlug in Gedanken, was sie bräuchte – die Kamera, Software, Homepage, vielleicht ein kleines Atelier – und die Summe war annähernd fünfstellig. Okay, mit kleinem Puffer wäre sie tatsächlich fünfstellig. Vor zwei Jahren hätte sie mit den Schultern gezuckt und Piet gefragt, ob er ihr das Geld zur Verfügung stellen konnte – und er hätte ihr sofort die Summe überwiesen, ohne zu fragen, wofür sie das Geld brauchte.

Aber das ging jetzt eben nicht mehr.

Ihren Vater fragen?

Auf gar keinen Fall. Vermutlich würde er es irgendwie möglich machen. Aber das wollte sie nicht. Er sollte sich nicht ihretwegen langmachen.

Nein. Es war höchste Zeit, dass sie die Verantwortung für die Entscheidungen übernahm, die sie in ihrem Leben getroffen hatte. Und dazu gehörte eben auch die Ehe mit Piet.

Ruth begrüßte sie auf dem Hof der Inselschäferei. »Moin! Die Kinder sind mit Hanno gerade unterwegs zu den Schafen, ich habe ihnen aber gesagt, dass sie spätestens um elf zurück sein sollen. Möchtest du derweil noch einen Kaffee haben?«

»Was für eine Frage!«

»Bleib ruhig hier, ich hole ihn dir.«

Es dauerte keine zwei Minuten, dann kam Ruth mit zwei Kaffeebechern aus dem Haus. Stella hatte sich auf die Bank vor dem Küchenfenster gesetzt. Auf einem Lammfell lag dort eine kleine Tigerkatze, die sich schnurrend von Stella streicheln ließ. »Du hast Leia kennengelernt. Ihr Bruder Luke müsste auch noch irgendwo herumstreunen.«

»Luke und Leia? Sind das Geschwister?«

»Sicher. Ihre Mutter ist Obi Wan Kenobi. Sie ist vor gut einem Jahr Riekje und Yanis auf dem Campingplatz zugelaufen. Lange Geschichte.«

»Mich interessiert daran vor allem, warum die Katze Obi Wan Kenobi heißt.«

»Sie dachten, es wäre ein fetter Kater.«

Die beiden grinsten sich an.

»War aber eine sehr schwangere Katze. Inzwischen verstehen sie etwas mehr von Katzen, aber fünf Kittens konnten sie dann doch nicht behalten.«

»Und da kamt ihr ins Spiel, verstehe.«

»Hier draußen haben die beiden alles, was sie brauchen. Und wir haben keine Probleme mit Mäusen mehr in der Käserei.«

»Schön, wenn sich alles so findet.«

»Hat es sich doch bei dir auch. Oder?«

Stella wollte schon nicken, aber wenn sie ehrlich war … »Ich bin ein bisschen wie die Fischerfrau aus dem Märchen.«

»Oh?« Ruth zog die Knie an und hielt den Kaffeebecher mit beiden Händen auf den Knien fest. »Wie kommt es?«

»Na ja, erst hatte ich nichts, dann bekam ich einen Job und eine Wohnung, und jetzt bin ich wieder unzufrieden und möchte gern als Fotografin arbeiten, aber dafür fehlt mir das Geld. Ich würde am liebsten noch heute anfangen, aber ohne Ausrüstung und so weiter wird das wohl nur ein Traum bleiben.«

»Hm«, machte Ruth. »Magst du mir mehr erzählen?«

»Ich weiß nicht. Bringt doch nichts.« Stella zuckte mit den Schultern.

»Lass das mal meine Entscheidung sein.«

»Also, ich mag Menschen. Ganz allgemein. Ich habe es immer schon geliebt, Leute zu fotografieren. Und ich kann das gut. Also würde ich gern in dem Job arbeiten, den ich mal gelernt habe.«

»Dann mach das.«

»Es kostet zu viel Geld. Ich könnte sparen, aber das würde locker ein Jahr dauern. Eher länger.«

»Ein Kredit?«

Stella zuckte mit den Schultern. »Wie kreditwürdig ist eine alleinerziehende Kellnerin?«

»Autsch.«

»Ich muss es wohl einfach realistisch sehen. Ich hab's verbockt, und jetzt muss ich eben sehen, wo ich bleibe. Jedenfalls nicht in einem hübschen Atelier direkt hinter den Dünen, in dem ich Inselgäste fotografiere und ihnen damit unvergessliche Erinnerungsfotos schenke.«

»Aber die meisten Leute haben doch Handys und machen selbst Fotos.«

»Mir ist etwas aufgefallen, als ich die Fotos gesichtet habe, die wir als Familie in all den Jahren gemacht haben«, sagte Stella leise. »Ich habe fotografiert. Klar, ich war die meiste Zeit da. Aber wenn es keine Selfies waren, gab es kaum Fotos von Mira und mir. Oder von uns drei zusammen. Immer sind da nur Mira und Piet. Ich bin froh, dass die Fotos gibt. Aber dass ich so oft fehle …«

Stella spürte, wie Ruth neben ihr langsam ausatmete. »Ich verstehe«, sagte sie. »Es gibt auch kaum Fotos von Noah und Leni mit ihrer Mutter. Vermutlich aus demselben Grund.«

»Das möchte ich ändern«, sagte Stella leise. »Ich möchte den Menschen die Möglichkeit geben, ihre Urlaubserinnerung durch ein paar gemeinsame Fotos zu ergänzen. Das muss nichts Großes sein. Aber … Na ja. Ein kleines Atelier, das eben mein Portfolio zeigt. Ich könnte mit den Leuten auch an den Strand gehen. Menschen so fotografieren, dass sie es gar nicht merken. So wie sie sind. Nicht wie sie sich gern auf einem Selfie zeigen.«

»Schöner Gedanke. Ich wäre sofort dabei.«

»Ja, echt?« Bisher hatte sie den Gedanken nur im Kopf hin und her gewälzt, ohne ihn auszusprechen. Er war irgendwie da gewesen, aber ihn in die Welt hinauszulassen, fühlte sich noch mal anders an.

»Absolut. Und ich wüsste aus dem Stand noch drei andere Freundinnen, die sich über diese Möglichkeit freuen würden. Alle Insulanerinnen, aber die hast du nach einem halben Jahr durchgeknipst und müsstest dann wirklich die Inselgäste von deinen Fähigkeiten überzeugen.«

»Lara braucht neue Fotos für ihre Homepage. Das könnte ich auch machen. Aber ach …«

»Ja. Die Anfangsinvestition, nicht wahr? Die schreckt dich.«

»Ich sehe einfach nicht, dass ich es irgendwie finanziert bekomme. Und wenn es nicht klappt?«

»Hm«, machte Ruth. »Vielleicht wüsste ich eine Möglichkeit. Aber das kann ich nicht allein entscheiden. Ich erkundige mich mal.«

Stella machte sich nicht allzu viele Hoffnungen. Aber bevor sie das sagen konnte, hörten sie die Kinder und die Hunde, die jenseits der Dünen mit viel Gelächter, Gebell und Plappern den schmalen Pfad zu den Schafweiden herabliefen. Mira entdeckte Stella und rannte auf sie zu. »Mama! Ich hab Lämmchen gesehen! So klein!« Sie zeigte mit ihren Händen, wie winzig Lämmchen sein konnten. Stella hob Mira hoch, sie wirbelten im Kreis. Noah und Leni umringten Mira und nahmen ihr das Versprechen ab, sie müssten sich spätestens morgen wieder im Möwennest treffen, dann konnten sie rüber zum Kap Hoorn. In dem großen Indoor-Spielplatz konnten sie stundenlang buddeln, entspannen und mit dem Tischkicker spielen. Mira versprach es nach einem fragenden Blick in Stellas Richtung. Stella nickte ermutigend. Sie war so erleichtert, weil Mira auf der Insel nicht nur sofort Freunde gefunden hatte, sondern weil diese Freunde sich auch durch nichts davon abhalten ließen, möglichst viel Zeit mit Mira zu verbringen.

Dafür hat man Freunde, dachte Stella.

»Hey!« Ruth rief ihr hinterher. »Montag Lust auf Abendbrot bei uns? Mira und du?«

»Gerne!« Stella schnallte Miras Reisetasche auf ihren Gepäckträger und stieg aufs Rad. Mira fuhr voran, und Stella bekam das Lächeln gar nicht mehr aus dem Gesicht.

Angekommen. Da war's doch egal, ob sie als Fotografin arbeitete oder weiter sechs bis acht Stunden am Tag Cappuccino und Lime-Baiser-Küchlein servierte.

18

Zwei Tage Wochenende. Es war Riekjes Idee gewesen, dass Stella beide Tage frei machte, obwohl im Café sicher mehr als genug zu tun war. »Kommt erst mal richtig auf der Insel an. Ihr habt bestimmt noch einiges in der Wohnung zu tun.«

Recht hatte sie. Kaum daheim machte Stella sich daran, die Wohnung zu putzen und Wäsche zu waschen. Während sie ein verspätetes Mittagessen kochte, saß Mira auf der Eckbank und malte ein Bild. Es tat ihnen beiden gut, ohne Stress einfach gemeinsame Zeit miteinander verbringen zu können. Auch deshalb erlaubte Stella nach dem Essen einen Disneyfilm. Sie kuschelten sich auf dem Sofa ein, und während Stella mit halber Aufmerksamkeit der Geschichte von Vaiana folgte, ging sie in ihrem Handy die Nachrichten durch, die in den letzten Stunden eingegangen waren.

Ihr Vater fragte, wie es ihnen denn so ging. Stella schickte ihm ein kleines Update, ohne von ihren Überlegungen zur Selbstständigkeit zu berichten. Da musste sie sich selbst erst über einiges klar werden, bevor sie allen davon erzählte. Dann wäre Hans-Peter aber sicher einer der ersten, die davon erfuhren.

Cecile schickte ein Foto von einem üppig gedeckten Tisch im Café Florian.

Wir vermissen dich!,

schrieb sie dazu.

Wie geht es euch?

Stella bezweifelte, dass Anne und Sophia sie ebenso vermissten wie Cecile. Immer noch war sie ein wenig entsetzt darüber, wie die beiden auf Stellas neue Lebenssituation reagiert hatten. War es wirklich so abschreckend, wenn jemand in eine schwierige Lebenssituation geriet? Musste man die Person dann sofort fallen lassen? Denn anders als Cecile, die in den letzten zwei Wochen immer mal wieder geschrieben hatte, hatten Anne und Sophia auf keine von Stellas Nachrichten reagiert. Was ja auch schon eine Positionierung war. Und Stella hätte gern so getan, als würde ihr das nichts ausmachen. Aber es war anstrengend, sich ein komplett neues Umfeld zu erschließen, wenn das alte ihr so wenig das Gefühl gab zu fehlen. Denn was hieß das? Dass sie, wenn sie auf Norderney scheiterte, vermutlich ebenso schnell vergessen wurde wie in ihrem alten Freundeskreis.

Ich vermisse euch auch. Wir haben es gut! Vielleicht mögt ihr ja mal zu Besuch kommen?

Sie schickte dazu ein Foto vom Meer.

Die letzte Nachricht – oder die, die sie sich zum Schluss aufgehoben hatte – kam von Georg. Er schickte ein Foto, auf dem ein dicker Stapel Papier neben einer Tasse Kaffee lag, ein roter Stift oben auf dem Stapel.

Bin heute mit dem letzten Durchgang vor dem Lektorat beschäftigt. Wie geht's euch?

Sein Buch war fertig. Sie wusste, wie wichtig das für ihn jedes Mal aufs Neue war, darum schrieb sie zurück:

> Mega! Worum geht's diesmal? Darfst du schon was erzählen? Uns geht's super. Kaffee gibt's hier auch.

Sie hängte ein Foto an, das sie heute Mittag aufgenommen hatte: Leia saß neben dem Kaffeebecher, den Schwanz sorgfältig um die Pfoten gelegt.

> Gerne mal am Telefon. Hast du Zeit?

> Heute Abend?

Daumen hoch als Antwort. Sie grinste und ihr Herz machte einen kleinen Hüpfer. Ein Gespräch mit Georg würde ihr bestimmt gut tun. Sie hätte gern seine Meinung zum Thema Selbstständigkeit gehört.

Aber jetzt legte sie das Handy beiseite. Mira kuschelte sich an sie, und gemeinsam schauten sie zu, wie Vaiana und Maui das Herz von Tefiti zurück zur rechtmäßigen Besitzerin brachten.

»Natürlich kannst du das, was für eine Frage!« Georg klang beinahe entrüstet. Stella lachte.

»So einfach ist das nicht«, widersprach sie.

»Ach. Nenne mir ein unüberwindliches Hindernis auf dem Weg zu deiner Selbstständigkeit.«

»Geld.«

»Kann man leihen.«

Sie seufzte. »So einfach ist das nicht«, wiederholte sie leise.

Mira lag schon im Bett und las ein Lustiges Taschenbuch. Sie hatte vorhin, als Georg anrief, kurz Hallo gesagt und ihm erzählt, wie toll es auf Norderney war, wie viele Freunde sie schon gefunden hatte und wie sehr sie sich auf die Schule freute. Stella hatte sich derweil noch einen Kaffee gekocht. Normalerweise trank sie keinen nach vier Uhr nachmittags, weil Kaffee sehr zuverlässig ihren Nachtschlaf zerstörte. Aber sie wollte diesen freien Tag möglichst noch ein wenig in die Länge ziehen. Einen Film gucken. Ein Buch lesen, das sie aus der Inselbibliothek ausgeliehen hatte. Einfach ein bisschen runterkommen und für sich sein.

Und vorher mit Georg telefonieren. Sie hätte das nicht gedacht, aber so ein langsamer, gemütlicher Samstag mit Hausarbeit, gemeinsamer Zeit mit Mira und abends etwas Zeit für sich war genau das Richtige. Gar nicht lange her, da hätte sie vor allem die Aussicht auf die abendlichen Stunden allein halb verrückt vor Angst gemacht.

»Okay, erzähl mal. Was genau ist nicht so einfach daran, sich nebenberuflich selbstständig zu machen?«

Georg war bei diesem Thema der ideale Gesprächspartner, fiel ihr auf. Und das nicht nur, weil er die Bücher anfangs in seiner Freizeit geschrieben hatte. Er kannte Stella. Er wusste, wovon sie redete.

»Die Angst zu versagen? Das finanzielle Risiko? Die Überforderung mit zwei Jobs? Ich weiß gar nicht, wo ich anfangen soll. Mira und ich sind gerade erst hier angekommen, und schon will ich mehr vom Leben. Wer sagt mir denn, ob ich überhaupt mehr verlangen darf?«

»Die letzte Frage kannst nur du beantworten. Aber ich sehe das so: Du hast da etwas, das dich brennen lässt. Bei dem du nicht aufhören kannst, darüber zu reden. Stimmt's?«

Sie musste ihm widerstrebend rechtgeben.

»Siehst du. Und wenn man für eine Sache brennt, dann gibt es eigentlich nicht die Option ›Ich lasse das mal, ich könnte ja scheitern‹. Sondern es geht vor allem darum, einen Weg zu finden, der diesen Traum möglich macht.«

So ähnlich hatte Riekje das auch formuliert, fiel Stella auf. Riekje hatte sich ja aus dem Nichts selbstständig gemacht, als sie in ihrem Leben in eine ziemlich prekäre Sackgasse geraten war. Und sie war mit dem Café ein hohes wirtschaftliches Risiko eingegangen. So weit müsste Stella gar nicht gehen, oder?

»Überleg doch mal, wie es wäre, wenn es gelingt. Das habe ich immer gemacht, wenn ich in diese Unsicherheit gestürzt bin. Wie könnte das Ergebnis aussehen? Und dann habe ich überlegt, was ich dafür investieren müsste. Ob ich das kann. Habe ich die Zeit? Die Räumlichkeiten? Habe ich wirklich den Willen, mich darauf so sehr einzulassen, dass manches andere keinen Platz in meinem Leben hat? Ich weiß, ich habe leicht reden. Ich bin allein. Mein Scheitern hätte damals nur bedeutet, dass ich sehr viel Zeit investiert hätte. Sonst nichts. Du müsstest die Zeit anders finden. Mira braucht deine Aufmerksamkeit.«

Stella lachte. »Mira sehe ich kaum noch. Sie ist ständig mit ihren neuen Freunden unterwegs. Hmmm.«

»Mein Agent meinte übrigens, ich bräuchte nach ein paar Jahren neue Autorenfotos. Also hättest du schon mal *einen* Auftrag sicher.«

Wieder musste sie lachen. »Ich weiß nicht.«

»Und Lara? Sie brauchte doch auch was von dir.«

Stella seufzte. »Ich kann aber nicht für den Rest meines Lebens von Freundschaftsaufträgen leben. Sooo viele Freunde habe ich nicht.«

»Aber es ist ein Anfang. Lass es zu, Stella. Wenn es nicht funktioniert, kannst du immer noch mit dem Geld aus den ersten Aufträgen die Ausrüstung bezahlen und anschließend bist du fein raus. Du verlierst nichts.«

»Ich muss nachdenken.«

»Mach das. Ich weiß, es fühlt sich erst groß an. Aber du hast in den letzten anderthalb Jahren viel Größeres zustande gebracht. Da ist so eine kleine Selbstständigkeit doch ein Klacks für dich.«

Sie hätte ihn gern darauf hingewiesen, dass sie das ja auch nicht so ganz freiwillig gemacht hatte – ihr ganzes Leben umkrempeln und all das. Aber sie spürte, dass es nichts bringen würde. Darum wechselte sie das Thema.

Wir treffen uns im Laden!

Stella starrte auf die Worte und konnte sich keinen Reim darauf machen. Sie war heute mit Ruth zum Abendessen verabredet, und nun schrieb sie eine Stunde vorher, dass sie sich stattdessen im Lädchen trafen? Merkwürdig.

Noch merkwürdiger war eigentlich nur, dass Riekje sich ihr anschloss, als sie sich um kurz vor fünf auf den Weg durch die Halle rüber zu Ruths Laden machte. Und das Merkwürdigste war wohl, dass Nela bereits mit Ruth hinter der Theke stand.

Stella blieb auf der anderen Seite des niedrigen Regals stehen, in dem Seifen und Kerzen präsentiert wurden. »Was wird das hier?«, fragte sie misstrauisch. Es fühlte sich nach einer Intervention an. Hatte Riekje beschlossen, dass Stella für den Job als Kellnerin gänzlich ungeeignet war, und wollte es ihr nun möglichst schonend beibringen?

»Komm, wir setzen uns ins Büro.«

Stella blieb stehen. »Warum?«

»Wir möchten mit dir sprechen.« Riekje legte behutsam eine Hand auf Stellas Rücken. »Keine Sorge. Es ist nichts Schlimmes.«

Da war sich Stella nicht so sicher. Sie schluckte und nickte, ihre Füße trugen sie wie im Traum in das kleine Büro hinter dem Ladenraum. Ruth setzte sich hinter den Schreibtisch. Drei Klappstühle standen davor.

»Also. Wir sind uns einig?«, wandte sie sich an Riekje und Nela. »Wir müssen immer noch den Rat vom Möwennest befragen, aber wir drei sind schon mal einer Meinung, richtig?«

»Absolut«, bekräftigte Nela.

»Ich bin dabei«, fügte Riekje hinzu.

»Könnte mir mal bitte jemand erklären, was hier los ist?«, wollte Stella wissen.

»Wir leihen dir das Geld«, erklärte Ruth feierlich. »Damit du dich als Fotografin auf der Insel selbstständig machen kannst.«

»Was? Nein!«, rief Stella.

Die anderen drei grinsten. »Oh doch«, erwiderte Nela. »Hör uns erst mal zu, ja? Es ist eine längere Geschichte.«

Stella spürte, wie das Blut in ihren Ohren rauschte. Was passierte hier gerade?

»Es fing mit dem Geburtshaus an«, erzählte Nela. »Ich war etwas verzweifelt, weil ich nicht wusste, wie ich den Start finanzieren sollte. Und damals sagte ich zu Simon, das Geld wachse ja nicht auf Bäumen, daher würde ich meinen Traum wohl nicht erfüllen können. Tja. Eines Morgens wachte ich auf und im Obstgarten hinter meinem Elternhaus hingen Umschläge mit Geld.«

»Es wächst eben doch auf Bäumen«, murmelte Ruth.

»Nicht ganz. Wie sich später herausstellte, hat Simon es dort reingehängt, weil ich zu stolz war, es direkt von ihm zu nehmen. Ich habe das Geld dann trotzdem genommen und in das Geburtshaus gesteckt. Sobald sich diese Investition amortisiert hatte, habe ich es wieder entnommen und beiseite gelegt.«

»Als ich im folgenden Jahr auf die Insel kam und die Vision vom Möwennest in der alten Mühle entwickelte, hat Nela mir das Geld als zinsfreies Darlehen zur Verfügung gestellt«, griff Ruth den Faden auf. »Gelebte Solidarität unter Frauen. Auch ich konnte das Geld relativ zügig zurückzahlen.«

»Danach kam ich«, erzählte Riekje. »Mit meinem Törtchenlieferservice habe ich auf Anhieb nicht genug verdient, um das Café einzurichten. Darum haben Ruth und Nela mir das Geld angeboten. Inzwischen ist es vollständig zurückgezahlt und steht für die nächste Visionärin zur Verfügung.«

»Wir sind uns einig, dass du die Richtige bist«, schloss Nela. »Das Möwennest ist allerdings von Anfang an eine Genossenschaft gewesen und das Geld gehört zum Vermögen der Begegnungsstätte. Deshalb müssen wir das Einverständnis aller Beteiligten einholen, bevor wir es dir als Darlehen auszahlen können und du deinen Traum vom Atelier hier oben am Meer verwirklichen kannst.«

Die drei sahen Stella erwartungsvoll an.

»Was denkst du?«, wollte Nela wissen.

»Ich weiß es nicht«, flüsterte Stella. Ihr Kopf war tatsächlich wie leergefegt. Sie konnte es nicht fassen. Da war eine Lösung für all ihre Probleme. Sie musste nur danach greifen. Mutig sein. Hatte Georg ihr das nicht geraten? Ergreife die Chance, die sich dir hier bietet.

»Verstehe ich«, brummte Ruth. »Mich hat's damals auch umgehauen.«

»Und wir alle wissen, dass dich so leicht nichts umhaut«, neckte Nela sie.

»Fürchtest du nicht, mich als Kellnerin zu verlieren?«, fragte Stella an Riekje gewandt. »Ich meine: Bin ich so schlecht, dass du mich auf diese Weise loswerden musst?«

»Also, erstens: Du kannst immer noch stundenweise bei mir einspringen. Das eine schließt das andere nicht aus. Solange du den Job brauchst, gehört er dir«, erklärte Riekje. »Das sollte deine Sorgen komplett zerstreuen, oder? Du bist gut. Aber ich glaube, wir alle wollen im Leben einen Unterschied machen. Etwas leisten. Erschaffen. Und manchmal müssen wir bereit sein, den Preis zu bezahlen, damit andere über sich hinauswachsen können.«

»Es gibt nur noch ein klitzekleines Problem.« Ruth sah zerknirscht aus. »Dass es dieses Darlehen gibt, hat sich inzwischen herumgesprochen. Und bis vor wenigen Wochen wussten wir ja nicht, dass es dich gibt. Und deine wundervolle Idee. Darum haben wir schon ein paar andere Frauen eingeladen, uns ihre Konzepte vorzulegen, damit das Geld nicht nutzlos herumliegt.«

»Und ihr habt was Besseres gefunden?«

»Nein«, erwiderte Nela fest. »Aber es gibt ein Konzept, auf das sich einige Genossenschaftsmitglieder bereits ein wenig eingeschossen haben. Weil sie die Antragstellerin kennen und mögen.«

»Dann nehmt sie doch.«

Könnte man hören, wie jemand die Augen verdrehte, man hätte es in diesem Fall dreifach hören können.

»Kommt nicht infrage«, erklärte Nela. »Wir möchten dein Konzept ebenfalls vorstellen, damit wir dann über beide abstimmen können. Wie gesagt, die Entscheidung ist bisher nicht gefallen, aber bis Monatsende können auch noch Projekte vorgestellt werden.«

»Das ist aber ziemlich kompliziert.« Stella runzelte die Stirn. »Könnte ich nicht einfach nächstes Jahr …?« Selbst diese Möglichkeit wäre mehr, als sie je zu hoffen gewagt hätte.

»Stellst du gerade dein eigenes Licht unter den Scheffel?«, erkundigte sich Nela. »Wettbewerb ist gut.«

»Das sagst du nur, weil du von Helens Konzept nicht überzeugt bist«, merkte Ruth an. »Es wäre mehr so eine Notlösung.«

Stella horchte auf. »Moment, Helen? Nicht zufällig die Helen mit der kleinen Geschenkboutique in der Innenstadt?«

»Du warst schon mal in ihrem Laden?«

Stella nickte.

»Dann weißt du, warum ich ein Problem mit ihr habe«, erklärte Nela ruhig. »Ich glaube nicht, dass ein Souvenirshop wie ihrer sich durch unser Geld so weiterentwickeln könnte, dass er ein Gewinn für die Insel wäre.«

»Aber das entscheiden wir nicht allein«, warf Ruth ein. »Ich mag ihr Sortiment vielleicht auch nicht, aber sie hat ja von einer

Neuausrichtung gesprochen. Wir müssen einfach abwarten, was sie für Vorstellungen hat.«

»Und dann stimmen wir ab, ich weiß.« Nela seufzte. »Worauf habe ich mich damals nur eingelassen …«, murmelte sie.

»Wir haben das gemeinsam entschieden, schon vergessen?«

»Nein, schon okay. Und es ist ja gut, so wie's ist.«

Stella spürte die Irritation zwischen den drei Frauen, doch sie sagte nichts.

»Sind wir dann hier fertig? Yanis ist mit dem Kleinen zu Hause, ich will die beiden nicht länger warten lassen als nötig, und drüben ist noch viel zu tun.« Riekje stand auf und strich über ihre bemalte Schürze. »Meine Stimme hast du, Stella«, versicherte sie ihr. »Auch wenn du im Café fehlen wirst.«

»Ich bin ja nicht sofort weg.« Sofort kniff sie das schlechte Gewissen wieder. Durfte sie das überhaupt? Vom Leben so viel verlangen?

»Du musst es auch wollen.« Ruth erriet ihre Gedanken.

»Ist das so offensichtlich?«

Nela verabschiedete sich mit einer flüchtigen Umarmung von Ruth und winkte Stella, bevor sie das kleine Büro verließ. Ruth wartete, bis sie nur noch zu zweit waren, ehe sie antwortete.

»Bei Riekje war's ähnlich. Bei ihr habe ich beobachtet, wie sie erst nicht wollte, weil sie dachte, sie nimmt irgendwem was weg. Aber das musst du nicht. Helen kommt klar. Sie hat sich schon was aufgebaut. Bei dir wäre es der Neuanfang, den du brauchst. Du hast so viel verloren. Deinen Mann, deinen Status …«

Sie verstummte peinlich berührt, als sie merkte, wie Stella plötzlich unruhig wurde.

»Oh«, sagte Stella. »Lara hat es euch erzählt?«

»Nicht alles«, räumte Ruth ein. »Und auch nicht allen. Sie hat es mir gegenüber erwähnt, ich habe nachgefragt, sie hat ein paar Details genannt. Dass du ziemlich viel mitgemacht hast. Ziemlich tief gefallen bist nach dem Tod deines Mannes.«

Stella nickte. Sie wusste gerade nicht, was sie sagen sollte.

Vielleicht hätte sie ihre Geschichte gern selbst irgendwann erzählt. Bisher hatte sie Riekje, Ruth und allen anderen, die sie auf der Insel kennenlernte, mehr oder weniger nur gesagt, sie bräuchte nach einer schwierigen Zeit einen Neuanfang. Und zumindest Ruth wusste also mehr. Wie viel? War das überhaupt relevant? Menschen redeten, auch übereinander. Stella war nicht empfindlich, aber gerade dieser Teil ihrer Geschichte – die Geldnot, die Hilflosigkeit, all das – da wäre sie gern Herrin ihrer Version geblieben.

»Schön, dass es dir besser geht.« Ruth lächelte aufmunternd und stand auf. »Meine Stimme hast du übrigens auch. Wobei ich natürlich gern ein paar Fotos sehen würde. Hast du ein Portfolio oder so?«

»Bald«, versprach Stella. Wie auch immer sie das bewerkstelligen sollte. Aber sie beschloss in diesem Moment, dass sie, wenn sie schon nicht länger die Kontrolle über ihre Vergangenheit hatte, dann zumindest die Verantwortung für ihre Zukunft in die Hand nehmen konnte.

»Kann ich die Kamera mal ausprobieren?«, fragte Stella atemlos. Sie stand bei Tio vor der Tür, denn nachdem sie sich erst mal in den Kopf gesetzt hatte, in Rekordzeit ein Portfolio zu erstellen, duldete es keinen Aufschub. Das war neu; es fühlte sich merkwürdig an. Aber zugleich auch ziemlich gut.

Deshalb hatte sie nach ihrer Heimkehr und dem Abendessen mit Mira, die ganz beseelt von ihrem Tag erzählte, das Kind in Rekordzeit ins Bett gebracht, ihr versichert, sie dürfe unendlich lange lesen und dann mit Smartwatch ausgestattet und der Versicherung, Mira könne sich jederzeit bei ihr melden, verabschiedet. »Wohin gehst du, Mama?«

»Ich besuche einen Bekannten. Er hat eine tolle Kamera, die ich unbedingt ausleihen möchte. Wollen wir morgen Fotos von dir machen?«

Mira war einverstanden. Stella brauste auf dem Fahrrad durchs abendlich verlassene Norderney, klingelte ein paar müde Touristen aus dem Weg, die satt und zufrieden von einem Fischrestaurant nach Hause rollten, stellte ihr Fahrrad vor Tios Haus ab und hetzte die Treppen hoch.

Zum Glück brannte bei ihm Licht. Und er riss die Tür sofort auf, doch sein finsterer Blick, der war nicht gerade ermutigend.

Als er Stella erkannte, hellte sich seine Miene deutlich auf. »Guten Abend erst mal! Möchtest du reinkommen?«

»Aber nicht lange. Mira ist allein zu Hause, und ich habe ihr erlaubt, so lange zu lesen, bis ich zurückkomme.«

»Schade.« Er grinste. Sie betrat die Wohnung. Der Tisch war festlich für zwei gedeckt, mit Kerzenschein, Platzdeckchen und allem, was man so romantisch nannte.

»Oh, störe ich?«

»Niemals«, erwiderte er ernst. »Also, habe ich das richtig verstanden? Du willst die Kamera ausprobieren?«

»Wenn das geht? Ich habe eine Möglichkeit gefunden, wie ich eventuell doch noch an Geld komme, aber dafür brauche ich eben schleunigst ein Portfolio. Ohne Kamera wird's schwierig.«

»Stimmt.« Er gab sich einen Ruck. »Okay, ich gebe dir die Ausrüstung. Bist du versichert?«

Sie nickte ernst. Eine Privathaftpflicht hatte sie.

»Dann vertraue ich dir meine Babys an.« Er verschwand im angrenzenden Raum – vermutlich das Schlafzimmer – und kam nur zehn Sekunden später mit der Kameratasche wieder heraus. »Hier ist alles drin.«

»Du gibst mir *beide* Kameras?«

Er zuckte mit den Schultern. »Du weißt doch nicht, welche die richtige ist, oder? Probier sie ruhig ein paar Tage aus.«

»Danke!« Sie wusste nicht, was sie sagen oder tun sollte.

»Gerne«, sagte er und übergab ihr die Tasche. Dann machte er noch einen Schritt auf sie zu und umarmte sie behutsam. Stella wollte sich erst gegen die Umarmung stemmen, aber dann spürte sie ein unruhiges Flattern tief in ihrem Innern. Ihr Blick fiel auf den festlich gedeckten Tisch.

»Schönen Abend noch«, murmelte sie. Fast ein wenig bedauernd, dass sie nicht bleiben konnte und er offensichtlich mit einer anderen Frau verabredet war.

»Ich glaube nicht, dass ich den haben werde«, sagte er ruhig. Sie sah zu ihm auf. Meinte er das ernst? Aber er stand einfach vor ihr, blickte auf sie herab und sagte nichts. Stella atmete tief durch. Im selben Moment hob Tio die Hand und legte zwei Finger unter ihr Kinn. Sie sahen sich tief in die Augen, aber kein Wort kam über ihre Lippen. Oder über seine. Nur ein feines Lächeln war da, fast ein bisschen verschwörerisch.

»Gute Nacht, Stella«, sagte Tio leise. »Meld dich, sobald du dich entschieden hast.«

Sie verließ die Wohnung, die Tür fiel hinter ihr ins Schloss. Es fühlte sich merkwürdig an, da oben auf dem Treppenabsatz, die schwere Kameratasche in der einen Hand, die andere kurz auf die Brust gelegt, um das heftig hämmernde Herz zu beruhigen. Aber das hatte ohnehin schon wieder ganz andere Pläne, es flatterte und hüpfte wild und fast ein bisschen aufgeregt.

Meld dich, sobald du dich entschieden hast.

Ein bisschen zweideutig.

Ich glaube nicht, dass ich einen schönen Abend haben werde.

Mit diesem Satz in Kombination noch zweideutiger.

Sie seufzte. »Ich kann das alles nicht«, flüsterte sie, bevor sie die Kameratasche schulterte und nach unten lief. Auf dem Heimweg dachte sie darüber nach, wie das wäre, wenn sie es doch könnte. Wenn sie ihr Herz wieder öffnete. Wenn sie bereit wäre für eine Beziehung.

Aber selbst dann wäre Tio sicher nicht der Richtige für sie.

Warum spürte sie dann trotzdem diese unerklärliche Anziehung?

KAPITEL

19

Das sanfte Auf und Ab der Wellen. Drei Kinder und ein Hund, die in die Wellen liefen. Das Wasser spritzte hoch, die Gischt schäumte. Ein windiger Tag, ein lebhaftes Meer und dazu das Lachen von Leni, Noah und Mira.

Stella hob die Kamera und drückte ab. Neruda, der Mischlingshund, den Ruth einst von ihrer Weltreise heimgebracht hatte, war hier draußen ganz in seinem Element. Er lief so weit ins Wasser, bis er schwimmen konnte, paddelte fröhlich drauflos. Ein Pfiff von Noah, schon kam er zurück, sprang in großen Sätzen über die Wellen und schüttelte sich, dass die Tropfen in einem Regenbogenschauer um ihn herum die Welt benetzten und bei der Gelegenheit auch die Kinder. Lachende Augen, die Sonne kam hinter den Wolken hervor.

Stella ließ die Kamera sinken. Sie machte sich nicht die Mühe, die Fotos zu sichten, die sie bisher geschossen hatte. Dafür wäre später genug Zeit. Jetzt musste sie in diesem Augenblick bleiben. Wer wusste, wie lange er andauern würde. Aber schon jetzt wusste sie, dass sie diese Stunde niemals vergessen würde. Miras Ausgelassenheit war ansteckend, und Stella lächelte. Alle Zweifel, mit denen sie sich in den letzten Monaten herumgeschlagen hatte, verflogen mit der Ausgelassenheit der Kinder.

Sie hatte gefragt, ob Mira und ihre Freunde Lust hätten, sich am Strand fotografieren zu lassen. Die drei hatten sofort zugestimmt, denn es klang nach einem Abenteuer, und alles, was nach Abenteuer klang, war hochwillkommen. Sie nahmen Neruda mit und steuerten den Hundestrand an.

Stella entdeckte einen Yorkshire Terrier, der wie eine weiße Flauschkugel auf Neruda zuschoss. Die beiden Hunde beschnupperten sich, wedelten mit den Schwänzen und sprangen dann davon, sofort in ein wildes Spiel vertieft, wie es nur Hunde spielten.

Eine Frau mit roter Hundeleine trat neben Stella. Sie war etwa Mitte vierzig, die dunkelblonden Haare wurden ihr vom Wind ins Gesicht geweht. Sie lächelte. »Die haben Spaß«, meinte sie.

»Allerdings. Macht es Ihnen was aus, wenn ich Ihren Hund fotografiere?«

Die Frau musterte sie überrascht. »Gar nicht. Bekomme ich die Fotos dann auch?«

Stella nickte. »Klar. Wir können gern Kontaktdaten austauschen, und ich schicke sie Ihnen.«

»Ich bin Julia. Sind das alles deine Kinder?« Sie gaben sich die Hand. Julia wechselte lässig zum Du, als würden sie sich schon länger kennen. Stella war erleichtert; sie siezte auch so ungern.

»Nur eins. Die anderen beiden habe ich mir nebst Hund für ein kleines Shooting ausgeliehen.« Sie hob die Kamera hoch.

»Bist du Fotografin?«

Stella nickte. Es fühlte sich noch etwas komisch an, aber ja, sie *war* Fotografin. Wenn sie es damit ernst meinte, musste sie langsam auch anfangen, sich selbst so zu bezeichnen.

»Das ist ja toll. Machst du auch Fotos von Mensch und Hund?« Julia lächelte. »Ich hätte gern Fotos von Sherlock und mir. Also mehr als nur ein paar Selfies, verstehst du?«

»Klar. Wollen wir jetzt sofort welche machen?«

»Wenn das geht?«

»Kein Problem.«

»Was kostet das denn? Also, so ungefähr …«

»Weißt du was? Ich brauche gerade Fotos für ein Portfolio. Wenn ich dich und Sherlock da aufnehmen darf, kostet es gar nichts.«

»Wow, was für ein tolles Angebot.«

Lara würde schimpfen, dachte Stella. Sie sollte sich ja nicht unter Wert verkaufen. Aber hier bot sich ihr die einmalige Möglichkeit, jemanden von ihrem Können zu überzeugen, die sie nicht schon länger kannte. Stella brauchte die Bestätigung, dass sie auch ohne Vitamin B überzeugen konnte.

Julia pfiff nach Sherlock. Stella sah, dass die Kinder gerade dazu übergegangen waren, Muscheln zu sammeln. Das ergab sicher auch perfekte Motive, aber sie wollte Julia nicht warten lassen. Etwas aufgeregt war sie schon. Hoffentlich mochte Julia ihre Arbeit.

Etwa zwanzig Minuten lang machte sie ganz viele Fotos von Julia und Sherlock. Die beiden waren ein tolles Team, und Stella wusste sofort, welche Fotos ihr besonders gut gelungen waren. Ihr Lieblingsmotiv war, wie Julia mit Sherlock auf dem Schoß auf einem der Betonblöcke oben auf der Promenade saß und beide nach Westen blickten. Der Wind wehte ihnen Haare und Fell aus dem Gesicht, sie sahen glücklich aus, und irgendwie auch sehr verbunden miteinander.

Sie zeigte Julia das Foto auf dem kleinen Display. »Das wird großartig«, versprach Stella ihr. Sie tauschten ihre Kontaktdaten aus und Stella versprach, sich in Kürze bei Julia zu melden. Sie winkten fröhlich zum Abschied, dann kehrte Stella zu Mira und ihren Freunden zurück.

Sie machte noch ein paar Dutzend Fotos, merkte aber, dass die Kinder langsam keine Lust mehr auf Muscheln sammeln hatten.

»Was haltet ihr von Waffeln bei Riekje?«, schlug Stella vor. Sie machten sich auf den Rückweg.

Mit Waffeln mit heißen Kirschen und Vanilleeis versorgt lümmelten sich die drei Freunde auf der Terrasse vom Café in einen Strandkorb. Es war eng, aber das störte sie nicht. Stella versprach ihnen noch Limo, dann lief sie in die Küche, band sich die Schürze um und begann mit der Arbeit. Die Fotos mussten bis heute Abend warten.

Erst als sie abends ihren Laptop hochfuhr und die Ausbeute sichtete, dachte sie wieder an Julia und Sherlock. Der Hund und sein Frauchen waren wirklich super Fotomodelle gewesen. Stella suchte Julias Telefonnummer heraus und schickte ihr vorab zwei Fotos als kleinen Teaser. Nach drei Minuten pingte ihr Handy.

Die sind mega! Danke dir für das tolle Shooting. Sag Bescheid, wenn ich mal was für euch tun kann. LG & schönen Abend, Julia

Stella legte das Handy beiseite und widmete sich weiter der Bildbearbeitung. Morgen früh war sie mit Lara und Sirja im Yogaraum verabredet, ganz früh, damit sie Fotos im Morgenlicht machen konnten. Hoffentlich klappte das auch so gut. Es war zugleich Stellas erster richtiger Auftrag, denn Lara ließ sich nicht davon abbringen, für die Fotos zu bezahlen. Das wäre dann hoffentlich der erste Schritt in die ersehnte Selbstständigkeit.

Sie bearbeitete noch einige Fotos, dann bestellte sie ein paar großformatige Abzüge, für Julia und Sherlock ein paar extra. Als sie vor dem Schlafengehen aufs Handy guckte, hatte sich Tio gemeldet und fragte, wie sie zurechtkam und ob sie die Kameras jetzt kaufen wollte. Er bräuchte echt schnell eine Antwort, sonst müsste er sie bei Kleinanzeigen inserieren.

Stella zögerte. Sie konnte nicht zusagen, solange sie selbst nicht die Zusage für das »Geld auf Bäumen« hatte. Gleichzeitig empfand sie allerdings schon jetzt ein Gefühl von Zuneigung zu den beiden Kameras, wobei sie die eine bevorzugen würde. Aber sie war noch nicht sicher, welche es letztlich werden sollte.

Bis wann musst du das wissen?

Sie sah, wie er tippte. Dann:

Wollen wir kurz telefonieren?

Sie rief ihn an.

»Hey.« Seine Stimme war so warm, voller Zuneigung. Stella stand auf und begann, den provisorischen Arbeitsplatz am Küchentisch aufzuräumen, während sie redeten.

»Hi. Ich habe heute die Kameras ausprobiert und ja, ich hätte sie schon ganz gerne.«

»Okay. Aber?«

Sie zögerte. Immerhin war er sehr vertraut mit Helen. Wie würde Tio reagieren, wenn er erfuhr, dass sie sich mit Helen in Konkurrenz um das zinsfreie Darlehen befand?

»Ich kann frühestens Freitag sagen, ob ich sie mir leisten kann.«

»Hm«, machte er. »Das ist jetzt ungünstig.«

»Ich weiß«, sagte sie leise und holte tief Luft. »Dann kann ich sie mir wohl realistisch betrachtet eher nicht leisten.«

»Nein, warte.« Sie hörte, wie auch Tio tief durchatmete. »Sorry, wenn ich so viel Druck mache. Es ist nur so, dass ich meiner Ex Geld schulde, und sie versucht gerade, ihren Laden neu aufzubauen und ist um jeden Euro froh.«

»Verstehe …« Und sie verstand es tatsächlich. Helen und sie waren gerade in einer ähnlichen Situation, beide mit dem Wunsch, auf eigenen Füßen zu stehen, beide auf der Suche nach Möglichkeiten, sich einen Traum zu verwirklichen. Sie konnte es Tio nicht verdenken, wenn er auch nach der Trennung noch zu seiner Ex hielt.

»Also gut. Bis Freitag hast du Zeit.«

»Danke.« Ihr fiel ein Stein vom Herzen. »Ich verspreche dir, sobald ich Näheres weiß, gebe ich Bescheid.«

»Sehen wir uns vorher?«, fragte er.

Das überraschte sie. »Ich weiß nicht. Auf der Insel läuft man sich ja schon gelegentlich über den Weg …«

Tio lachte. »So meinte ich das nicht.«

»Oh, ach so!« Da musste sie auch lachen. »Also, ich weiß nicht, ich meine …«

»Überleg's dir. Ich würde dich gern wiedersehen. Gute Nacht, Stella. Ich denk an dich.«

Er legte auf. Sie stand noch einen Moment lang vor dem vollgeräumten Küchentisch, das Handy ans Ohr gedrückt, Stille. *Ich denk an dich.*

Sie dachte auch an ihn. Häufiger als normal wäre, oder? Und das nicht nur, weil sie seine Kameras ausgeliehen hatte. Sondern weil sie sich fragte, ob er die Insel tatsächlich verlassen würde. Sie hätte gern mehr Zeit gehabt, um ihn kennenzulernen.

War ihr kleines, verletztes Herz denn schon bereit, sich auf etwas Neues einzulassen?

Selbst wenn es das war – es durfte sich nicht in Tio verlieben. Laras Warnung war Stella noch allzu präsent.

Aber obwohl Tio und sie anfangs irgendwie nicht dieselbe Sprache gesprochen hatten, hatte sich seitdem etwas geändert.

Sie hatte sich geändert. Diese Insel … sie machte etwas mit ihr. Mit der Trauer und all dem, was sie bisher für selbstverständlich gehalten hatte im Leben.

Sie hatte viel zu tun, abends war sie komplett erledigt, fiel ins Bett und schlief acht Stunden tief und traumlos. Aber das war es. Sie lag nicht mehr stundenlang wach, sie wälzte nicht länger die zahllosen

Sorgen, sie musste nicht ständig grübeln, rechnen, reichte das, was sie zum Leben hatten, weil es bisher kaum gereicht hatte, weil die Ersparnisse dahinschmolzen. Und hier? Sie verdiente ihr eigenes Geld. Keine Reichtümer, aber es war genug. Die Insel bot viele Unternehmungen für Mira, das Meer war immer nur zehn Minuten zu Fuß entfernt, nie hätte sie gedacht, welche Wirkung dies auf sie haben würde.

Dabei hing in ihrem Eingangsbereich die großformatige Leinwand, das Meer in schwarzweiß. Dass sie es hier wieder aufgehängt hatte, war wie eine Trotzreaktion.

Es war immer da gewesen. In ihrem Leben. Teils versteckt im Keller. Und nun konnte sie sich dazu bekennen, dass das Meer gut war, wie es war. Dass es sie Stück für Stück ermutigte, sich selbst anzunehmen als das, was sie nach Piets Tod war.

Sie spürte sich wieder.

Das war einerseits beängstigend, aber andererseits war es das Beste, was ihr nach den vergangenen anderthalb Jahren passieren konnte. Norderney, die Menschen hier – für den Moment war alles gut.

Sie nahm noch mal das Smartphone zur Hand. Die Fotos waren in der Dropbox, sie wählte das Schönste von Mira und Neruda aus, ein Mädchen und ein Hund, die an beiden Enden eines Stocks zogen, sandiges Strandgut, das der Hund angeschleppt und sie damit wild hüpfend zum Spiel herausgefordert hatte. Und Mira war darauf eingegangen, ohne Scheu und mit einem so gelösten Lachen, mit so einer grenzenlosen Fröhlichkeit … Stella starrte das Foto an. Sie schluckte. Es war lange her, dass Mira so glücklich ausgesehen hatte.

Sie wählte das Foto aus und schickte es an Georg.

Wir sind hier gut angekommen, glaube ich. Mira liebt es auf der Insel,
und mir geht es besser. Danke, dass du immer da warst.

Es fühlte sich ein bisschen an, als würde sie ihr Düsseldorfer Leben noch mehr hinter sich lassen.

»Ich habe echt wenig Ahnung von Fotografie, aber für mich sehen die Bilder mega aus.« Riekje tänzelte mit einem leichten Wippen hinter der Theke. Sie hatte heute ihr Baby mit ins Café gebracht, weil ihr Freund Yanis etwas auf dem Festland zu erledigen hatte, bei dem er beide Hände frei haben musste. Und die kleine Dana gehörte zu den Babys, die gern rund um die Uhr Körperkontakt hatten. Auch jetzt schlief sie in der Trage, aber sobald Riekje stehenblieb, wachte sie sehr zuverlässig auf und machte ihrem Unmut über das fehlende Wippen lautstark Luft.

»Danke.« Stella schob die Abzüge zusammen und packte sie zurück in die Gummizugmappe, in der sie auch den Businessplan verstaut hatte, den sie Ruth und Nela später präsentieren wollte. Obwohl, Businessplan war vermutlich zu viel gesagt. Auf zwei Seiten hatte sie grob skizziert, was sie sich vorstellte. Und ihre Vorstellungskraft reichte leider noch nicht, dass sie ein Gefühl davon bekam, wie ihre Selbstständigkeit aussehen würde.

»Du hast es bestimmt leichter gehabt, oder? Ich meine, ein Törtchenversand und ein Café, das ist deutlich greifbarer.«

Riekje lachte. »Ehrliche Antwort? Für mich war das damals so unwahrscheinlich, ich hätte es *niemals* für möglich gehalten, dass sich mein Traum erfüllt. Guten Morgen, Herr Rüter!«, begrüßte sie einen älteren Herrn im Dreiteiler, der das Café betrat.

»Meine liebe Frau Johannsen!« Er trat an die Theke. »Ich störe nur ungern, aber haben Sie zufällig noch eins von diesen köstlichen Käseküchlein mit Beeren da? Gestern sagte mir Ihre Kollegin, Sie backen heute wieder welche.«

»Zufällig habe ich sie heute früh als erstes gebacken. Sie haben es nur noch nicht bis in die Theke geschafft. Wie viele wünschen Sie?«

»Ach, wenn sie schon verfügbar sind, hätte ich gerne drei Stück.«

»Kein Problem. Ich hole sie.« Riekje verschwand nach hinten. Stella reinigte derweil die große Kaffeemaschine. Sie war müde, weil die letzten Tage wirklich sehr aufregend gewesen waren. Mit einem Ohr hörte sie zu, wie Riekje mit dem Kunden plauderte, der sich beklagte, es gebe ja kein gutes Personal mehr, und seit Riekje nicht mehr bei ihm arbeite, sei alles nur noch schlimmer geworden. Riekje riet ihm, sich nicht nur auf das Schlechte in seinem Leben zu konzentrieren. Er lachte gutmütig. »Da haben Sie recht, Frau Johannsen. Ich muss mit dem auskommen, was die Welt mir gibt. Vielleicht sollte ich meine Energie lieber darauf konzentrieren, meine Mitarbeiterinnen zu schulen, statt ihre Unzulänglichkeiten zu beklagen.«

»Zum Beispiel.«

Stella lächelte. Schau an, dachte sie. Schon früh am Morgen gab's an der Kuchentheke ein paar Lebensweisheiten gratis dazu. Vielleicht sollte sie auch versuchen, sich ein paar Tipps von Riekje zu holen.

Herr Rüter bestellte spontan noch eine Torte für seine Mitarbeiterinnen, und Riekje versprach, sie morgen früh zu liefern. Nachdem er das Café verlassen hatte, wandte Stella sich an sie. »Wie machst du das?«, wollte sie wissen.

»Was denn?« Riekje klappte zufrieden die Kladde zu, in der sie die Aufträge notierte.

»Du gibst nebenbei noch Tipps für alle Lebenslagen, und dabei bist du so positiv und schaust auf die Menschen …«

»Mhm«, machte Riekje. »Also, das war nicht immer so, das schon mal vorweg. Vor einem Jahr war ich mit meinem Leben wirklich in einer üblen Sackgasse. Der falsche Partner, der falsche Job, mit meinen Eltern hatte ich mich schon ewig überworfen … Ich hatte Freundinnen. Asja und Jule, später auch Ruth und Sirja. Als mein Leben so richtig bergab ging, nach der miesen Trennung, mit drohender Obdachlosigkeit und Perspektivlosigkeit … Da habe ich Yanis kennengelernt. Und Yanis … er sieht das Gute. Das ist ansteckend. Die meisten Situationen sind auf den ersten Blick eine Katastrophe, aber irgendwo ist immer ein Silberstreif. Man findet ja doch noch ein Stück weit Kraft. Und wenn man die nicht findet, ist das auch okay, dann darf man sich helfen lassen. Ich habe mir damals helfen lassen, ich habe mich ermutigen lassen. Allein hätte ich es nicht geschafft, vielleicht nie den Mut aufgebracht. Man braucht Menschen um sich, die an einen glauben.« Riekje lachte. »Vielen Dank, dass du meinen TED-Talk besucht hast.«

Auch Stella lachte. Sie kannte natürlich die TED-Talks, motivierende Kurzvorträge, die regelmäßig von bedeutenden Persönlichkeiten auf Konferenzen gehalten wurden.

»Ich glaube, das Schlimmste ist die Angst«, fuhr Riekje fort. »Die Angst zu scheitern. Was wäre, wenn …? Aber das ist Quatsch. Es gibt kein ›Was wäre, wenn …?‹, wenn man erst gar nicht versucht, die eigene Komfortzone zu verlassen. So viel habe ich inzwischen begriffen.«

»Hm«, machte Stella. »Vielleicht will ich es auch zu sehr? Der Gedanke, jetzt noch zu scheitern …«

»Wenn es nicht klappt, wird sich eine andere Lösung auftun«, versprach Riekje. »Das bedeutet nicht das Ende der Welt. Und mich hast du mit den Fotos schon überzeugt.« Sie zwinkerte. »Oh, musst du nicht rüber zu Sirja und Lara?«

Stella schaute auf die Uhr. Mist! Sie hatten sich für zehn Uhr verabredet, weil Lara frühmorgens noch Sonnenaufgangsyoga anbot und Sirja wegen der Betreuung ihres Sohns erst später konnte. Aber für ein erstes Shooting reichte es hoffentlich, sie hatten nur eine halbe Stunde Zeit, bevor der nächste Kurs losging. Stella schnappte sich Tios Kameratasche, winkte und lief durch die Eingangshalle zum Yogaraum.

Die Wände waren in einem hellen Rosé gestrichen, der Fußboden bestand aus honigfarbenem Eichenparkett. Neben der Tür stand ein Hinweis, man möge bitte barfuß oder auf Socken eintreten. Neben der Tür war ein Schuhregal. Stella streifte die Pantoletten ab und betrat den Raum.

Rund ein Dutzend cremeweiße Yogamatten lagen auf dem Boden, auf jeder ein Yogakissen, das farblich auf die Wände abgestimmt war. Vorne neben der Yogamatte der Lehrerin stand eine Buddhastatue direkt unter dem Fenster. Der Geruch von Räucherstäbchen hing in der Luft, in der Zimmerecke stand eine riesige Monstera.

»Hi.« Sirja trat ihr entgegen und lächelte. Sie war sportlich schlank und trug zur Leggings ein cropped T-Shirt mit dem Aufdruck »Karma is a bitch!« Sie legte den Kopf schief. »Lara kommt sofort, sie verspätet sich leider. Wollen wir schon anfangen?«

»Ja, gerne. Wünscht ihr euch etwas Bestimmtes?«

»Hm, darüber haben wir gar nicht nachgedacht. Hast du einen Vorschlag?«

»Vielleicht machst du ein bisschen Yoga, und ich fotografiere dich dabei?«

Sirja war einverstanden. Sie band die blonden Haare zu einem Pferdeschwanz, wickelte die Haare um den Crunchy, sodass sich ein Messy Bun ergab, der aussah, als hätte sie dafür eine halbe Stunde vor dem Spiegel zugebracht. Bewundernswert, dachte Stella. Sie hob die Kamera und drückte ab. Ein Halbprofil, den Kopf leicht geneigt, die Hände noch in den Haaren. Sirja sah so entspannt und ganz bei sich aus, dass Stella unwillkürlich durchatmete. Sie wollte das auch spüren. Diese Leichtigkeit.

»Ist Yoga schwer?«, fragte sie unvermittelt.

»Was? Nein. Also, man kann jede Übung an dein eigenes Fitnesslevel anpassen.«

»Das klingt gut.« Stella nickte. »Ich habe noch nie darüber nachgedacht, aber ich glaube, ich würde das gerne mal probieren.«

»Nur zu! Wir haben auch Anfängerkurse. Sogar einen fortlaufenden für Insulaner. Da kommen jeden Donnerstag ungefähr ein Dutzend Leute.«

»Ich überleg's mir. Wollen wir?«

Sirja nickte. Sie trat an das vordere Ende ihrer Matte, die Füße hüftbreit aufgestellt. Als sie mit den Übungen begann, umkreiste Stella sie und knipste. Sirja erklärte bei jeder Haltung, wie sie hieß und welche Muskelgruppen damit trainiert wurden oder worauf man achten musste. Zwischendrin lachte sie auf einmal. »Ich fühle mich so beobachtet«, sagte sie, wechselte vom herabschauenden Hund in die Kobra und streckte sich. »Aber du machst das gut«, murmelte sie.

»Du auch.« Stella machte eine kurze Pause. Sie hatte schon bestimmt hundert Fotos gemacht. »Kannst du das noch mal machen? Die Kobra oder wie du das nennst?«

»Kein Problem.« Sirja sah so entspannt aus. Ganz bei sich und … wunderschön.

Inzwischen war eine halbe Stunde vergangen, und Lara war immer noch nicht aufgetaucht.

Stella wechselte das Objektiv und machte im Studio noch ein paar Aufnahmen von Details, Buddha, Monstera, die Plakate an den Wänden, der Blick aus dem Fenster. Je mehr Fotos sie zur Auswahl hatte, umso besser.

»Kommt Lara noch?«, fragte sie schließlich. Sie hatte nicht mehr viel Zeit.

Sirja zuckte mit den Schultern. »Ich ruf sie mal an.«

Sie griff zum Handy, doch während sie die Nummer raussuchte, hörten sie jemanden durch die Eingangshalle kommen – laut stapfende Schritte. Die Tür zum Yogaraum wurde aufgerissen, und Lara stürzte herein.

Sie sah sich kurz um, entdeckte Stella und stürmte auf sie zu. »Du!«, rief sie. »Du verfluchte Bitch!«

Stella wich einen Schritt zurück und hielt schützend die Hand vor die Kamera. Doch zu spät. Lara schlug mit der Handkante danach, die Kamera fiel Stella aus der Hand und knallte auf den Boden.

»Sag mal …«, konnte Stella noch sagen, das »Spinnst du?« verkniff sie sich, denn Lara funkelte sie derart erbost an, dass sie noch zwei Schritte zurück machte aus Angst, ihre Freundin könnte nach ihr schlagen.

»Wie kannst du nur?«, schrie Lara. »Kommst hierher und hast nichts Besseres zu tun, als mir einfach alles zu nehmen, was mir etwas bedeutet?«

»Lara! Lara, beruhige dich.« Stella versuchte, mit beiden Händen eine beschwichtigende Bewegung zu machen, doch das brachte Lara nur noch mehr auf.

»Du hast alles kaputt gemacht! Warum bist du so? Wieso bleibst du nicht bei dem, was du hast? Muss es immer mehr sein? Noch ein Job, noch ein Mann, was willst du noch alles vom Leben?!«

»Ich verstehe nicht, was du meinst.« Stella überlegte fieberhaft. Das mit dem zweiten Job verstand sie vielleicht noch, aber ›noch ein Mann‹, was sollte denn der Unsinn?

»Ach komm, tu doch nicht so!« Lara ließ sich überhaupt nicht beruhigen. Sie tigerte auf und ab, dann bückte sie sich nach der Kamera und streckte sie Stella entgegen. »Hast du die nicht von Tio? Die hat er dir gegeben, richtig?«

»Ja, stimmt. Weil *du* den Kontakt vermittelt hast.« Stella verstand nicht, wo das Problem war. Klar, Lara und Tio waren nicht länger zusammen, aber wieso berührte das die Sache zwischen ihr und Tio?

Aber dann dämmerte es ihr. Laras merkwürdige Reaktion, als Stella von Tio sprach, dem sie zufällig begegnet war. Tio lebte von Helen getrennt, doch als Stella bei ihm die Kameras abholte, war der Tisch festlich gedeckt gewesen für ein Abendessen zu zweit. Aber Lara hatte doch erzählt, das mit Tio sei vorbei und es sei *gut*, dass es vorbei war, weil er ihr nicht gut tat und die Wahrheit etwas zu oft zu seinen Gunsten verdrehte.

»Du warst Sonntagabend bei ihm?«, fragte Stella.

Lara hielt inne. »Ja. Und ich habe gemerkt, dass er anders war, aber er wollte mir nicht sagen, was mit ihm los ist. Das hat er erst heute früh getan, bevor ich herkam. Weil …« Sie stöhnte auf, fuhr sich mit beiden Händen durch die Haare und flüsterte: »Wir haben uns gestritten. Weil er doch weggehen will, und kurz sah es so aus, als würde er bleiben. Weil wir … Das ist etwas Besonderes mit uns, dachte ich. Aber dann hat er mir gesagt, wenn er bleibt, wärst du der Grund dafür. Nicht ich.«

Stella verstand immer noch nicht die ganzen Zusammenhänge. Aber sie sah, wie verletzt ihre Freundin war. Wie tief der Stachel der Eifersucht bei ihr saß. »Lara«, sagte sie ruhig. »Sieh mich an. Glaubst du wirklich, dass ich mich mit allem, was um mich herum gerade passiert, mit den ganzen Veränderungen und nach Piets Tod immer noch komplett neben der Spur, Hals über Kopf in eine Beziehung mit Tio stürzen würde? Selbst wenn ich an ihm interessiert wäre … Nein. Wirklich nicht. Auf gar keinen Fall.«

»Aber er hat gesagt …«

Stella sah sie unverwandt an. Ganz ruhig begegnete sie Laras Blick, sie ließ nicht nach. *Ich habe nichts falsch gemacht. Tio hat dich belogen. Lass uns darüber reden. Aber bitte beruhige dich. Glaub mir.* Sie dachte das alles nur, weil sie das Gefühl hatte, ihre Worte würden Lara nicht erreichen, wenn sie sie aussprach.

Sirja, die bisher eher im Hintergrund geblieben war, trat zu ihnen. »Ich kann deinen Kurs um zehn übernehmen, Lara«, schlug sie vor. »Holt euch einen Matcha Latte und redet miteinander. Ich glaube, ihr habt euch viel zu sagen.« Dann umarmte sie Lara. Und das Wunder geschah. Lara, die bisher vor Wut angespannt war, wurde in ihren Armen ganz weich. »Ich weiß«, hörte Stella Sirja flüstern. »Ich weiß, Liebes.«

Lara schluchzte auf. Über ihren Kopf hinweg sah Sirja zu Stella. Sie nickten beide. Stella ging auf die beiden zu und nahm Lara die Kamera aus der Hand. Sie zitterte und musste sich erst mal auf den Boden setzen. Scheiße, hoffentlich war die Kamera nicht beschädigt. Das wäre ein richtig böser Scherz, wenn sie deshalb ihre Versicherung bemühen müsste.

Natürlich war sie beschädigt. Ein Plastikteil war an der Ecke abgeplatzt.

»Großartig«, murmelte sie.

Aber das war im Moment wohl noch ihr geringstes Problem. Und wenn sie sich überlegte, wie Tio sich Lara gegenüber verhielt, verging ihr glatt die Lust, ihm die Kamera abzukaufen.

Lara hatte sich so weit beruhigt, dass sie Stella wieder in die Augen sehen konnte. »Sorry«, murmelte sie.

Stella breitete die Arme aus. Sanft schloss sie Lara in die Arme. »Ist schon okay. Willst du jetzt reden oder lieber heute Abend bei einem Glas Wein auf meinem Sofa?«, schlug sie vor. Bis dahin hatten sich die Gemüter hoffentlich weiter beruhigt.

»Heute Abend.« Lara nickte bestätigend. »Ich schaffe das mit dem Kurs gleich«, sagte sie an Sirja gewandt.

»Okay. Wollen wir dann rasch noch ein paar Fotos machen?«

»Ich weiß nicht, ob die Kamera es heil überstanden hat. Wir können gern einen zweiten Termin ausmachen.«

Sie verabschiedeten sich. Stella fühlte sich wie ausgewrungen und war ziemlich erschöpft. Sie schlich zurück ins Café, verstaute die Kamera und das übrige Zubehör in der Tasche und musste für einen Moment die Augen schließen und tief durchatmen. Danach rief Riekje nach ihr. Eine Gruppe aus acht Rentnerinnen hatte das Café für einen üppigen Brunch auserkoren, die Kaffeemaschine muckte und in der Backstube piepten zwei Backöfen auf einmal. Stella stürzte sich in die Arbeit. Sie war froh, sich erst mal ablenken zu können.

20

M agst du zuerst erzählen?«, fragte Stella.

Sie saß mit Lara auf dem Sofa in ihrem kleinen Wohnzimmer. Mira hatte sich in ihr Zimmer zurückgezogen. Draußen prasselte der Regen gegen die Fensterscheiben. Der Sommer war dieses Jahr erstaunlich nass und kühl auf Norderney.

»Ich weiß nicht, wo ich anfangen soll«, räumte Lara ein.

»Wie hast du Tio kennengelernt?«

»Ach, das ist schnell erzählt. Ich kam letzten Sommer hierher, und er hat mir bei der Wohnungssuche geholfen. Tio kennt die halbe Insel. Er hat mir empfohlen, ich solle den Ex von Riekje fragen, der ist Makler. Hat dann auch geklappt mit der Wohnung, aber das war teurer als gedacht.« Lara verzog das Gesicht. »Tio hat mich dann zu einem Abendessen eingeladen. Da wusste ich noch nichts über seine Frau und die Kinder.«

»Bonuskinder«, murmelte Stella.

Lara lachte auf. »Hat er dir das auch erzählt, ja? Dann wirst du jetzt staunen. Die Kids sind alle seine. Er ist schon seit Jahren mit Helen in einer On-off-Beziehung. Das geht von ihm aus. Er meint, er sei nicht fürs Familienleben geschaffen, aber natürlich wäre er trotzdem gern mit ihr zusammen. Halt ohne die Kinder.«

Stella runzelte die Stirn. »Das hätte er sich vielleicht überlegen sollen, bevor sie *vier* Kinder bekommen?«

»Du sagst es.« Lara seufzte. »Da ist so vieles bei ihm, das eine einzige Red Flag ist. Aber wenn man ihn kennenlernt …«

»Ich weiß«, sagte Stella leise. »Ging mir am Anfang ja auch so. Ich dachte immer, er ist so nett, hat zugleich irgendwie so etwas leicht …«

»… Unseriöses?«, half Lara.

Sie lächelten sich über die Weingläser hinweg an.

Stella beugte sich vor und nahm eine Handvoll Erdnüsse aus dem Schüsselchen. »So ähnlich. Als würde er nicht alles preisgeben.«

»Das Gefühl kann ich bestätigen. Und es verschwindet leider nicht, selbst wenn man ein Jahr lang mit ihm eine Affäre hat.«

»Oh, danke. Ich verzichte.«

Lara lachte. »Kann ich empfehlen. Er ist so … unzuverlässig. Ständig hat er Verabredungen verschoben oder ganz abgesagt. Ich müsse Verständnis haben, er trägt Verantwortung für die Kinder seiner Ex. Die kann er nicht einfach abgeben, nur weil er nicht mehr mit Helen zusammen ist. Dann ging es darum, dass Helen den Souvenirladen übernehmen wollte. Oder darum, was die Kinder brauchten. Manchmal dachte ich, das seien alles nur Ausreden, um mich auf Distanz zu halten. Dann sagte ich mir wieder, das sei Unsinn, das bilde ich mir ein. Ich wusste einfach nie, woran ich bei ihm war. Er ist nicht verlässlich, verstehst du?«

Stella nickte. Sie verstand das sehr gut. Ihr war es ja schon ähnlich ergangen, und dabei hatte sie nicht mal irgendwelche Gefühle für ihn entwickelt.

»Das macht er mit mir«, fuhr Lara fort. »Er bringt das Schlechteste in mir hervor. Ich schäme mich.«

»Das musst du nicht.« Stella beugte sich vor und nahm Laras Hand. »Er müsste sich schämen, weil er dich so behandelt. Er redet dir Dinge ein, die nicht sind, er belügt dich, all das ist unredlich und hat mit einer Beziehung auf Augenhöhe absolut nichts zu tun.« Sie lachte auf. »Ich weiß das, weil ich selbst in so einer Beziehung war. Ich habe es nur die ganze Zeit nicht kapiert, was da los war. Erst im Nachhinein habe ich mich ehrlich gewundert, wie ich all die Zeichen übersehen konnte. Und ich fragte mich, ob Piet insgeheim gehofft hat, ich würde ihm drauf kommen. Aber es ist im Grunde müßig, darüber zu spekulieren.« Sie schwieg einen Moment. »Und es soll hier gar nicht um Piet und mich gehen. Entschuldige.«

»Nein, schon gut. Das ist ja im Grunde dasselbe Prinzip. Und ich frage mich schon länger, wie viele Männer das mit ihren Partnerinnen machen, ohne dass wir es merken. Weil wir uns nicht miteinander austauschen, sondern im ersten Impuls wütend aufeinander losgehen, weil wir jede andere Frau als Konkurrenz sehen. Und die Männer stehen am Spielfeldrand und freuen sich, dass wir unsere Energie damit verpulvern, einander das Leben zur Hölle zu machen.«

Sie schwiegen einen Moment. »Aber nicht alle Männer«, wandte Stella ein. »Also, ich meine …«

»Ich weiß. Aber es bringt nichts, wenn wir jetzt wieder in den Verteidigungsmodus verfallen und sagen, es seien ja gar nicht alle Männer so. Damit übersehen wir, wie tief verwurzelt das Problem ist. Wie abhängig wir Frauen sind. Wie wir nie frei sein können. In gewisser Weise bewundere ich dich. Du hast niemanden an deiner Seite, sondern stehst einfach für dich und deine Tochter ein.«

»Na ja, der Weg dorthin …«

Stella verstummte. Sie hatte es noch nie so betrachtet. Dass sie stark war und unbeirrbar ihren Weg gegangen war. Dass sie nicht aufgegeben hatte, obwohl alle Wahrscheinlichkeiten gegen sie sprachen.

»Der Weg dorthin war schwer, ich weiß.« Jetzt war Lara diejenige, die sich vorbeugte und ihr eine Hand auf den Unterarm legte. »Aber du hast dich durchgebissen. Du lebst. Und nicht schlecht, wenn ich das so sagen darf.« Sie blickte sich bewundernd um.

»Das habe ich auch nur Nela zu verdanken. Sie hätte vermutlich das Doppelte an Miete nehmen können.«

»Wollte sie aber nicht. Weil manchmal eben nicht der maximale Profit zählt, sondern dass wir etwas Gutes in die Welt bringen. Sie hat gesehen, dass ihr das hier braucht. Sie war sich mit Tini einig.«

»Das sehen vermutlich die Wenigsten so. Wir müssen doch alle höher, schneller, weiter.«

»Vielleicht ist das ein kraftvoller Gegenentwurf in dieser Welt? Dass wir nicht von allem noch mehr brauchen? Sondern dass die Verbindung zählt?«

»Mhm«, machte Stella.

»Nicht? Also, ich sitze abends lieber mit dir zusammen, statt drauf zu warten, dass Tio sich meldet.«

»Heißt das, es ist mit euch vorbei?«

Lara grinste schief. »Interesse an einem kaputten Mann, der dich ghostet und dir ständig das Gefühl gibt, dass dich deine Gefühle trügen? Ich habe keinen exklusiven Anspruch auf ihn, könnte aber sicher ein gutes Wort für dich einlegen.«

Stella prustete. »Nein, danke. Ich will eigentlich gar keine Beziehung mehr. Nicht nach dem, wie es mit Piet und mir … na ja.« Sie beschrieb mit ihrem Weinglas einen Kreis in der Luft, mit dem sie all das zusammenfasste. »Du weißt schon. Schiefging.«

»Verstehe. Ich kann auch nur davon abraten. Es sind zu viele Knalltüten da draußen unterwegs. Sind eigentlich die Fotos was geworden?«

»Ja! Ich habe vorhin nur kurz draufgeschaut, aber ich hole mal schnell meinen Laptop.« Stella sprang auf und lief barfuß in die Küche. Auf dem Tisch lag die Kamera neben ihrem Laptop. Das Küchenfenster war gekippt, kühle Luft strömte herein, das leise Wispern des Regens ließ sie für ein paar Sekunden verharren. Das war schön, dachte sie. Dieser Moment. Mira war gut auf Norderney angekommen und konnte noch ein paar Wochen Ferien genießen. Ihr Job im Café bereitete so viel Spaß – was auch an dem tollen Team um Riekje lag –, dass es Stella vielleicht nichts ausgemacht hätte, wenn sie sich doch nicht als Fotografin selbstständig machen konnte.

Aber da war diese Möglichkeit. Ein Höher, Schneller, Weiter. Es wäre zugleich ein deutliches Zeichen an sie selbst. Dass sie für sich einstand. Für sich und Mira sorgen konnte. Niemand behauptete, dass es leicht werden würde. Doch Stella war fest entschlossen.

Bevor sie ins Wohnzimmer zurückkehrte, machte sie ein Foto vom kaputten Kameragehäuse mit dem abgesprungenen Plastikteil daneben. Sie schickte es an Tio und schrieb dazu:

Sorry, heute ist ein Malheur passiert. Ich melde es gleich morgen früh meiner Versicherung.

Das Handy ließ sie in der Küche liegen.

Lara war von den Aufnahmen begeistert. »Genau das habe ich gemeint, als ich dich wollte. Wahnsinn. Damit wird unser neuer Auftritt super ansprechend.«

Stella lächelte still. Sie verspürte einen zufriedenen Stolz, den sie kaum in Worte kleiden konnte.

»Das Geld auf Bäumen ist dir eigentlich schon sicher, oder?« Lara scrollte weiter durch die Bildergalerie. »Wahnsinn. Und wir machen echt noch einen zweiten Termin?«

»Klar, wenn ihr mögt und die Kamera durchhält. Aber Tio hat mir beide mitgegeben.«

Lara hob die Hand. »Ich möchte diesen Namen nicht mehr hören.«

»Verstehe ich gut.«

Lara blieb noch eine halbe Stunde. Als Stella danach die Weingläser in die Küche brachte und auf ihr Handy schaute, hatte sie ungefähr ein Dutzend Nachrichten von Tio und vier Anrufe in Abwesenheit.

Schon die erste war ein einziger Aufschrei in Großbuchstaben.

VERDAMMT, WAS HAST DU MIT MEINER KAMERA GEMACHT?!

WAR DAS EIN UNFALL? ODER HAST DU DAS MIT ABSICHT GEMACHT?

HAST DU MIT LARA GEREDET?

In dem Tonfall – und ja, man konnte seine Aggressivität herauslesen – ging es weiter. Sie überflog die Zeilen, als das Handy schon wieder brummte.

»Hallo Tio.« Sie wappnete sich, dass er sie vermutlich anschreien würde, weil sie sich erst jetzt meldete.

»Hallo Stella. Sorry, ich habe schon versucht, dich zu erreichen …«

»Ja, das habe ich gesehen.«

»Ja. Wegen der Kamera.«

»Ich sage morgen meiner Versicherung Bescheid, das sollte ja kein Problem sein. Du wirst sie reparieren lassen, oder?«

»Ja, schon.« Er klang seltsam gedämpft. Das passte gar nicht zu seinen aggressiven Nachrichten der letzten Stunde.

»Ist alles okay?«, erkundigte Stella sich.

»Ja, nein … Es ist nur … Helen.« Sie hörte ihn seufzen. »Scheiße, ich will dich damit auch nicht belasten, es ist nur …«

»Was ist mit Helen?« Wollte sie es überhaupt wissen? Vermutlich versuchte er nur wieder, eins seiner Netze aus Lügen und Halbwahrheiten zu spinnen. Stella blieb auf der Hut.

»Sie hat Existenzangst, das ist mit ihr. Die ganze Sache mit dem Souvenirshop liegt ihr schwer auf der Seele. Sie möchte so gern mehr machen, aber jetzt hat sie den Laden übernommen und merkt, dass sie an ihre Grenzen stößt. Noch dazu mit den Kindern. Sie bräuchte wohl einfach mehr … Unterstützung.«

»Ja«, sagte Stella leise. Sie wusste, worauf Tio hinauswollte.

»Ich dachte, ich frage dich einfach. Wie sehr bist *du* auf das Geld angewiesen? Sie hat gehört, dass da jemand ebenfalls eine Bewerbung einreicht, eine Fotografin. Das bist du doch, oder?«

»Ja, das bin ich.« Stella atmete tief durch.

»Versteh mich nicht falsch, du machst das, was für dich richtig ist. Aber es ist halt schon … übel. Für Helen. Dass du mit *meinen* Kameras jetzt in direkte Konkurrenz zu ihr trittst …«

Stella schwieg.

»Und das, nachdem du und ich …«

»Was ist mit uns?«, fragte sie.

»Na ja. Hast du es nicht auch gespürt? Wir zwei, wir verstehen uns schon sehr gut, und als du Sonntag bei mir warst, hatte ich schon das Gefühl, du wärst gern länger geblieben. Ich hätte mich jedenfalls gefreut.«

Sie wusste nicht, was sie darauf antworten sollte. Flirtete er schon wieder mit ihr? Weil sie so verwirrt war von allem, was er sagte, stellte sie ihm genau diese Frage.

Einen Moment war es still in der Leitung.

»Ich dachte, das tun wir«, sagte er ruhig. »Tun wir nicht?«

Stella lachte auf. »Ganz bestimmt nicht.«

»Aber du bist Single.«

»Ja …?«

»Und du bist so nett zu mir.«

Das machte Stella für einen Augenblick sprachlos. »Entschuldige. Nur weil ich Single und nett bin, schließt du daraus, dass ich flirte?«

»Na ja. Ein bisschen Zuneigung meinerseits spielt eventuell mit rein.« Er klang fast ein wenig bedröppelt.

»Tut mir leid, wenn ich dich enttäuschen muss. Also, ja. Da war vielleicht am Sonntag kurz ein Knistern, aber ich habe gerade eine ziemlich verlustreiche Zeit hinter mir. Ich fühle mich nicht bereit für eine Beziehung.«

»Okay.«

Sie schwiegen. Stella begann, die Küche aufzuräumen.

»Aber um noch mal auf Helen zurückzukommen …«

Sie hielt inne.

»Ich fände es wirklich gut, wenn du deine Bewerbung zurückziehen könntest. Helen braucht das Geld dringend. Ich fänd's nur fair, wenn du nicht gegen sie antrittst.«

»Warum?«, fragte Stella.

»Wie, warum? Na, weil sie schon länger hier lebt, weil sie vier Kinder statt nur eins hat, weil sie keinen Job hat, auf den sie ausweichen kann … Soll ich weitermachen?«

»Du hast vergessen, dass ihr Freund sie sitzengelassen hat«, fügte sie hinzu. Sie wusste, das war ein bisschen fies, aber hätte sie geahnt, was für eine heftige Reaktion sie damit hervorrief …

»Das ist doch nicht meine Schuld!«, rief Tio. »Ich habe ihr *immer* gesagt, dass ich meine Freiräume nicht für eine Familie aufgeben werde. Und was hat sie getan? Noch ein Kind bekommen und noch eins …«

Guck an, dachte Stella. Doch keine Bonuskinder?

»Und dann hat sie sich echt hängenlassen, ich meine, ich kann ja verstehen, dass es mit vier Kindern nicht mehr so easy-peasy ist, sich fit zu halten und immer ein aufgeräumtes Haus zu haben, aber ich habe mich dort auch nicht mehr wohl gefühlt. Ich liebe die Kinder, aber so kann man doch nicht leben. Und als sie dann nur noch Stress gemacht hat …«

»Moment«, unterbrach Stella ihn. So langsam schwirrte ihr der Kopf. »Verstehe ich das richtig? Es geht um dich, oder? Dass du guten Gewissens nach Spanien gehen kannst? Darum setzt du dich für sie ein?«

Einen Moment lang war es still in der Leitung.

»So ist das nicht.« Tio klang verärgert.

»Ich lasse mich da nicht in deine Konflikte reinziehen, Tio«, sagte Stella ruhig. »Ich regle die Angelegenheit mit der Versicherung und bringe dir morgen die Kameras vorbei.«

Sie legte auf. Mit hämmerndem Herz, denn sie war es nicht gewohnt, Gespräche zu beenden. Jedenfalls nicht so. Aber jedes Mal, wenn Tio irgendwas sagte, spürte sie eine unerklärliche Wut auf ihn. Und es wurde immer schlimmer. Sie musste nachdenken, warum das so war. Was genau sie so an seinem Verhalten aufregte. Bei der ersten Begegnung war er so nett gewesen und danach …

Das Handy brummte wieder los. Sie verdrehte die Augen und ging dran.

»Lass es einfach«, sagte sie.

Stille. Dann: »Du weißt doch gar nicht, was ich vorschlagen wollte.« Ein leises Lachen, und Stella musste erst aufs Display gucken, um sich zu vergewissern, dass die Stimme, die sie hörte, zu der Person gehörte.

»Georg!«, Sie lachte und stöhnte zugleich auf. »Entschuldige, ich hatte gerade eine Auseinandersetzung und habe wutentbrannt aufgelegt.«

»Oh! Das klingt spannend. Hoffentlich nichts Schlimmes?« Er klang amüsiert.

»Nein, nein«, sagte sie gedankenverloren. Eigentlich wollte sie überhaupt nicht mehr über Tio nachdenken. Sie atmete tief durch. »Wie schön, dass du anrufst. Und was wolltest du vorschlagen?«

»Ich wollte vorschlagen, dass ich am Wochenende auf die Insel komme. Das Buch liegt nun endgültig beim Verlag, das Semester ist vorbei, Sommerferien, die Stadt ist wie leergefegt, und ich brauche auch mal ein paar Tage Urlaub. Aber ich wollte dich erst fragen, ob das okay ist. Du musst schließlich arbeiten und hast vielleicht gar keine Lust auf Zeit mit mir.«

»Doch, habe ich«, widersprach Stella und merkte im selben Moment, dass das stimmte. Ja, sie hatte riesige Lust, mit Georg die Insel zu erkunden. »Und während ich arbeite, kannst du was mit Mira unternehmen. Sie wird sich freuen.«

»Okay, dann buche ich ein Hotel?«

»Ich würde dir unsere Couch anbieten, die steht aber in meinem Zimmer.«

Kurzes Zögern auf seiner Seite.

»Nein, nein, nimm ein Hotel«, sagte sie hastig. Gute Freunde hin oder her, es hätte sich irgendwie merkwürdig angefühlt, mit Georg in einem Zimmer zu schlafen.

»Ich bin ohnehin zu alt, um auf einer Couch zu schlafen. Also, außer abends vorm Fernseher.«

»Als würdest du oft fernsehen.«

»Touché. Ich nutze ihn im Winter maximal für Kaminfeuer-Videos. Also, ist es ok, wenn ich Freitag komme?«

Freitag war der Termin, bei dem sich entschied, ob Stella oder Helen das Darlehen bekam. Sie stimmte trotzdem zu. Vielleicht hatte sie danach etwas zu feiern.

Vielleicht auch nicht. Denn nach dem Streit mit Tio hatte sie das dringende Bedürfnis, noch ein längeres Gespräch zu führen.

Aber nicht mit ihm.

»Ich freu mich«, sagte sie.

»Ich mich auch. Ich schicke dir dann meine Ankunftszeit.«

»Lass dein Auto ruhig in Norddeich stehen, du kannst meins nutzen, wenn du hier eins brauchst.«

»Ich wollte ohnehin mit dem Zug anreisen.«

Sie plauderten noch ein wenig. Georg erzählte von einer Ausstellung im NRW-Forum, die er sehr beeindruckend fand, und Stella erzählte von den ersten Wochen im Job. Aber sie war müde, und deshalb verabschiedeten sie sich nach ein paar Minuten.

Während des Gesprächs war sie zurück ins Wohnzimmer gegangen und hatte sich auf der Couch eingerollt. Jetzt saß sie da, die Knie angezogen, das Handy balancierte auf einer Kniescheibe. Sie hätte gern länger mit Georg gesprochen. Es hatte ihr gut getan, seine Stimme zu hören. Und die Vorfreude aufs Wochenende überstrahlte für einen Moment auch die Aufregung um das Darlehen.

Doch da musste sie definitiv auch etwas unternehmen. Und sie hatte auch schon eine Idee, was.

KAPITEL

21

Als Stella am nächsten Tag in ihrer Mittagspause die fünfhundert Meter zu Helens Souvenirshop lief, ging sie in Gedanken noch einmal ihren Plan durch. Sie hatte die Kameras schon morgens zu Tio gebracht. Er hatte ihr kurz vorher eine Nachricht geschickt, er sei unterwegs, sie sollte die Kameratasche vor seiner Tür abstellen. Irgendwie hatte sie das Gefühl, er ginge ihr aus dem Weg. Aber das konnte ihr gerade nur recht sein.

Die Glöckchen über der Ladentür bimmelten, als sie Helens Souvenirshop betrat. Draußen war es kalt und windig, ein leiser Nieselregen ging nieder. Die Ständer mit Souvenirs vor der Tür waren allesamt unter schützenden Plastikhauben verschwunden. Auf den Straßen war wenig los. Im Café herrschte dafür reichlich Betrieb.

Stella fröstelte. Im Laden war es angenehm, neben der Kasse brannte ein Stövchen mit Duftöl. Helen verpackte gerade ein paar Mützen für eine Kundin. Sie bemerkte Stella. Sofort verfinsterte sich ihre Miene. Auweia. Das würde nicht leicht werden.

Sobald die Kundin den Laden verlassen hatte, verschränkte Helen die Arme. »Was willst du?«, fragte sie herausfordernd.

»Moin.« Stella trat an den Kassentisch. »Ich möchte gern mit dir reden. Denn im Moment höre ich nur was *über* dich, und ich glaube, umgekehrt ist es genauso. Was ich höre, lässt dich in keinem guten Licht erscheinen.«

Helens Widerstand bröckelte. Sie ließ die Arme sinken und stützte die Hände auf den Kassentisch. »Tio«, sagte sie leise.

»Ja, Tio. Und bevor du fragst: Ich habe die Kameras heute früh zurückgebracht, und ich glaube, er wird sie mir nicht mehr überlassen, geschweige denn verkaufen.«

Helens Blick blieb misstrauisch.

»Hast du Zeit für ein Gespräch?«

Helen zuckte mit den Schultern. »Könnten nen Kaffee trinken. Ich habe aber nicht so Schnickschnack mit Milchschaum und so.«

»Ich nehme auch Filterkaffee mit Kondensmilch.«

Da lachte Helen. »So schlimm auch wieder nicht. Hafermilch wär's.«

»Die nehme ich sehr gerne«, sagte Stella sanft. Sie hatte das Gefühl, vor ihr stand eine zutiefst verletzte Frau, die ihren eigenen Gefühlen und Beobachtungen nicht traute. Verständlich, musste Stella zugeben. Ihr ging es nicht anders.

Helen lud sie ein, mit ihr in dem kleinen Lagerraum hinter dem Kassenbereich zu sitzen. Stella umrundete den Tisch und folgte Helen durch den Türbogen dahinter. Der Lagerraum war voller Regale, in denen sich Kisten und Tüten, Kartons und riesige, scheußliche Stehrümchen stapelten.

Helen bemerkte Stellas entsetzten Blick. »Meine Vorgängerin«, sagte sie erklärend und zuckte wieder mit den Schultern. »Sie hat wohl einige Trendwenden verpasst.«

»Das ist ja schon fast Vintage.«

»Ja, aber heute mögen die Leute es nicht mehr. Und ich habe keinen Lagerraum für Neues, weil ich den alten Kram nicht loswerde.« Helen verschwand in einer Ecke, in der eine winzige Teeküche untergebracht war. Sie kam mit einer Thermoskanne Kaffee, zwei Bechern und einem Tetrapak Hafermilch zurück. »Wir können uns auf die Terrasse setzen. Ich höre, wenn jemand reinkommt.«

Stella folgte ihr in den überdachten Hinterhof. Ein kleiner Metalltisch und zwei Plastikstühle. Auf dem Tisch ein Deckchen. Alles ein bisschen trostlos, zugleich aber liebevoll eingerichtet, um es etwas gemütlicher zu haben. Wie schon im Laden sah man, dass Helen ein Händchen dafür hatte.

»Wo sind deine Kinder?«, fragte Stella.

Helen zeigte nach oben.

»Das ist das einzig Gute. Wir haben die Wohnung drüber dazubekommen. Wie ich ihnen das erklären soll, wenn wir in einem halben Jahr doch wieder raus müssen …« Sie seufzte.

Mit beiden Händen umschloss Stella ihren Becher. »Willst du mir alles erzählen?«, fragte sie sanft.

Helen legte den Kopf in den Nacken und blinzelte. »Sorry. Ist lange her, dass sich jemand wirklich für mich interessiert hat. Es ist ziemlich still um mich geworden.« Sie zog aus der Tasche ihrer Lammfellweste ein Päckchen Zigaretten. Doch statt sich eine anzuzünden, legte sie es nur mit dem Feuerzeug aufs Tischchen.

»Tja, wo soll ich anfangen?«

»Weiß nicht, mit Tio vielleicht?«

Ein bitteres Lachen von Helen. »Ja, guter Anfang. Mit ihm ging das alles los.«

Sie begann zu erzählen. Zwischendurch ging sie Kaffee kochen und einmal kam ihre Älteste von oben und hatte eine Frage zum Mittagessen, aber die meiste Zeit redete Helen. Stella hockte auf dem weißen Plastikstuhl, die Ellbogen auf die Knie gestützt und den Becher mit beiden Händen umfasst. Sie ließ Helen nicht aus den Augen. Wie müde sie aussah. Und ganz langsam verstand sie, warum diese Frau dringend Hilfe benötigte. Aber ihr Herz zog sich schmerzhaft zusammen, jedes Mal, wenn Tio erwähnt wur-

216

de. Nicht, weil sie auch ihn bemitleidete – sondern weil sie nicht ertrug, wie er Helen jahrelang herumgeschubst hatte. Sie und ihre gemeinsamen Kinder.

Natürlich war es eine wohldosierte Lüge von ihm, die vier Kinder, die Helen mit ihm hatte, als Bonuskinder zu bezeichnen. Weil er sich damit als derjenige hinstellte, der sich zusätzlich zu Helen auch noch zu ihren vier Kindern bekannte. Aber sie waren alle auch *seine* Kinder.

Irgendwann nach der Geburt des zweiten Kinds fing das an. Die Älteste, Sonia, war zwei. Der Säugling war ein Schreikind. Tio immer seltener zu Hause. Damals hätte sie ihn schon in den Wind schießen sollen, sagte Helen. Aber wenn er da war, dann war alles super, er kümmerte sich, brachte den Kindern Geschenke mit – nur um kurz darauf wieder zu verschwinden. Später erst erfuhr Helen, dass Tio schon zu dem Zeitpunkt die kleine Dachgeschosswohnung hatte, in der er bis heute wohnte. In der er sich mit anderen Frauen traf, ohne ihnen zu sagen, dass er eigentlich eine kleine Familie hatte.

Als Helen von seinen Affären erfuhr, machte sie den größten Fehler, sagte sie leise. »Ich ließ ihn wieder in mein Leben. Und dann, neun Monate später, kam unsere zweite Tochter zur Welt. Wir nannten sie Marisol und Tio versprach mir, er werde immer da sein. Marisol sei gewissermaßen der Bonus in unserem Leben. Seitdem redete er so, verstehst du? Irgendwo hatte er das Wort aufgeschnappt, das Familien gern für die Kinder verwenden, die aus einer vorherigen Beziehung in die neue Familie kommen. Also eine Mutter bringt drei Kinder mit, für den Vater sind es die Bonuskinder. Er meinte, das passe schon, irgendwie hätte ich ja auch Sonia, Matteo und Marisol mitgebracht.« Helen verzog das Gesicht. »Dass er das auch seinen Freundinnen so erzählte und jedem auf der Insel, der es hören wollte, erfuhr ich erst viel später.«

»Und was ist dann passiert?«, fragte Stella sanft.

»Der Kater lässt das Mausen nicht, hm? Er hat weitergemacht wie davor. Keine Chance, dass er sich ändert. Er war ein Windhund, er ist bis heute einer.« Helens Blick wurde weich. »Ich hoffe, er hat dich nicht auch mit irgendwelchen Versprechungen geködert …«

»Oh, nein. Also, er hat's versucht.«

»Denk ich mir. Du bist genau sein Typ.«

Stella lachte verlegen. »Naiv und ungebunden?«

»Nein. Hübsch und so … zart. Das Gegenteil von mir.«

Das klang so verbittert und traurig, dass es Stella das Herz zerriss.

»Ich kann gar nicht zählen, wie oft wir uns wegen seiner Liebschaften gestritten und wieder versöhnt haben. Ich weiß schon, was du sagen willst. Nach dem nächsten Fehltritt hätte ich ihn niemals wieder in mein Leben lassen dürfen. Aber ich war alleinerziehend mit drei kleinen Kindern auf einer ziemlich teuren Insel gefangen. Finanziell ging es uns gut, solange er da war. Als Fotograf hat er echt was auf dem Kasten. Er war viel unterwegs und hat gut verdient. Und mit Marisol war er wieder mehr bei uns. Ich dachte, wir hätten es überstanden.« Helen machte eine längere Pause. Ihr Blick glitt zu der Zigarettenschachtel.

Stella lehnte sich nach hinten. »Wenn du eine rauchen willst, mach ruhig.«

»Ja, danke.« Helens Hände zitterten, als sie sich eine ansteckte. »Dann wurde ich wieder schwanger. Ungewollt, muss ich dazu sagen. Ich war durch mit dem Thema. Er auch, nach seiner Reaktion zu urteilen. Erst ist er für ein halbes Jahr von der Bildfläche verschwunden. Dann kam er zurück und wollte die komplette Heile-Welt-Show abziehen. Aber spätestens da wollte ich nicht mehr. Ich hatte so viele Fehler gemacht, und ich wollte nichts mehr mit ihm zu tun haben. Er war mein Untergang, verstehst du?«

Stella nickte. Sie verstand es so gut.

»Egal, was ich machte. Wie sehr ich mich auch anstrengte, ihm alles recht zu machen. Ich konnte sicher sein, ein halbes Jahr spä-

ter würde sich der Wind drehen, er wollte wieder etwas völlig anderes und ist komplett ausgerastet, wenn sich nicht die ganze Familie nach ihm richtete. Das mit den Affären war zu dem Zeitpunkt vorbei. Behauptete er, und ich habe ihm das auch geglaubt.«
Sie zog heftig an der Zigarette. »Tja, und dann kam Lara.«

»Meine Freundin.«

»Ganz genau. Lara, die Yogalehrerin. Die auch so … zart ist.« Helen drückte die Zigarette aus. »Die beiden … keine Ahnung. Wenn es eine Frau gibt, die mit ihm gut auskam, also länger als nur ein paar Monate, dann war sie es. Aber auch das ging kaputt. Und bei ihm hat es etwas geändert. Er will sein Leben neu ausrichten. Weg von der Insel. Weg von Lara. Er hat mir den Laden hier besorgt. Genauso hat er's gesagt, ›besorgt‹, damit ich ein Auskommen habe. Die Kinder lieben es hier. Aber der Laden läuft nicht. Mein ganzes Leben ist eine verfluchte Sackgasse, und es kümmert ihn nicht.«

»Das tut mir leid.« Stella beugte sich wieder vor. »Kann ich irgendwas für dich tun?«

»Ach nein. Also, du könntest mir einen Müllcontainer bezahlen, damit wir den ganzen Scheiß im Lager loswerden. Auch wenn's mir widerstrebt, so viel Zeug wegzuschmeißen. Nachhaltig ist das nicht.«

»Verkaufen wäre in jeder Hinsicht besser.«

»Ja, dafür müsste man erst mal wissen, dass es mich gibt.«

»Darum das Darlehen?«, fragte Stella sanft.

»Ja. Es wäre eine Möglichkeit gewesen, neu anzufangen. Ich hätte das Sortiment etwas umstellen können. Hochwertiges Spielzeug, ein paar außergewöhnliche Kinderbücher, so was. Nicht so Billigkram, der nach zwei Urlaubstagen kaputtgeht.«

»Hm«, machte Stella. »Vielleicht kann ich dir helfen.«

Ihr war gerade eine Idee gekommen, von der sie nicht wusste, ob sie verrückt oder größenwahnsinnig war. Aber auf einen Versuch kam es vielleicht an?

»Was muss ich eigentlich tun, wenn ich möglichst viele Leute zusammentrommeln möchte, um für eine Familie ein gutes Werk zu tun?«, fragte Stella. Riekje, die sich gerade über eine Sahnetorte beugte und mit schiefgelegtem Kopf versuchte herauszufinden, wo genau noch ein Sträußchen rote Johannisbeeren in dem üppigen Beerenbouquet hinpasste, runzelte die Stirn. »Eine ganze Familie gleich?«

»Eigentlich vor allem für die Mutter. Es geht um Helen.«

»Ernsthaft? Souvenirshop-Helen?«

Stella zuckte mit den Schultern. »Ich war bei ihr und wir haben geredet. Ich glaube, sie braucht wirklich Unterstützung. Und zwar nicht von der Sorte, wie Tio sie ihr gelegentlich angedeihen lässt.«

Riekje seufzte und warf noch zwei Himbeeren auf die Torte. »So, passt jetzt.« Sie wischte sich die Hände an einem Handtuch ab. »Okay, zu deiner Frage: einfach in der Möwennestgruppe Ort und Zeit posten und genau das schreiben.«

Stella war seit ein paar Tagen auch in der Gruppe. Dort stimmten sich alle Frauen, die mehr oder weniger mit dem Möwennest zu tun hatten, über unterschiedliche Belange ab. Na ja, und ein paar Männer waren auch dabei, aber die waren eher stille Mitleser. Hanno und Yanis zum Beispiel wussten so immer ganz gut, warum ihre Frauen mal wieder später nach Hause kamen. Meist war's ein Notfall in der Begegnungsstätte.

Stella öffnete die Gruppe und atmete tief durch. Dann schrieb sie:

Hallo zusammen, habt ihr Zeit, morgen Abend ab sieben im Möwennest mit mir zusammen zu überlegen, wie wir Helen von Helens Souvenirshop helfen können? Ich hab schon eine Idee, aber freu mich auf eure! Liebe Grüße, Stella

Schnell abschicken, bevor sie es sich anders überlegte. Riekje fischte ihr Handy aus der Schürzentasche und pfiff. »Na, du gehst aber ran. Bin dabei.« Schon hatte sie ein Daumenrauf-Emoji an den Eintrag geheftet. Einige andere folgten innerhalb weniger Minuten, und Stella atmete auf. Gar nicht so schwer, sich zu engagieren. Jetzt musste sie nur noch alle anderen überzeugen, dass es eine *gute* Idee war, Helen und ihren Kindern zu helfen.

»Moment, ich habe das richtig verstanden, ja? Du willst Helen helfen.« Lara schüttelte den Kopf. »Der Helen, die bei dem Darlehen deine größte Konkurrentin ist?«

»Sie ist nicht meine Konkurrentin«, erwiderte Stella fest. »Mitbewerberin allenfalls. Und ja, ich möchte ihr helfen. Aber ich schaffe es nicht allein.«

Alle waren gekommen. Sie saßen an der langen Tafel in der Eingangshalle, tranken Limo und bedienten sich bei den Platten mit Schnittchen, die Stella am Nachmittag in der Caféküche hergerichtet hatte.

»Ich halte es trotzdem für keine gute Idee«, murmelte Lara. »Ihr kann man nicht trauen.«

»Du hast eventuell gute Gründe, das zu sagen«, erwiderte Stella fest. »Aber ich war bei ihr. Wir haben lange geredet. Und jetzt habe ich eine Idee, wie wir ihr helfen können.«

Sie wandte sich an Nelas Schwester Tini. »Du kennst dich doch mit Social Media so gut aus. Kannst du irgendwo im Internet einen Shop einrichten, in dem Helen ihre ganzen Ladenhüter einem breiteren Publikum anbieten kann? Sie hat so viel Zeug, das zu schade zum Wegwerfen ist. Und ich bin überzeugt, auch dafür gibt's irgendwo Kunden.«

»Das könnte man schon machen.« Tini nickte. »Mit einem passenden Instagram-Auftritt erreicht man vielleicht die richtigen Leute. Ist aber viel Arbeit. Also, ich kann ihr zeigen, wie man die

Texte schreibt. Fotos oder Videos sind aber auch aufwendig, da bin ich raus.«

»Dann kann ich das ja übernehmen.« Stella lächelte. »Also, es ihr beibringen. Es geht mir einfach darum, dass auch sie eine Perspektive hat.«

Sie wandte sich an Nela. »Euer Darlehen ... kann man das auch aufteilen?«

Nela verstand sofort, worüber Stella nachdachte. »Da müssten wir tatsächlich erst beraten,« Sie warf Ruth und Riekje einen Blick zu, aber da beide nicht direkt protestierten, standen die Chancen vermutlich nicht so schlecht. »Würde dir die Hälfte denn für das Atelier reichen?«

»Das müsste ich durchrechnen. Ich werde es ja wie Riekje machen und erst mal nebenher mit der Fotografie anfangen.« Mehr konnte sie im Moment nicht tun. Sie hatte für Helen um Hilfe gebeten. Die Details müsste Helen mit Tini besprechen, und es war ja noch gar nicht klar, ob Helen wirklich bereit wäre, das Darlehen zu teilen. Machte das überhaupt Sinn, wenn beide nur die Hälfte bekamen? Reichte das? Oder wurden damit zwei hoffnungsvolle Projekte schon in den Kinderschuhen abgewürgt? Wenn sie sich doch nur besser mit solchen Dingen ausgekannt hätte.

»Ich möchte definitiv, dass wir etwas Schriftliches aufsetzen«, sagte sie leise. »Ich habe schon mal erlebt, wie mir alles aus den Händen geglitten ist, weil ich nichts Schriftliches hatte.«

Nela nickte. »Du sprichst mit Helen, und wir beraten über das Darlehen.«

Damit war die Sitzung beendet und die Frauen fingen an, leise miteinander zu reden. Die Stimmung war gut, alle wirkten entspannt und zufrieden. Stella erlaubte sich durchzuatmen. Es war vollbracht. Was sie hatte tun können, hatte sie getan. Jetzt lag es in den Händen der Frauen, die hier etwas so Großartiges aufgebaut hatten.

22

Der Freitag kam. Am frühen Morgen erhielt Stella von Georg die Nachricht, er sei unterwegs und käme mittags an. Erst jetzt erzählte sie Mira von seinem Besuch.

»Juhu! Juhu!« Mira fiel ihr um den Hals. »Oh, Mama, ich freu mich so! Ich vermisse ihn ganz doll.«

Stella drückte ihre Tochter an sich. »Ich weiß. Ich freu mich auch, dass er kommt.«

»Ich habe echt gedacht, wir sehen ihn nie wieder.« Mira löste sich aus der Umarmung und schaufelte weiter ihr Beerenmüsli mit frischen Früchten in den Mund. »Weil er ja weg war nach Papas Tod.«

»Ich weiß, Liebes.« Stella strich über Miras Haar. »Ich habe gedacht, wir kämen ohne ihn aus, weil …«

Sie sprach nicht weiter. Weil Georg mehr Piets Freund gewesen war? Ja, stimmte schon. Doch er hatte nach Piets Tod keinen Tag lang versucht, irgendwas an der Situation zu beschönigen. Er hatte Stella nicht geschont. Zugleich war er immer da gewesen. Wäre er auch schon früher gewesen, wenn sie ihn gelassen hätte. Und weil er nicht durfte, hatte er sich nicht aufgedrängt.

Wenn sie darüber nachdachte … nun, dann war Georg das, was sie und ihre Freundinnen eine Green Flag nannten.

»Können wir ihn vom Hafen abholen? Bitte!« Mira hing schon wieder an Stellas Arm. »Bitte, bitte, bitte! Heute sind Noah und Leni nicht da, und mir wird sooo langweilig!«

Stella überlegte. Nichts sprach dagegen. Sie könnte ihre Mittagspause so legen, dass Mira und sie zum Hafen fahren und Georg in Empfang nehmen konnten. Nachmittags konnte Mira dann mit Georg die Insel erkunden, bevor sie sich abends trafen. »Ich frage ihn«, versprach sie.

Georg antwortete auf ihre Nachricht schnell, für ihn war's überhaupt keine Frage. Natürlich wollte er mit Mira den Nachmittag verbringen! Dass Stella ihre Mittagspause nach der Fähre ausrichtete, war auch für Riekje kein Problem. Während Mira sich in Ruths Laden wieder als unentbehrliche Helferin betätigte und eine große Runde mit Neruda spazieren ging, kümmerte Stella sich um das Café. Es gab viele Frühstücksgäste, Riekje hatte in der Backstube einige Aufträge fürs Wochenende zu erledigen. Zwischendurch kam Lara vorbei, stibitzte einen Apfel in der Küche, setzte sich zu Stella, und sie redeten ein wenig. Alles war wieder gut, und das war eine Erleichterung, stellte sie fest.

Als sie Mira abholte und sie zum Hafen fuhren, spürte sie erst, wie kribbelig sie den ganzen Vormittag gewesen war. Die Vorfreude auf Georgs Besuch stieg. Und als sie ihn dann sah, wie er mit einem kleinen Rollkoffer und Rucksack aus dem Fährterminal kam, hielt es Mira nicht mehr neben ihr. Sie rannte auf Georg zu und umarmte ihn. Er hob sie hoch und wirbelte sie durch die Luft.

Stella schluckte. Dann ging sie langsam näher. Georg setzte Mira auf dem Boden ab. »Moin«, sagte Stella. »Wie schön, dass du da bist.«

Er musterte sie. »Du siehst gut aus«, sagte er als erstes. »Und das freut mich.«

Stella schluckte den dicken Kloß im Hals runter. »Ist das alles an Gepäck?«, fragte sie.

»Ich bleib ja nur ne Woche.«

Er zog den Trolley hinter sich her. Mira hing an seinem freien Arm und Stella ging nebenher. Am Auto lud sie seinen Koffer ein, er stellte den Rucksack daneben. »Georg, sitzt du neben mir?«, rief Mira von der Rückbank.

»Hey«, sagte er leise. »Darf ich dich zur Begrüßung auch umarmen?«

Stella nickte stumm, denn sie fürchtete, jedes Wort, das sie sagte, könnte zu einem Gefühlsausbruch führen. Er war hier. Seine Arme um ihre Schultern, ihr Gesicht an seiner Brust. Tief durchatmen und sein. Einen Moment lang gab es nur Georg und sie. Dann rief Mira wieder von der Rückbank, sie lösten sich voneinander und lächelten verlegen.

»Heute Abend haben wir Zeit für alles«, versprach Stella. »Wir können reden und so.«

»Das werden wir tun.« Ein aufmunterndes Lächeln von ihm, dann faltete er sich hinter den Beifahrersitz zu Mira auf die Rückbank. »Na, meine Große! Dann erzähl mir mal, was ich alles sehe.«

Stella fuhr zügig und entspannt. Georg war ihrer Empfehlung gefolgt – sie hatte sich von Riekje beraten lassen –, und er kam in einem Apartmenthotel im Westen der Insel unter, nur drei Minuten bis zum Strand und fünf Minuten bis zu Stellas Wohnung. Nachdem sie ihn dort abgesetzt hatten, fuhren Stella und Mira zurück ins Möwennest. Georg wollte erst mal auspacken und in einer Stunde nachkommen, um sich von Mira die Insel zeigen zu lassen.

Im Möwennest wurden sie schon erwartet. »Draußen sitzt eine Frau mit Hund, die nach dir gefragt hat«, begrüßte Riekje sie. »Mach ruhig erst, ist ja gerade nichts los.«

Stella wollte schon abwehren – allerdings waren tatsächlich nur zwei Tische im Café besetzt, und die Gäste waren bereits versorgt. Sie trat auf die Terrasse und entdeckte Julia – jene Bekannte, von der sie vor ein paar Tagen am Strand ein paar Fotos gemacht hatte.

»Hey Stella!« Julia winkte aufgeregt. Sherlock, der auf dem Boden gelegen hatte, sprang kläffend auf, doch ein Handzeichen von ihr genügte, dass er sich wieder neben ihren Stuhl legte.

»Ach Mist, die Fotos!« Siedend heiß fiel Stella ein, dass sie Julia als kleine Anerkennung fürs Modeln die Fotos von ihr und Sherlock hatte schicken wollen. In den letzten Tagen war so viel los gewesen, dass sie noch nicht dazu gekommen war, sie final zu bearbeiten.

»Darum bin ich gar nicht hier!« Julia machte eine wegwerfende Handbewegung. »Also, irgendwie schon, aber nicht, um zu drängeln. Die ersten Fotos waren so toll, dass ich mir überlegt habe, dich für unsere Weihnachtsfotos zu buchen.« Sie lachte. »Ich weiß, Weihnachtsfotos im Juli, komplett verrückt! Aber ich habe die Dinge gern geordnet und bringe sie früh auf den Weg. Meinst du, das klappt?«

Stella senkte den Kopf. »Ich fürchte nicht«, murmelte sie. »Ich musste das komplette Equipment wieder abgeben, weil … Na ja, jedenfalls können wir das nicht auf die Schnelle machen, ich habe auch kein Atelier, im Grunde habe ich gar nichts …« Sie sprach nicht weiter.

»Ach, schade. Und ich dachte, ich könnte hier zwei Fliegen mit einer Klappe schlagen. Eine aufstrebende Künstlerin unterstützen und mein Weihnachtsfoto-Problem früher lösen als alle anderen.«

»Künstlerin, na ja.«

»Mach dich nicht kleiner, als du bist.« Auf einmal wurde Julia ernst. »Weißt du, wir sind doch alle viel in den Weiten der sozialen Medien unterwegs. Und man sieht so viel. Irre, was da geboten wird. Dein Blick aber, der war so liebevoll und fast schon … intim. Du bist ganz nah an uns herangekommen, ohne uns zu nahe zu treten. Normalerweise lasse ich niemanden an mich heran. Schon gar nicht, wenn ich die Person kaum kenne.«

Es sah kurz so aus, als wollte Julia noch etwas ergänzen, doch dann verstummte sie.

»Kommt ihr vielleicht im Herbst noch mal auf die Insel?«, schlug Stella vor. »Bis dahin habe ich das Problem hoffentlich gelöst …«

»Nein, leider nicht. Im Oktober sind wir schon anderweitig verplant, und den Rest des Jahres muss ich arbeiten.«

Klar. Die meisten Menschen planten im Voraus. Julia offensichtlich besonders weit.

»Es wäre gegangen, wenn ich die Kameras nicht hätte abgeben müssen. Sie waren nur geliehen.« Und noch mal zu Tio gehen und ihn um die Fotoausrüstung bitten – das würde sie definitiv nicht tun. Er würde ihr nur wieder das Gefühl geben, sie hätte überhaupt keine Ahnung von dem, was sie da tat. Sie umgab sich lieber mit Menschen, die an sie glaubten.

»Aber wenn du dich selbstständig machst, brauchst du doch ohnehin welche?«, wollte Julia wissen.

»Stimmt.« Stella starrte auf ihre Hände. »War vermutlich keine so kluge Idee. Ich hab's versucht, und es hat nicht geklappt. Schade.« Sie zuckte hilflos mit den Schultern. Das Hochgefühl, das sie nach Georgs Ankunft erfasst hatte, wich einer deprimierten Aussichtslosigkeit, gegen die sie sich kaum wehren konnte.

»Falls sich daran kurzfristig noch etwas ändert, melde dich bitte. Oder auch sonst, wenn du mal eine gute Anwältin brauchst.« Julia zwinkerte ihr zu. »Ich kann nicht in allen Fällen helfen, aber ich kann dir sicher in jedem Fall eine gute Kollegin empfehlen.«

»Danke«, stotterte Stella. So viel Hilfsbereitschaft überforderte sie, selbst wenn es nur so dahergesagt war.

Müde und mit schmerzenden Füßen machte sie einige Stunden später Feierabend. In einer Stunde trafen sich alle Frauen vom Möwennest für die Entscheidung über das Darlehen. Zuletzt hatte sie sich einige Nachrichten mit Helen geschrieben. Sie hatte ein mulmiges Gefühl. Was, wenn Helen absprang? Wenn sie Stella in den vergangenen Tagen nur deshalb regelmäßig kontaktiert hatte, damit sie bei der gemeinsamen Idee blieb und ihr dann heute Abend in den Rücken fiel? Wenn das passierte, war's vorbei, das wusste Stella. Sie würde es nicht schaffen, sich gegen Helen zu stemmen oder darauf zu beharren, dass sie das Darlehen allein zugesprochen bekam. Wer sagte ihr denn, dass sie Helen vertrauen durfte? Und vertraute Helen ihr? Sie kannten sich kaum.

Beim Blick aufs Handy wurde ihr immerhin eine andere Sorge genommen. Georg hatte über den Nachmittag verteilt einige Bilder von Mira und sich geschickt, wie sie erst mit der Inselbahn zur Weißen Düne tuckerten, dort Waffeln mit Puderzucker und heißen Kirschen vertilgten – dem Schokosahnebart von Mira nach zu urteilen mit heißer Schokolade on top. Danach hatten sie einen Strandspaziergang gemacht, bei dem Mira offenbar einen lebenden Taschenkrebs gefangen und wieder ausgesetzt hatte. Stella schauderte. So ein mutiges Kind, das hatte sie aber nicht von ihr! Zuletzt waren sie offenbar in der Wohnung gelandet. Mira besaß einen eigenen Hausschlüssel und jetzt spielten sie bei Limo und Salzbrezeln Brettspiele. Ausnahmsweise musste sie sich keine Gedanken machen, weil ihre Tochter bei anderen Erwachsenen bleiben musste, damit sie arbeiten konnte. Sie schrieb Georg, dass sie in einer halben Stunde fürs Abendessen nach Hause kam und löste die rote Schürze. Gerade steckte sie das Handy ein, als es in ihrer Hand losvibrierte. Sie runzelte die Stirn.

»Hey Sophia. Wir haben ja ewig nichts voneinander gehört.«

Sie hörte jemanden schluchzen.

»Sophia? Ist alles okay bei dir?«, erkundigte sie sich besorgt.

»Stella? Bist du noch auf Norderney?«

»Ja, bin ich. Was ist los?«

»Wir sind gerade auf der Fähre. Ich … Frank und ich haben uns getrennt. Ich weiß nicht, wohin mit mir.«

Und dann brach alles aus Sophia hervor. Stella hörte ganz ruhig zu. »Ihr kommt erst mal zu uns«, sagte sie. »Morgen sehen wir weiter.«

Sie legte auf und atmete tief durch. Das war so ziemlich das Letzte, was sie an diesem Tag brauchen konnte. Aber Sophia brauchte ihre Hilfe. Irgendwie bekam sie das auch noch hin.

Mira kreischte auf, als sie erkannte, wer da im dunklen Flur stand. Immerhin hatten Sophias Tochter Elle und sie über mehrere Krabbelkurse, Turngruppen und zum Schluss den gemeinsamen Kurs in der Kunstschule zwar keine festen Bande als beste Freundinnen, aber zumindest Freundschaftsbande geknüpft. Doch Elle reagierte merkwürdig verhalten auf Miras Jubel. »Hallo Mira«, sagte sie nur.

»Wir sind einfach k. o. von der Reise.« Sophia atmete tief durch. »Ich wusste nicht, wohin. Da sind wir in den nächsten Zug nach Norddeich gestiegen, weil ich gehofft habe, wir könnten ein paar Tage bei euch unterkommen.«

Stella umarmte Sophia. »So schlimm?«, fragte sie leise.

»Frag lieber nicht.«

Sophia sah elend aus. Gar nicht mehr die hübsche, blonde Mittdreißigerin mit dezentem Make-up und modischem Outfit. Okay, das Outfit war noch da, doch das Make-up konnte die müden Augen ebenso wenig verbergen wie den verhärmten Zug um Mund und Nase. All ihr argloser Optimismus war verschwunden.

»Okay. Habt ihr Hunger?«

Sophia wollte erst den Kopf schütteln, aber dann nickte sie zögernd.

»Ich schau mal, was der Kühlschrank hergibt. Komm.« Stella führte sie ins Wohnzimmer. Georg, der gerade das Spiel zurück in die Schachtel räumte, stand auf. »Ich geh dann mal«, sagte er. »Hallo, Sophia.«

Stella wollte widersprechen. Sie hatte sich auf den Abend mit Georg und Mira gefreut. Aber sie verstand, warum er sich zurückzog. Er machte Raum für Sophia und Elle, für die Sorgen und Nöte der beiden. Er hatte da keinen Platz. Stella folgte ihm in den Flur. Sie blickte kurz über die Schulter zu Sophia, die auf das Sofa plumpste, als hätte sie sich nur mit letzter Kraft auf den Beinen gehalten.

»Hey.«

Georg lächelte. »Hey.«

»Bist du sauer?«

»Nein, gar nicht. Ihr habt bestimmt viel zu erzählen. Ich bin die ganze Woche hier, wir werden schon Zeit für uns finden. Aber Sophia sieht aus, als bräuchte sie jetzt eine Freundin.«

Stella verschränkte fröstelnd die Arme vor der Brust. »Ich weiß nicht, ob wir noch Freundinnen sind«, sagte sie ruhig. »Bevor ich Düsseldorf verließ, hat sie mir ziemlich deutlich zu verstehen gegeben, dass ich versagt habe.«

»Rede trotzdem mit ihr. Wir haben alle eine zweite Chance verdient. Sie ist zu dir gekommen, weil sie sonst nicht wusste, wohin mit sich.« Georg trat vor und nahm sie behutsam in die Arme. »Und wenn du merkst, dass es nicht geht, darfst du sie auch wegschicken«, fügte er hinzu.

Sie atmete tief durch. Sie hatte gar nicht gewusst, wie sehr sie diese Umarmung gebraucht hatte. »Danke«, flüsterte sie. »Fürs da sein, für dein Verständnis …«

»Immer.«

Mehr sagte er nicht. Als sie die Wohnungstür hinter ihm schloss, hörte sie aus dem Kinderzimmer Miras helle Stimme, mit der sie Elle ihr neues Leben auf der Insel beschrieb. »Und guck mal, weil mein Zimmer kleiner ist als früher, habe ich diese tolle Wohnhöhle unter dem Bett mit tausend bunten Kissen und der Lichterkette!«

Stella lächelte. Sie ging in die Küche, holte die Flasche Weißwein aus dem Kühlschrank, die sie ursprünglich heute mit Georg hatte leeren wollen, fand im Vorratsschrank noch Nüsschen und Cracker, richtete alles mit Weingläsern auf einem Tablett an und trug es ins Wohnzimmer.

Sophia saß immer noch wie hingefallen auf dem Sofa, die Beine von sich gestreckt, die Augen geschlossen. Als sie Stella bemerkte, rappelte sie sich auf. »Entschuldige«, flüsterte sie mit rauer Stimme. Im sanften Lampenschein glänzten ihre Wangen feucht.

»Nein, entschuldige dich nicht.«

»Doch«, widersprach Sophia heftig. »Ich habe dich wie einen Wischmop behandelt, als du selbst in so prekäre Lebensverhältnisse abgerutscht bist. Ich habe gedacht, mir wird das schon nicht passieren. Frank und ich, das war immer die große Liebe, und gerade bei unserem letzten Treffen, als du vor uns saßt und meintest, niemand sei vor einem Abstieg sicher oder davor, im Leben Brüche zu erleben … Ich habe darüber gelacht. Weil ich dachte, mir passiert das nicht. Weil ich geglaubt habe, mit Frank und mir sei alles in bester Ordnung.«

Stella reichte ihr ein Weinglas und stellte die Schüsselchen auf den Tisch.

»Was ist passiert?«

»Das Leben ist passiert. In Gestalt einer sehr jungen, sehr hübschen Blondine, in die er sich verliebt hat. Er will die Scheidung, damit er sie vor der Geburt seines Stammhalters heiraten kann. Seine Worte.« Sie verzog das Gesicht. »Er hat seiner Next die Wohnung eingerichtet, in der sie nun zusammenwohnen, und aus der gemeinsamen Wohnung sollen wir raus.«

»Autsch«, murmelte Stella. »Aber ihr seid doch verheiratet?«

»Das hindert ihn nicht daran, sich arm zu rechnen, die Unterhaltszahlungen aufs absolute Minimum zu reduzieren und mir zu erklären, dass er ja all die Jahre für alles bezahlt hat und ich jetzt sehen kann, wo ich bleibe. Was mit Elle wird, interessiert ihn genauso wenig. Für ihn geht's nur noch um die Neue.«

Sophia stellte das Glas auf den Tisch und vergrub das Gesicht in den Händen. Stella rückte näher und legte behutsam eine Hand auf ihren Rücken.

Natürlich hätte sie jetzt mit einem selbstgerechten »Habe ich es euch nicht gesagt?« kommen können. Das half Sophia aber nicht weiter. Und ihr selbst genauso wenig. Sophia hatte damals nicht zugehört, weil sie nicht zuhören *wollte*. Früher oder später kam der Moment, in dem eine Frau begriff, was es hieß, eine Frau in einer von Männern bestimmten Welt zu sein. Und oft war dieses Erwachen schmerzhaft. Gerade mit so einer krassen Fallhöhe, wie Stella und Sophia sie erlebt hatten.

»Er hat mich nie geschlagen. Wir hatten nie große Streits. Und dann, von einem Tag auf den anderen – puff. Und ihm gehört alles. Die Wohnung, die beiden Autos, die Konten – alles läuft auf seinen Namen. Ich hatte immer ein Konto, auf das ging das Kindergeld. Und das ist gerade alles, was ich habe. Das wird nicht ewig reichen.« Sie senkte den Kopf. »Ich war so dumm, Stella.«

»Das waren wir beide. Ich habe Piet auch alles geglaubt, was er mir erzählt hat. Es ist auch eine Form von Gewalt, verstehst du? Finanzielle Gewalt. Kapitalismus pur. Die Männer haben das Geld in der Hand, und die Frauen sind auf ihr Wohlwollen angewiesen, das sie sich mit gutem Betragen erkaufen können. Sei ein braves Eheweib, und er wird dir geben, was du brauchst. Wenn du das nicht mehr bist, wird er dich fallenlassen.«

»Aber so sind doch nicht alle Männer.«

»Ach, Süße.« Stella seufzte. »Natürlich sind nicht alle Männer so. Aber zu viele. Und solange das so ist und wir uns nicht gegenseitig unterstützen und einander glauben, wird's schwer. Dann müssen wir's weiterhin auf die harte Tour lernen.«

Sie saßen einen Moment schweigend nebeneinander. Aber es war nicht länger unangenehm, dieses Schweigen. Stella ließ die Hand auf Sophias Rücken sinken und beugte sich vor, um ihnen nachzuschenken.

»Das Schlimme daran ist, dass ich vor Elles Geburt einen fantastischen Job hatte«, sagte Sophia düster. »Wird schwer, nach so langer Zeit noch mal Fuß zu fassen.«

»Schwer, aber nicht unmöglich.«

Sophia nickte. »Du hast recht. Ich muss dann wohl mal Bewerbungen schreiben.«

»Ich drücke dir die Daumen.« Stella wollte sie nicht mit einem »Du schaffst das!« ermutigen, denn eine Garantie gab es ja nicht, dass Sophia schnell einen Job fand, und dann wäre ihr Scheitern doppelt schwer, wenn sie glaubte, die Erwartungen ihres Umfelds enttäuscht zu haben. »Ich bin da, wenn du wen zum Reden brauchst, ja?«

»Ich weiß. Deshalb bin ich hier. Die anderen verstehen das nicht. Und, na ja. Ich will mich wirklich entschuldigen.«

Sophia drückte Stellas Hand. Aus dem Kinderzimmer hörten sie ein Poltern und dann das Lachen der Mädchen.

»Es tut gut, hier zu sein«, stellte Sophia fest.

»Bleibt ruhig für ein paar Tage. Wir rücken einfach etwas mehr zusammen.«

»Aber ihr habt Besuch von Georg, nicht wahr? Und du musst arbeiten.«

Ach ja. Und nebenher fiel noch die Entscheidung über Stellas berufliche Zukunft, wenn sie das Darlehen bekam.

»Wir kriegen das irgendwie hin«, versprach Stella. »Erst mal mache ich uns was zu essen, und danach gucken die Mädchen einen Film, und wir setzen uns in den Strandkorb und überlegen, was du machen kannst.«

Sie hätte so eine Freundin vor einem Jahr gebraucht. Oder vor anderthalb Jahren. Lara war da gewesen, aber zugleich auch weit weg. Weil sie damals nicht in der Lage gewesen war, um Hilfe zu bitten und die anderen ihr nicht zugehört hatten, hieß das nicht, dass sie selbst sich jetzt genauso rücksichtslos und gemein verhalten musste. Es gab diese Tage im Leben, da ging alles etwas drunter und drüber.

Als sie sich eine halbe Stunde später zu Käsetortellini in Sahnesauce mit Thunfisch und Erbsen hinsetzten, hatte Stella schon vergessen, dass in der alten Mühle gerade eine Handvoll Frauen zusammensaß und über ihr Schicksal entschied. Sie war ganz in diesem Moment, bei ihrer Freundin, bei den beiden Mädchen, die sich die Tortellini wie Schleifen auf die Nasen legten und dazu wie kleine Seehunde bellten. Sophia runzelte die Stirn, Stella wies sie nur knapp darauf hin, hier sei kein Zirkus, und sie möge es überhaupt nicht, wenn mit dem Essen gespielt wurde. Da war auch das schnell vorbei und die Töchter quasselten leise, während die Mütter in Ruhe aßen.

Nachdem sie gemeinsam die Küche aufgeräumt hatten, traten Stella und Sophia auf die Terrasse. Die Mädchen durften »Ostwind« gucken, und weil beide den Film und die darin enthaltenen unheimlichen Szenen kannten, auch ohne Aufsicht. Stella hatte ihnen einen dreigeteilten Teller mit Knabberkram hingestellt und sie teilten sich eine Flasche Limo.

Die Mütter stiegen auf Wasser und Espresso um. Sophia scrollte durch ein Jobportal und las einige Annoncen vor. Sie merkte sich einige vor, für die sie zurück in Düsseldorf Bewerbungen schreiben wollte. Auf einmal wirkte sie gar nicht mehr so hoffnungslos. Irgendwann legte sie das Handy beiseite. »Vielleicht habe ich das gebraucht«, sagte sie leise.

»Was genau?«, wollte Stella wissen.

»Dich.« Sophia lachte. »Oh Mann, ich fühle mich gerade, als wäre ich aus einem Alptraum aufgewacht. Wie machst du das?

Als ich hergekommen bin, dachte ich, nach der Trennung sei alles nur schrecklich. Und jetzt sehe ich klarer. Ich schaffe das. Ich werde für Elle da sein. Ich werde den Unterhalt zur Not einklagen, mir einen Job und eine Wohnung suchen. Kann doch nicht so schwierig sein. Und selbst wenn. Ich schaffe das. Irgendwie geht's schon weiter.«

»Es wird hart«, bestätigte Stella leise. »Aber du wirst daran wachsen. Und du wirst daran verzweifeln. Will dich jetzt nicht mit so nem vergifteten Optimismus auf die falsche Fährte locken à la ›Am Ende wird alles gut, und wenn's noch nicht gut ist, bist du nicht am Ende‹. Das hat mir anfangs das Genick gebrochen, und es hilft selten.«

Sophia lachte. »Weiß jetzt nicht, ob das nicht zu viel Ehrlichkeit ist.« Sie lehnte sich gegen Stella, nahm ihren Worten die Schärfe. »Aber ich werde dran denken, wenn ich verzweifle. Und dann rufe ich dich an und heule dir die Ohren voll.«

»So machen wir das.« Stella nickte bekräftigend.

Erst als der Film zu Ende war und die Mädchen murrend, aber dann doch fröhlich kichernd ins Bett gingen, warf Stella einen Blick auf ihr Handy. Zwei Nachrichten. Eine von Georg, eine von Ruth.

Und beide ließen ihr Herz höherschlagen.

23

D u freust dich ja gar nicht.« Ruth runzelte die Stirn. Sie schob Stella einen Becher Tee über den Tisch und lächelte aufmunternd.

»Ach, ich habe wohl gedacht, es wird nichts. Und jetzt fühle ich mich so schuldig, weil es was geworden ist und Helen zugleich nichts bekommt.«

Ruth räusperte sich. »Okay«, sagte sie gedehnt. »Das wirst du mir erklären müssen. Ich dachte, ihr seid Konkurrentinnen für das Darlehen gewesen?«

»Waren wir auch. Und sie war echt sauer auf mich, als sie davon erfuhr. Aber dann haben wir geredet und …« Stella zuckte mit den Schultern. »Sie hat vier Kinder, Tio hat sie sitzenlassen, und sie braucht auch einen Neuanfang. Na ja.« Sie atmete tief durch. Ihre Hände umschlossen den Becher. Der köstlich würzige Duft von Chai stieg davon auf.

Sie hatten sich in der Küche der kleinen Inselschäferei versammelt: Ruth, Riekje und Nela, die alle drei bereits Nutznießerinnen des Darlehens gewesen und deshalb maßgeblich an der Entscheidung beteiligt waren. Stella blickte von einer zur anderen.

»Es gibt tatsächlich noch eine Bedingung, die du erfüllen müsstest«, sagte Ruth. »Bisher haben wir das nicht gemacht, wenn wir das Darlehen vergeben haben, aber damals gab's das Problem auch nicht.«

Stella hielt die Luft an. »Und das wäre?«

Die drei Frauen wechselten stumme Blicke.

»Ich meine, ich wundere mich sowieso«, plapperte Stella weiter. »Mein Konzept war alles andere als überzeugend. Ein paar Fotos und eine Vision? Ich habe nicht mal das Atelier, von dem ich euch vorgeschwärmt habe. Das müsste ich erst mal finden, am besten bezahlbar.«

Riekje hüstelte. »Mein Ex ist Makler. Kannst ihn gerne fragen, ich fürchte aber, er wird dir nur ein Luxusapartment aufschwatzen wollen.«

»Vor zwei Jahren hätte ich interessiert zugehört, aber danke, nein.« Stella atmete tief durch. »Vielleicht kann ich in der Mühle einen Raum einrichten?«

Ruth schüttelte bedauernd den Kopf. »Aktuell sind wir voll bis unters Dach.«

»Wäre auch zu einfach gewesen.«

»Wir haben darüber auch schon nachgedacht.« Nela meldete sich zu Wort. »Eine Lösung haben wir leider auch nicht gefunden. Aber du sprichst genau den Punkt an, der uns auch Kopfzerbrechen bereitet hat. Das ist der Haken, von dem Ruth gesprochen hat.«

»Das Atelier«, sagte Ruth. »Nela, Riekje und ich hatten die Räumlichkeiten glücklicherweise direkt zu Anfang zur Verfügung. Aber du wirst die auch brauchen. Und darum möchten wir dir eine Frist setzen. Bis Ende des Monats kannst du nach einem Atelier suchen. Danach geht das Darlehen an Helen.«

Stella hatte unwillkürlich die Luft angehalten. Jetzt atmete sie langsam aus. »Ich verstehe.«

»Es ist nicht so, dass wir es dir nicht zutrauen.« Riekje beugte sich vor. »Wir wissen, wie brutal der Immobilienmarkt auf Norderney ist. Dir bleibt genug Zeit, alle Optionen abzuwägen. Und wenn es diesmal nicht gelingt, vielleicht im kommenden Jahr. Dieses Jahr müssten wir das Darlehen dann aber anderweitig vergeben. Das Geld muss in Bewegung bleiben, damit es wirken kann.«

»Verstehe«, wiederholte Stella. Sie war wie betäubt. Aber sie verstand es tatsächlich.

»Wir helfen dir«, versprach Nela. »Wir hören uns überall um. Simons Onkel, Riekjes Ex, jeder kennt jemanden auf der Insel, und vielleicht hast du Glück.«

Aber, das sagte ihr bedauernder Blick, Glück würde Stella brauchen. Und keine der drei Frauen war sicher, ob ihr das beschieden sein würde.

»Es ist so unfair.« Stella seufzte. Sie blieb am Wasser stehen, bückte sich nach einer Muschel und warf sie ganz weit hinaus ins Wasser, wo sie mit einem dumpfen Platschen verschwand. Das Meer stank nach Algen und Moder, das passte zu ihrer Stimmung. Als Georg einen Strandspaziergang vorgeschlagen hatte, war sie nicht in Stimmung gewesen, weil sie fürchtete, es werde kitschig mit Sonnenuntergang und sanft plätschernden Wellen. Sie trafen sich stattdessen bereits nachmittags. Dicke Wolken ballten sich am Horizont, der Wind frischte auf und erster Sprühregen setzte ein. Das war schon eher nach ihrem Geschmack.

»Aber du hast doch gar nicht damit gerechnet?« Georg blieb neben ihr stehen.

»Stimmt. Aber als die Nachricht kam … Ich dachte, irgendwie hätte ich noch mal so unverschämtes Glück. Seit ich auf Norderney bin, hat sich alles gefügt, als sollte es genauso kommen. Und jetzt … Nix ist's. Ich habe die letzten sechs Stunden mit der Suche nach einem Atelier verbracht. Es gibt nichts.« Sie zuckte mit den Schultern. »So einfach ist das. Und schon ist mein Traum zu Ende.«

»Gar nichts?«

Sie warf ihm über die Schulter einen finsteren Blick zu.

»Na ja, will ich dreitausend Euro für ein Ladengeschäft hinblättern, das dunkel wie ein Bärenhintern ist?«

»Verstehe.« Er musste sich ein Grinsen verkneifen, und auch Stella hätte gelacht, wenn ihr nicht zum Weinen zumute gewesen wäre. Sie bückte sich, vergrub die Hand im Sand und warf ihn hinaus aufs Wasser.

»Hilft's?«, fragte Georg mitfühlend.

»Überhaupt nicht.« Und jetzt war auch noch ihre Hand sandig, was sich sehr unangenehm anfühlte. Sie schnaufte. Irgendwo musste ihre Anspannung hin, und sie hatte das Gefühl, wenn sie die aufs Meer hinausschrie, würde es ihr auch nicht besser gehen.

Aber Georg war bei ihr. Er stand geduldig neben ihr und wartete, ob sie noch irgendwas sagen wollte.

»Dann bleibe ich eben Kellnerin.« Sie zuckte mit den Schultern. »Wäre alles nicht so schlimm, wenn ich nicht ständig Hoffnung schöpfen würde und die dann wieder enttäuscht wird. Verstehst du, was ich meine?«

Er nickte mitfühlend. »Klar verstehe ich das.«

»Entschuldige. Ich will nicht jammern.«

Er antwortete nicht. Stella wandte sich ab. Sie musste blinzeln. Irgendwie fühlte sich alles so schwer an. Sie wollte sich davon nicht niederdrücken lassen, aber gerade war sie einfach nur erschöpft.

»Tröstet es dich, wenn ich dir sage, dass wir alle solche Phasen haben?«, fragte Georg leise.

Sie lachte. »Wenig.«

»Dachte ich mir. Dann verkneife ich es mir.«

Sie drehte sich halb zu ihm um und musterte ihn nachdenklich. »Vielleicht möchte ich die Geschichte trotzdem hören.«

»Du weißt nicht so viel über meine Jugend und so, oder?«

Sie schüttelte den Kopf. Tatsächlich: Sie wusste viel über ihn, so wie er viel über sie wusste. Aber seine Jugend, seine Familie – das hatte er immer ausgeklammert.

Er nahm einen Stein auf und wog ihn in der Hand. »Es ist nicht so leicht zu verstehen. Selbst für mich nicht. Meine Eltern … Ich glaube, sie wollten keine Kinder. Das haben sie nie so gesagt, aber dann war ich da, und irgendwie musste man sich ja kümmern.« Er lächelte traurig. »Das vorherrschende Gefühl meiner Kindheit war, dass ich lästig war. Dass ich störte. Da habe ich mich klein gemacht. Bin leise geblieben. Habe mich, sobald ich in die Schule kam, auf alles gestürzt, was mir angeboten wurde.« Er lachte. »Ein kleiner Streber. Nicht mal das haben sie bemerkt. Ich habe erst später begriffen, dass sie zu sehr mit sich selbst beschäftigt waren.«

Stella berührte ihn am Arm, als er nicht weitersprach. »Das tut mir sehr leid«, sagte sie leise.

»Mir auch. Später habe ich verstanden, dass es sich nicht gegen mich richtete. Sie haben mich geliebt – auf ihre Art. Aber Familie – was das heißt – habe ich erst später begriffen. Bei Schulfreunden. Oder bei Piet und dir. Wie ihr mit Mira wart, vom ersten Tag an. Ich habe euch dafür bewundert. Und irgendwann beneidet.« Er starrte auf seine Füße. »Vielleicht sollte ich dir das alles nicht erzählen.«

Stella schluckte. »Doch«, flüsterte sie. »Ehrlichkeit …«

Sie wollte ihm sagen, wie wichtig es war, aufrichtig zu sein. Zu sich selbst vor allem. Und dann zu allen, die einem viel bedeuteten. Doch wenn sie von ihm Ehrlichkeit einforderte, musste sie dann nicht ebenso aufrichtig sein, zu ihm und zu sich selbst?

»Deine Nachricht gestern …« Wieder stockte sie.

»Ja, die war … ungeschickt.« Er grinste entschuldigend. »Tut mir leid, falls sie dich verschreckt hat. Das versuche ich ja gerade zu erklären. Ich gehe manchmal den zweiten Schritt vor dem ersten, weil ich … keine Ahnung. Ich hab's einfach nicht so raus. Beziehungen zu anderen Menschen, Freundschaften, all das … Na ja. Ich könnte mich jetzt rausreden, Männer sind so, aber …«

Sie nickte langsam. »Okay«, sagte sie leise. »Aber mir zu schreiben, wie sehr du mich vermisst, nachdem wir uns ein paar Stunden vorher gesehen habe …«

»Ja, ich weiß. Vergiss es einfach.«

»Vielleicht möchte ich das gar nicht.« Sie lächelte still, ohne ihn anzusehen.

»Also, wenn du … na ja.« Er sah sie von der Seite an. »Möchtest noch etwas dazu sagen?«

»Im Moment nicht, nein. Ich muss mich … sortieren.«

Das traf nicht ganz den Kern, aber Georg nickte, alles okay. Sie gingen weiter, beide die Hände hinter dem Rücken verschränkt, schweigend und nachdenklich.

Stella grübelte über Georgs Nachricht.

Ich vermisse dich.

Drei kleine Worte. So groß. Sie ließen allzu viel Raum für Interpretationen. Doch sie warfen tausend Fragen auf, und Stella war nicht sicher, ob sie die Antworten darauf wirklich hören wollte.

Drei Worte, und so viele Gefühle, die danach auf sie einstürzten. Zunächst: Unglaube. Was hatte ihn ausgerechnet jetzt dazu bewogen? Was hieß dieses Vermissen denn? Wäre er einfach lieber bei ihr statt in seinem hübschen Hotelzimmer? Oder bei ihr und Mira oder …? Sie hielt den Kopf gesenkt, stapfte neben ihm her. Der Regen wurde stärker. Georg blieb stehen, sie verlangsamte ihre Schritte, weil sie nicht wusste, ob sie lieber zurückgehen sollten. Und wenn sie zurückgingen, wohin?

Ich vermisse dich.

War es das? War das etwas, das sie ebenso empfand? Oder war es etwas, das sie empfinden *wollte*, weil sie glaubte, fürs Alleinsein nicht geschaffen zu sein? So ehrlich war sie zu sich: Sie hatte gern in einer Partnerschaft gelebt. All die Jahre, die vielen kleinen Alltäglichkeiten, Erinnerungen, Insider – das hatte sie geliebt.

Abends in die Wohnung zurückzukehren, in der keine erwachsene Person auf sie wartete, hatte sich an manchen Tagen als erstaunlich öde erwiesen. Sie erkannte: Das wollte sie nicht auf Dauer. Irgendwann würde sie sich öffnen. Wenn sie bereit war.

Aber war sie jetzt bereit? Oder irgendwann? Und wäre sie bereit, mit Georg …?

An diesem Punkt angelangt, blieb sie ebenfalls stehen. Georg stand zwanzig Meter entfernt, er hatte ein Päckchen aus der Gesäßtasche seiner Jeans gezogen, das er nun zu einem hauchdünnen, ultrahässlichen Regenponcho auseinanderzupfte. Sie konnte sich das Grinsen nicht verkneifen. Georg, der immer auf alles vorbereitet sein musste. Und sei's ein nachmittäglicher Sommerregenschauer am Strand. Wobei: So unwahrscheinlich war das gar nicht. Aber so ein bisschen Regen störte sie nicht.

»Ich habe auch einen für dich!«, rief er und hielt ihr ein ähnlich wild gemustertes Päckchen hin. Stella verzog das Gesicht.

»Pärchenlook, ernsthaft?«

Er machte ein betroffenes Gesicht, doch dann lachte sie und ging zu ihm zurück. »Komm her. Ich werde sehr albern aussehen, und alle Urlauber werden uns verspotten.«

»Trotzdem ziehst du ihn an?«

»Ich kann dich wohl kaum allein dem Gespött der Leute aussetzen.«

Georg lachte. »Okay«, sagte er. »Ich fand sie praktisch.«

»Das sind sie eventuell auch. Wenn man sie danach wieder zusammengefaltet bekommt.«

Sie mussten schon beim Auseinanderfalten kämpfen. Der Regen wurde stärker, inzwischen leerte sich der Strand rasch. »Siehst du? Niemand da, der über uns spotten kann«, stellte Georg zufrieden fest.

»Elender Besserwisser«, sagte Stella. Aber ihre Stimme klang warm, und er grinste. Sie stapften weiter Richtung Osten, ließen sich vom Regen nicht stören, der vom Wind gegen ihre Rücken gedrückt wurde.

»Aber zurück zu deinem Fotoatelier.«

Sie wollte nicht mehr über das Atelier nachdenken und verzog das Gesicht. Georg blieb hartnäckig.

»Darf ich einen Vorschlag machen?«

»Falls er beinhaltet, du könntest mich aufgrund deiner wirtschaftlich so außergewöhnlich guten Situation finanziell unterstützen, lautet die Antwort Nein.«

»Mist«, murmelte er. »Warum nicht?«

»Weil ...« Sie holte tief Luft. Wo sollte sie anfangen? Weil sie noch einen Funken Stolz im Leib hatte? Weil sie nicht käuflich war? Weil sie es allein schaffen wollte? Alles stimmte, aber es klang so harsch.

»Es nicht nachhaltig wäre«, beendete sie den Satz.

»Es könnte klappen.«

»Genauso gut kann's schiefgehen.«

»Du klingst aber nicht sonderlich überzeugt ...«

»Selbst wenn ich in der noblen Situation wäre, monatlich über einen fünfstelligen Betrag zu verfügen, fände ich dreitausend Euro Miete oder mehr für ein Atelier einfach zu viel. Dann braucht Norderney mich eben nicht. Oder ich versuche es ohne. Also, dann würde ich einfach noch ein Jahr warten, mir vom Trinkgeld die Kamera zusammensparen und dann ...« Sie zuckte mit den Schultern.

»Aber wenn ich dir das Geld doch geben würde?«

Stella blieb stehen. »Du verstehst das wirklich nicht«, sagte sie leise.

»Nein.« Er lachte. »Du wirst es mir erklären müssen.«

Sie blickte ihn nachdenklich an. Da stand er vor ihr, groß, breitschultrig und selbstgewiss, dass sich mit Geld so viele Probleme aus der Welt schaffen ließen.

»Ich habe das schon durch«, sagte sie leise. »Dass jemand alles für mich bezahlt.«

»Du könntest es zurückzahlen«, schlug er vor.

Sie schüttelte den Kopf. »Ich glaube …« Tiefes Durchatmen, Suchen nach den richtigen Worten. »Ich glaube, ich möchte nicht, dass finanzielle Interessen sich zwischen uns schieben, während ich versuche … ich versuche, bei mir selbst herauszufinden, ob da ein Vermissen ist.«

Stille. Nur der prasselnde Regen auf ihren Köpfen, auf den Sand, das Meer. Georg sah sie an. Staunend, fast ein bisschen ehrfürchtig. Sie spürte, wie sich in ihr ein Lächeln Bahn brach, breit und ausgelassen, ein bisschen beschwipst davon, dass sie das Leben wieder willkommen heißen konnte.

»Autsch«, sagte Georg. »Es tut mir leid, Stella. Also, wenn ich dir gestern Abend mit meiner Nachricht irgendwie zu nahegekommen bin.«

Sie trat einen Schritt auf ihn zu. »Bist du nicht.« Sie legte die Hand auf seinen Unterarm. »Aber ich brauche Zeit. Es ist schwierig. Und wenn ich … es ist so viel passiert. Ich kann nicht …«

»Ich verstehe«, sagte er hastig. Inzwischen war der Strand komplett verwaist, sie waren für sich. »Wie weit wollen wir eigentlich noch durch diesen nassen Sand stapfen und uns einreden, dass meine Regenponchos dicht sind?«

Stella lachte. »Lass uns zurückgehen. Ich mache uns heiße Schokolade mit Marshmallows. Mira möchte, dass ich für heute Abend Pizza backe.«

Sie kehrten um, und diesmal fühlte es sich ganz natürlich an, dass sie dabei dicht nebeneinander gingen und nicht viel sagten.

Stella war ihrem Traum vom Fotoatelier keinen Schritt näher gekommen. Dennoch war da eine tiefe Zufriedenheit in ihr. Sie musste das nicht um jeden Preis machen. Die Traurigkeit und Enttäuschung, dass es nun vermutlich nicht klappen würde, durfte sie fühlen. Das war alles zulässig. Und irgendwann würde sie darüber hinwegkommen, dass es eben nicht so schnell ging. Oder dass sie nie Zeit dafür finden würde. Sie sah Georg von der Seite an. Er lächelte, ohne sie anzusehen, als hätte er ihren Seitenblick bemerkt. Da lächelte sie auch.

Manchmal konnte ja schon die Aussicht auf eine andere Zukunft die Enttäuschung etwas mindern.

Und sie hatte gerade die Tür zu einer anderen Zukunft aufgestoßen. Auch wenn sie noch nicht wusste, ob sie hindurchgehen konnte. Ob sie ihr Leben noch einmal um hundertachtzig Grad drehen wollte.

Allein die Möglichkeit beflügelte sie.

24

A n diesem Abend schlüpfte sie nach dem Essen mit Georg aus der Wohnung. Ein letzter Kuss für Mira zur guten Nacht, einmal Elle und Sophia winken, die es sich mit einem Liebesfilm und einer Packung Eis auf dem Sofa gemütlich machen wollte. Auf der Straße legte er den Arm um ihre Schultern und ließ ihn dann sofort wieder sinken, als merkte er selbst, dass das zu viel Nähe war. Doch sie ging dicht neben ihm, ihre Arme berührten sich immer wie zufällig. Sie lächelten sich von der Seite an. Stummes Einverständnis.

»Wohin gehen wir?«, wollte Georg wissen.

»Ans Meer.«

»Gibt's da was zu trinken?«

Sie warf ihm einen Blick zu, als käme es jetzt *wirklich* nicht drauf an, etwas zu trinken.

Der Regen hatte aufgehört, am Abendhimmel zogen nur noch letzte Wolkenschleier vorbei und die Sonne hatte ihre Kraft wiedergefunden. Stella seufzte. Ja doch, jetzt war sie bereit für ein bisschen Kitsch.

Auf dem Weg zur Strandpromenade kamen sie auch durch die Gasse, in der Helens Lädchen lag. Drinnen brannte noch Licht. Stella blieb stehen. »Wäre es sehr schlimm, wenn ich für fünf Minuten bei Helen reinschaue?«

Georg runzelte leicht die Stirn. »Helen hat nicht zufällig einen zweiten Eingang für ihren Laden, durch den du mir entwischen könntest?«

»Zufällig schon. Aber ich könnte ja auch ohne solche Tricks einfach weglaufen. Wenn ich das wollte.«

»Ach. Für so unsportlich hältst du mich, dass ich dich nicht einholen könnte?«

Sie grinsten sich an. »Ich beeile mich«, versprach Stella.

Sie betrat den Laden. Die Glöckchen über der Tür tänzelten und bimmelten fröhlich. Helen stand mit zwei Kindern hinter dem Tresen und packte neue Kerzen aus.

»Stella!« Helen strahlte und kam um den Kassentisch herum. Sie umarmte Stella, die von so viel Herzlichkeit völlig überrumpelt war. »Ich hab's schon gehört. Herzlichen Glückwunsch! Ich gönn's dir. Was für ein großartiger Erfolg.«

»Ich verstehe nicht …« Stella war verwirrt.

»Na, das Darlehen? Ruth war vorhin hier und meinte, du bekämst es wohl aller Wahrscheinlichkeit nach. Klar, ich war erst mal enttäuscht, aber sie meinte, nächstes Jahr könnte ich es bekommen. Mal sehen, ob es meinen Laden dann noch gibt.« Sie lächelte. Doch dann merkte sie, dass Stella sich offensichtlich überhaupt nicht freute.

»Willst du es etwa nicht annehmen?«, fragte Helen.

»Nee. Ich würde schon gerne. Aber mir haben sie gesagt, ich müsste erst ein Atelier finden. Und ehrlich gesagt, habe ich das heute versucht. Kennst du den riesigen Laden an der Gartenstraße? Viel zu teuer. Und das ist so ziemlich das Einzige, was es aktuell zu mieten gibt.«

»Ach so …« Helen runzelte die Stirn, als müsste sie angestrengt nachdenken. »Aber Moment. Kennst du gar nicht …?«

Jetzt lachte sie. Helen ging zum Kassentisch und holte einen alten Metallschlüssel an einem Band aus der Schublade. »Komm mal mit. Ich glaube, ich weiß die Lösung für dein Problem.«

Sie ging voran, durchs Lager und dann durch eine Tür ins Treppenhaus. Stella folgte ihr die Treppe hoch ins Obergeschoss, vorbei an einer Wohnungstür, die nur angelehnt war. Von drinnen drang das Geschrei von Kinderstimmen. »Sie gucken einen Film«, sagte Helen beinahe entschuldigend.

»Klingt nach einem großen Spaß.«

Sie stiegen noch eine Treppe hoch.

»Du müsstest natürlich, wenn es was für dich ist, erst noch ein wenig renovieren. Tio hat es als echten Saustall zurückgelassen, als er ausgezogen ist.«

Sie standen jetzt vor einer weiß gebeizten Holztür. Helen schloss auf und ließ Stella den Vortritt.

Der riesige Raum, der sich hinter der Tür erstreckte, wurde gerade von der goldenen Abendsonne geflutet, die durch die hohen Fenster fiel. Der honigfarbene Holzfußboden, die Balkenkonstruktion zum Abstützen der hohen Decke, die hellen Wände und Sprossenfenster ... Stella betrat den Raum. Helen stellte die Tür fest und folgte ihr. »Man müsste mal alles gründlich reinigen und vermutlich würde es helfen, wenn der Flur nicht so zugerummelt wäre, wenn du hier oben Kunden empfängst. Darum kümmere ich mich. Aber das Atelier steht leer. Was denkst du? Ich habe es aktuell noch vom Hausbesitzer gemietet, aber es wäre nicht so teuer wie das modrige Ladengeschäft in der Gartenstraße, weil es ja nicht so gut erreichbar ist und wirklich nur als Bürofläche oder Atelier taugt. Vielleicht lässt er sich drauf ein.«

»Wow«, flüsterte Stella. Sie ging langsam durch den hohen Raum. Es war alles da: Mehr als genug Platz, Licht, sogar ein paar Polstermöbel. In der Ecke dort vorne könnte sie einen Hintergrund installieren, vielleicht auch verschiedene Hintergründe übereinander, die sie bei Bedarf dann einsetzten. Sie sah direkt, was Helen meinte.

»Und das hat Tio eingerichtet?«

»Nein.« Helen verschränkte die Arme. »Ich habe es für ihn eingerichtet. Ich dachte wohl, ich könnte ihn damit zum Bleiben überreden. Falsch gedacht.« Sie verzog das Gesicht. »Aber das soll echt nicht dein Problem sein. Also, wäre das was für dich?«

»Es ist perfekt«, hauchte Stella andächtig.

Helen lachte auf. »Dachte ich es mir doch. Bisher habe ich es echt nur in der irren Hoffnung gemietet, dass ich Tio damit irgendwie halten kann. Du würdest mir also damit einen Gefallen tun, wenn du den Mietvertrag übernimmst.«

Sie blickten einander an und lächelten.

»Kannst du mir die Kontaktdaten vom Vermieter geben?«

»Kein Problem, suche ich dir gleich raus.«

»Dann will ich wenigstens fragen.« Das kostete ja bekanntlich nichts. »Die Lage ist super, das Licht … Mein Gott, das Licht ist perfekt.«

»Schön, dass du das so siehst. Tio fand immer, es sei zu dunkel, er meinte, die Ausrüstung sei nicht drauf ausgelegt, außerdem … na ja. Er hatte immer ganz genaue Vorstellungen, und solange ich bezahlt habe, was er sich wünschte, war alles okay. Aber wenn nicht …« Helen zuckte mit den Schultern. »Du hast ihn ja kennengelernt. Er kann sehr überzeugend sein.«

»Du meinst, quengelig wie ein Dreijähriger, bis er kriegt, was er will?«

Sie lachten. »Ach, wir hatten auch gute Zeiten«, sagte Helen.

»Bestimmt.« Stella wollte ihn auch nicht mehr miesmachen als unbedingt nötig. Sie dachte an Lara. An den Streit, den sie wegen Tio gehabt hatten. Daran, wie sehr sich ihre Freundin – ähnlich Helen, vermutete Stella – in diesen Mann verliebt hatte.

»Ich würde mich jedenfalls freuen, wenn du das Atelier übernimmst. So, genug geredet. Ich hab vorhin gesehen, dass du nicht allein unterwegs bist. Komm morgen gern noch mal vorbei.«

Zum Abschied umarmten sie sich. Stella lief beschwingt die Treppe runter und trat nach draußen. Georg drehte sich überrascht zu ihr um. »Alles okay?«, erkundigte er sich. Doch ein Blick in ihr strahlendes Gesicht genügte ihm als Antwort.

»Ich hab ein Atelier! Es ist riesig, wunderschön und hell, perfekt für meine Ansprüche und kostet hoffentlich nicht so viel. Details kann ich morgen mit dem Vermieter klären.«

»Wunderbar!«

Bevor sie beide wussten, wie ihnen geschah, umarmte Stella ihn. Sie war so voller Freude und Glück, dass sie ihre Gefühle irgendwo rauslassen musste. Wenn ihr Überschwang Georg überrumpelte, zeigte er es nicht. Sie spürte einfach, wie sich in dieser Situation ihre ganze Anspannung löste.

Sie lösten sich aus der Umarmung, lächelten einander an. Dann streckte Stella ihm die Hand hin – und er nahm sie. Als wäre es das Natürlichste auf der Welt. So spazierten sie weiter Richtung Promenade. Sie brauchten keine Worte. Sie drückte behutsam seine Hand, er erwiderte den Druck, und sie lächelten beide still.

Stella saß auf einem der Betonpoller und schloss die Augen. Georg hatte sich gerade bei einem mobilen Cocktailstand – einem umgebauten Lastenrad – angestellt, an dem die abendlichen Spaziergänger sich einen Absacker holten.

Ihr Handy brummte. Sie holte es nur hervor, weil sie dachte, mit Mira könnte etwas sein. Doch auf dem Display stand Tios Name. Sie seufzte. Im Moment hatte sie überhaupt keine Lust, mit ihm zu reden. Sie wartete, bis das Handy aufhörte zu brummen und hoffte, er würde auf die Mailbox sprechen. Leider brummte es direkt wieder los. Er war hartnäckig. Beim dritten

Mal ging sie ran. Sie sah, wie Georg gerade ihre Drinks bezahlte. Wenn er sie erreichte, konnte sie Tio mit Verweis auf ihn sicher abwürgen.

»Hey Tio.«

»Wo sind meine Kameras?«

Stella runzelte die Stirn. »Die habe ich dir doch vor die Wohnungstür gestellt, wie wir es besprochen haben.«

»Da sind sie nicht.«

»Komisch …«

»Nee, Stella. Das ist nicht komisch. Das ist scheiße. Ich hatte für morgen noch einen Interessenten, der sie kaufen wollte, und wenn du zu feige bist, zuzugeben, dass du sie geklaut hast, schalte ich die Polizei ein.« Er schnaufte. »Oder du ersetzt sie mir.«

»Ich habe sie nicht geklaut!«, protestierte sie aufgebracht. Georg hatte sie fast erreicht, doch sie sprang auf und drehte ihm den Rücken zu. Sie presste das Handy ans Ohr und drückte das andere zu, um ihn besser zu verstehen.

»Blödsinn!«, brüllte er. Okay, sie hielt das Handy vom Ohr weg, das hörte sie vermutlich noch am anderen Ende vom Hundestrand, wie er sie anschrie. »Du hast mich bestohlen, Stella! Erst hast du mir Lara genommen und jetzt das hier. Was soll der Scheiß? Willst du mich zerstören? Ist es das?«

Stella bemerkte Georgs fragenden Blick, doch sie schüttelte nur den Kopf. Währenddessen redete Tio weiter auf sie ein. Oder nein, er beschimpfte sie aufs Übelste. »Was fällt dir ein, mich zu beklauen?«

»Ich habe dich nicht beklaut!«, begehrte sie auf. »Ich habe die Kameras in der Tasche vor der Tür deiner Dachwohnung abgestellt, wie wir es vereinbart haben.«

»Aber da waren sie nicht! Ernsthaft, Stella. Es kann nicht sein, dass du mir hier so einen Scheiß erzählst. Du hast mich bestohlen und leugnest es auch noch.«

Sie lachte auf. »Komm schon, Tio. Wie hätte ich das anstellen sollen? Du wärst mir doch sofort drauf gekommen. So dumm kannst nicht mal du sein.«

Im selben Moment merkte sie, dass sie sich im Ton vergriffen hatte. »Sorry, ich meine …«

»Schlampe. Ich bin nicht *dumm*, Stella. Was du hier abziehst, ist eine richtig miese Nummer, und ich werde das nicht auf mir sitzen lassen. Ich gehe zur Polizei, hast du verstanden? Ich werde dich anzeigen, weil du mich beklaut hast.«

Sie wollte etwas erwidern, doch Tio hatte schon aufgelegt.

Stella starrte ihr Handy an. Sie wollte lachen, aber eigentlich war ihr nur zum Heulen zumute. Was passierte hier gerade? Hatte Tio sie wirklich gerade des Diebstahls bezichtigt und ihr mit einer Strafanzeige gedroht? Das war absurd. Und es war auch einfach gelogen! Irgendwer musste die Kameratasche an sich genommen haben. Aber wer? Und wie konnte sie beweisen, dass nicht sie die Tasche gestohlen hatte?

»Schlechte Nachrichten?« Georg streckte ihr einen Plastikbecher mit Ipanema entgegen.

»Schon.« Sie starrte ihr Handy an. Was konnte sie jetzt tun? Wie konnte sie dieses neue Unglück abwenden, das wie ein Damoklesschwert über ihr hing? Eine Anzeige war so ziemlich das Letzte, was sie jetzt bei all dem Hin und Her brauchen konnte, es würde sie so viel Kraft kosten …

»Möchtest du nicht darüber reden?« Er stieß sanft seinen Becher gegen ihren. Sie schüttelte den Kopf, versuchte die rasenden Gedanken zu vertreiben und nahm den Becher.

»Sorry, es ist …« Sie sprach nicht weiter. Es war nicht *nichts*, wäre also gelogen, wenn sie das behauptete. »Ein Missverständnis. Ganz bestimmt.«

Georg setzte sich neben sie. »Okay«, sagte er langsam. Er spürte wohl, dass sie wirklich nicht darüber reden wollte.

Sie gab sich einen Ruck und erzählte ihm, was gerade passiert war. Auch wenn sie sich ärgerte, sich ausgerechnet jetzt mit dem Thema herumschlagen zu müssen. Sie hatte doch gehofft, sie könnte mit Georg ein bisschen am Meer sitzen, Cocktails schlürfen und eventuell etwas näher zusammenrücken, einfach miteinander reden, sich tief in die Augen schauen …

»Hm. Kennst du einen guten Anwalt? Den würde ich kontaktieren und fragen, was dir da schlimmstenfalls droht. Nur, damit du beruhigt bist.«

»Leider nicht.« Doch dann fiel ihr etwas ein. »Also, keinen Anwalt. Aber eine Anwältin!«

Es ließ ihr keine Ruhe, und Georg bestätigte ihr, dass sie das ruhig direkt klären sollte. Stella suchte Julias Nummer heraus und rief sie an.

»Hey, meine Lieblingsfotografin! Was gibt's?«

Stella schilderte rasch die aktuelle Misere. Julia konnte sie beruhigen. »Entspann dich. Er müsste dir erst mal beweisen, dass *du* die Tasche entwendet oder nie dort abgestellt hat. Wie will er das denn machen? Genauso gut könnte jemand aus einer anderen Wohnung sie an sich genommen haben. Oder jemand, der im Haus unterwegs war. Bleib da mal ganz entspannt, ja? Außerdem wäre es ja kein Diebstahl, sondern allenfalls Unterschlagung. Wenn er Strafanzeige stellt, müsste er ja irgendwelche Beweise dafür haben, dass du es tatsächlich gemacht hast.«

»Das sagt sich so leicht«, murmelte Stella. Sie merkte aber, wie sich ihr aufgebracht galoppierendes Herz allmählich beruhigte. »Also meinst du, ich soll erst mal ruhig bleiben?«

»Wenn er dir gesagt hat, du sollst die Kameratasche vor seiner Wohnungstür abstellen und du das gemacht hast … Ich meine, wer hat noch Zugang zu dem Hausflur?«

»Theoretisch jeder. Hier auf Norderney vertraut man sich.«

»Ja, siehst du. Jeder könnte da hochgegangen sein. Unwahrscheinlich, aber möglich.«

Stella stöhnte auf. »So eine Scheiße. Ich will mir nicht noch mehr Sorgen um solche Dinge machen müssen.«

»Keine Sorge. Wenn dich die Polizei abholt, ruf mich wieder an. Ich komme und hau dich raus.«

»Nicht sehr ermutigend«, murmelte Stella. »Aber danke dir.«

Sie verabschiedeten sich. Georg sah sie prüfend von der Seite an. »Ich bin jetzt also mit einer Kriminellen unterwegs?«

Sie lachte. »Und dabei wissen wir doch alle, dass es auf Norderney kein Verbrechen gibt.« So ganz hatte Julia sie nicht beruhigen können. Aber sie hatte insofern recht, dass sie sich keine Sorgen machen musste, solange Tio nicht zur Polizei ging. Und wenn er das tat – das sollte er ihr erst mal beweisen, dass sie die Kameratasche behalten hatte.

»Ganz schön was los hier.« Georg stieß noch mal seinen Becher gegen ihren. Sie gab sich einen Ruck. Wollte sie sich den Abend durch Tios Anschuldigungen verderben lassen oder mit Georg in den Sonnenuntergang blicken? Sie trank einen Schluck, lehnte sich leicht gegen ihn. Er musterte sie von der Seite, sagte aber nichts.

»Sagen wir so – diese Insel bietet nicht nur Familienanschluss, sondern auch Drama.« Sie hätte drauf verzichten können. Andererseits fühlte sie sich auch irgendwie … lebendig. Vor allem nachdem Helen ihr das Atelier gezeigt hatte, war da ein Gefühl von … ja, sollte sie es wirklich Schicksal nennen?

»Glaubst du, es gibt so was wie Schicksal?«, wollte sie wissen.

Georg kniff die Augen zusammen. »Uhhh«, machte er. »Ernst gemeinte Frage?«

Sie nickte. Bevor er antwortete, nahm er einen großen Schluck. »Also gut. Wo soll ich anfangen?«

Stella lachte. »Wir sind hier nicht im Uni-Hörsaal. Also halte mir keine Vorlesung, ja?«

»Versprochen. Schicksal, hm. Du meinst das im Sinne von ›Am Ende wird alles gut, und wenn es noch nicht gut ist, dann ist es nicht das Ende‹, ja?«

Sie zuckte hilflos mit den Schultern. »Und wenn es gut ist, dann ist man am Ende?«, witzelte sie.

»Genau. Da fangen die Probleme an. Also, ich glaube, dieser Spruch allein, der ist schon … fies. So eine Durchhalteparole? Ich meine, was heißt das denn, wenn es immer schlimmer wird …«

»Na ja, man muss sich durchbeißen«, sagte sie leise. »Das heißt es doch.«

»Und wenn man sich nicht mehr durchbeißen kann?«, fragte er behutsam.

Sie starrte auf ihre Hände mit dem halbvollen Becher. Ja, was dann? Wie muss es Piet ergangen sein, wenn er mit diesem Satz im Hinterkopf weitermachte, sich nie am Ende sah, sondern stets versuchte, den Kopf über Wasser zu halten – er hatte so viele Kämpfe mit sich selbst geführt. Und dann hatte er irgendwann keine Kraft mehr gehabt. War ihm da der Gedanke verlockend erschienen, allem ein Ende zu bereiten, weil es nur mit diesem Ende – seinem Suizid – wieder gut sein würde?

Sie war überrascht, als die Tränen kamen. Ein Schluchzer stieg auf, dann füllten sich ihre Augen und sie musste den Becher abstellen. Georg legte den Arm um ihre Schultern, sie lehnte sich an ihn. Er umfasste sie mit dem anderen Arm, hielt sie einfach fest, und ihr Kopf ruhte an seiner Brust. »Scheiße«, flüsterte sie, weil es kein besseres Wort gab, um genau das zu beschreiben, was sie in den vergangenen Jahren gequält hatte. Diese ganze verfluchte Scheiße. Die sie endlich hinter sich lassen wollte. Aber nicht um jeden Preis, denn ihr Leben mit Piet gehörte zu ihrer Biografie. War bei ihr alles gut? Nein! War sie deshalb am Ende? Ja, und wie. Zugleich fühlte sie sich so lebendig wie lange nicht mehr. Diese Übersiedlung auf die Insel war das Beste, was ihr hatte passieren können. Sie hatte ihr Leben in die Hand genommen. Sie hatte sich für die Möglichkeiten geöffnet. War alles, was geschah, Schicksal? Oder hatte sie es selbst in der Hand, ob sie sich von den kleinen und großen Katastrophen des Alltags und ihres Lebens niederdrücken ließ?

»Was andere Schicksal nennen«, sagte sie langsam, als müsste sie den Gedanken erst ausprobieren, »ist in Wahrheit so eine Art … Offenheit für die Möglichkeiten?«

»In der Art. Wenn wir uns für all das öffnen, das uns vom Leben angeboten wird, wenn wir bewusst entscheiden. Wenn wir das schaffen. Dann haben wir es ein Stück weit selbst in der Hand. Nie so ganz. Denn manches entzieht sich unserer Kontrolle. Naturkatastrophen, Krankheit, all das kommt vielleicht früher oder später auf uns zu. Aber wir können ihm trotzig die Stirn bieten, oder?«

Sie ließ den Kopf an seiner Brust ruhen, obwohl die Tränen versiegt waren. Er hielt sie fest. Sein leises Summen ließ sie lächeln. Das hier fühlte sich verwirrend an. Verwirrend, aber gut. Beides durfte sein.

Die Unsicherheit, ob es richtig war.

Genauso das leise Herzklopfen, weil es tatsächlich für diesen Moment das einzig Richtige war.

»Geht's wieder?«, fragte Georg leise.

Sie nickte, schniefte und suchte nach einem Taschentuch. »Aber wenn es okay ist, würde ich gern noch ein bisschen so sitzen.«

»Ist es.«

Er schloss sie wieder in die Arme. Sie nippten an ihren Cocktails. Irgendwann holte Georg Nachschub, sie blieb auf dem Betonpoller sitzen. Die Sonne näherte sich dem Horizont, und die vielen Menschen ringsum sprachen leiser miteinander. Als hielten sie gemeinschaftlich den Atem an, während sich der orangerote Ball dem Meer näherte und allmählich von ihm verschluckt wurde. Eine andächtige Stille, die mit dem Rauschen des Meers verschmolz. Stella schloss die Augen.

Das hier war Glück. Ihr Leben war weit davon entfernt, perfekt zu sein, sie hatte ihre Kümmernisse und Probleme, Sorgen und eine gefühlt unendliche To-do-Liste. Doch in ihr war eine tiefe Zufriedenheit. Und das lag nicht nur an dem zufriedenen Grinsen, mit dem Georg sich zwischen den Betonpollern zu ihr durchschlängelte. Denn sie spürte es selbst, wie sie in genau diesem Moment angekommen war, wo sie sein wollte.

»Was ist?«, fragte Georg.

»Es geht mir gut.«

»Das freut mich.« Er legte den Arm um ihre Schultern, als hätte er schon immer dorthin gehört, und sie lehnte sich an ihn. »Ist das hier auch gut?«, hörte sie ihn flüstern.

»Ja«, erwiderte sie nach einer kurzen Zeit. »Gib mir etwas Zeit, aber ja.«

Sie spürte, wie er die Lippen auf ihre Haare drückte. »Ich gebe dir alle Zeit der Welt«, flüsterte er.

M oin!« Gut gelaunt rückte Riekje das Baby zurecht, das sie in
der Trage hatte, wischte etwas Mehl von dem dunkelblauen
Stoff und blies sich eine Strähne aus dem Gesicht. »Du siehst
müde aus.«

»Moin. Bin ich auch.« Stella gähnte hinter vorgehaltener Hand.
Gestern war's wohl etwas spät geworden. Nachdem sie gestern
Abend mit Georg noch lange am Strand gesessen hatte, waren sie
anschließend zurückspaziert. Sie wollten sich nicht voneinander
verabschieden, doch in ihrer Wohnung schliefen Mira, Elle und
Sophia. Sie liefen bis weit nach Mitternacht durch Norderneys
stille Straßen. Leise redeten sie miteinander. Erst als es bereits
wieder hell wurde, hatten sie sich verabschiedet. Mit einer langen
Umarmung und einem tiefen, innigen Blick. Kein Kuss. Es fühlte
sich noch nicht richtig an.

Sie war überzeugt, dass sie beide wissen würden, wann der
richtige Zeitpunkt war. Hoffentlich bald.

»Ein Espresso Macchiato wird mich bestimmt gleich fit machen.« Stella trat an die Siebträgermaschine. Sie hantierte mit der
Mühle, mit Tamper und Maschine. Als der Espresso in die kleine
Tasse floss, stand sie einfach davor und sah zu. Sie musste über
sich selbst den Kopf schütteln.

»Was denn?«, erkundigte sich Riekje, die ein Tablett mit Madeleines aus der Backstube brachte und in die Theke räumte. Ihr Baby war aufgewacht und guckte neugierig in die Welt.

»Ach, ich dachte nur darüber nach, wie ich anfangs an der Maschine verzweifelt bin. Und guck, ein paar Wochen später kriege ich einen passablen Milchschaum hin.«

»Du machst das sehr gut.« Riekje legte eine Hand ins Kreuz und seufzte. »Aber ganz ehrlich – ich werde dich vermissen, wenn du gehst.«

»Erst bleibe ich ja«, sagte Stella ruhig.

»Im Ernst. Ich habe deine Fotos gesehen. Ich weiß nicht, wie du das schaffst, aber du fängst die Seele derer ein, die du fotografierst. Und nicht auf eine unangenehme ›Ich stehle ihre Seelen‹-Art, sondern eher so, als würdest du die Seelen erst zum Vorschein bringen.«

»Danke«, antwortete Stella. Sie war verlegen.

»Nimm doch einfach mal ein Lob an, ja?« Riekje wippte, weil ihrem Baby langweilig wurde und es anfing zu meckern. »Du könntest auch mehr schlafen«, murmelte sie. Das Baby gluckste. Stella spürte, wie sie von einer Welle aus Dankbarkeit überschwemmt wurde. Für diesen Moment. Für die vielen Gespräche, die sie in den vergangenen Wochen mit den Inselfrauen hatte führen können. Sie war hergekommen, mit nicht viel mehr als ein paar Kisten und Koffern und einer Tochter, und hier hatte man ihr alle Türen geöffnet. Sie wollte gern etwas davon zurückgeben.

Bevor Stella etwas erwidern konnte, kam ein Gast ins Café. Stella erkannte ihn – es war Herr Rüter, der regelmäßig mehrmals pro Woche vorbeikam und sich Riekjes Kuchenkreationen und Cupcakes schmecken ließ. Riekjes ehemaliger Chef wurde nicht müde zu beklagen, wie schade es sei, dass Riekje nicht mehr bei ihm arbeitete – und was für ein Segen zugleich, weil er so nicht mehr auf die feierlichen Anlässe angewiesen war, zu denen sie das ganze Büro mit frischem Kuchen versorgte, sondern immer dann welchen bekam, wenn ihm danach war.

Diesmal hatte er jedoch ein anderes Anliegen.

»Wo ist denn die junge Dame, die meine neue Mieterin werden möchte?«

Stella sah Riekje überrascht an.

»Moin, Herr Rüter. Das ist Stella. Sie braucht dringend ein Atelier.«

Der alte Herr lachte. »Dann ergeht es Ihnen genauso wie mir, Frau Johannsen?«

»So sieht's aus. Ich werde sie wohl verlieren. Aber ihre Fotos sind ein Gewinn für alle.«

»Moin, Herr Rüter.« Stella hatte sich schnell wieder gefasst und trat ihm entgegen. »Was darf ich Ihnen anbieten?«

»Geht heute aufs Haus!«, warf Riekje ein.

»Na, wenn das so ist – einen Kaffee und ein Stück Teekuchen, bitte.«

Er setzte sich an einen freien Tisch in einer Nische, wo Stella und er sich ungestört unterhalten konnten. Mit Teekuchen und Kaffee setzte sie sich zu ihm. Ihr war ein bisschen unbehaglich zumute. So langsam sollte sie sich daran gewöhnen, dass man sich auf Norderney kannte und die Wege kurz waren. Aber was sollte sie tun, wenn Herr Rüter zu viel Miete verlangte? Würde sie es schaffen, dann ihren Traum zu begraben?

»Das Atelier also? Das können Sie gern haben. Ich bin froh, wenn es einer Bestimmung zugeführt wird. Wissen Sie, in dem Haus bin ich aufgewachsen. Bei der Miete werden wir uns einig, denke ich.« Er brach ein Stückchen Teekuchen ab und mümmelte ihn zufrieden. »Aber dann sind Sie gar nicht mehr hier, oder? Ein Verlust für Frau Johannsen, und ich werde Sie auch vermissen. Was für Fotos machen Sie denn so? Auch Produktfotos oder Interieur?«

»Das ist leider nicht mein Schwerpunkt. Mir geht es um die Menschen.«

»Ah, verstehe. Ja, das ist auch langweilig, dann muss ich mir dafür jemand anderes suchen.«

Es kostete sie einige Beherrschung, dass sie nicht hinterherschob, sie könnte für ihn eine Ausnahme machen. Natürlich könnte sie auch Interieur fotografieren, aber daran hatte sie keinen Spaß. Das Wichtigste war, dass sie sich von Anfang an treu blieb. Porträts und Natur, mehr interessierte sie nicht. Entweder sie schaffte es damit oder eben nicht.

Herr Rüter nannte ihr die genauen Kosten. Es war ein vernünftiges Angebot. Vor allem wäre es bezahlbar! Sein Angebot sah so aus, dass er mit Helen einen Kündigungsvertrag aufsetzte und Stella zum nächstmöglichen Zeitpunkt als Mieterin übernahm. Damit wäre allen geholfen.

Blieb nur noch die Frage nach einer guten Ausrüstung.

Nachdem Herr Rüter gegangen war, blieb Stella noch einen Moment sitzen. Riekjes Mutter Grit war inzwischen auch da, das Café füllte sich mit Frühstücksgästen, die Siebträgermaschine brummte und zischte, leises Stimmengewirr ringsum. In Gedanken versunken saß Stella auf dem Stuhl. Sie wollte das hier so sehr. Aber was, wenn sie sich in etwas verrannte? Wenn sie es zu sehr wollte?

Ihr Telefon pingte. Sie zog es aus der Schürzentasche. Eine Nachricht von Georg.

Sorry, war wohl müde. Sehen wir uns heute Abend?

Sie lächelte.

Bin auch müde, aber heute Abend klingt super! Ich habe das Atelier bekommen, muss jetzt nur noch die Sache mit den Kameras klären.

Auf dem Weg in die Küche, beladen mit dem dreckigen Geschirr, stand auf einmal Lara vor ihr.

Ihre Freundin starrte sie an, als wäre Stella ein Geist. Blass war sie, dachte Stella. »Hey Lara«, hörte sie sich sagen. »Möchtest du was trinken?«

»Ich möchte mit dir reden.« Lara atmete tief durch. »Über Tio.«

Stella antwortete nicht. Zu lebhaft waren ihr noch Tios Beschimpfungen von gestern Abend in Erinnerung.

»Tatsächlich? Ich möchte aber nicht über ihn reden.«

»Bitte, Stella.« Lara hob die Hand, als Stella sich an ihr vorbeischieben wollte. »Es tut mir leid. Er ist ein …« Sie schnaufte. »Ein Lügner. Und ich bin so gründlich auf ihn reingefallen, dass ich euch allen unrecht getan habe. Vor allem dir.«

Es kostete Stella große Überwindung, stehenzubleiben.

»Ich dachte, mit uns ist alles wieder okay«, sagte sie leise. »Oder ist was passiert?«

Lara konnte ihr nicht in die Augen blicken.

»Tio ist passiert. Wieder mal.«

Und dann brach sie in Tränen aus.

Es dauerte eine Weile, bis Stella es schaffte, die ganze Geschichte aus ihr herauszuholen. Sie zogen sich in die Küche zurück, wo Riekje gerade das Baby an ihren Freund Yanis übergab, der es für die nächsten Stunden versorgte.

»Ich hol die Arbeitszeit später nach, okay?«

Riekje winkte ab. »Weiß ich doch. Du hast eh schon Überstunden angehäuft. Meine Mama und ich kommen klar.«

Stella holte für Lara und sich frischen Espresso.

»Also?«

»Tio ist wieder aufgetaucht. Ich hab es ja schon erzählt. Also, wie überzeugend er sein kann, wenn er etwas von dir will?«

Stella nickte. Sie wusste, was Lara meinte.

»Jedenfalls … Ich wollte ihn nicht mehr in mein Leben lassen. Nicht nach dem ganzen Chaos, das er im letzten Jahr angerichtet hat. Und jetzt noch die Sache mit dir. Er war sehr aufgebracht, weil du seine Kamera beschädigt hast.«

»Ich habe den Schaden der Versicherung gemeldet.«

»Ja, das meinte er auch, aber er fand, da bekäme er nicht genug Geld. Darum … sollte ich ihm helfen.«

»Helfen?«, echote Stella. Auf einmal bekam sie ein ganz mieses Gefühl. Wie jedes Mal, wenn es auf die eine oder andere Art um Tio ging. Sie fröstelte.

»Er hat mich gebeten, auf seine Fotoausrüstung aufzupassen.«

Die Erkenntnis war wie ein Felsbrocken, der in ihren Magen fiel und alle guten Gefühle mit sich riss. »Und du hast …?«

»Ja.« Lara senkte den Kopf. Sie schaffte es nicht, Stella anzusehen. »Die Fototasche steht bei mir. Ich weiß nicht, was er damit vorhat, aber er meinte, du hättest den Schaden deiner Versicherung gemeldet, und er bekäme für ein bisschen abgesprungenen Plastik ja kaum das, was die Kamera an Wert verliert. Es sei besser, wenn sie verschwindet.«

Stella atmete tief durch. »Danke, dass du mir davon erzählst«, sagte sie leise. »Mich rief er gestern an und hat mir gesagt, die Kameras seien verschwunden.«

»*Verschwunden.*« Ungläubig starrte Lara sie an. »Aber sie sind bei mir. Schon seit vorgestern.«

Stella konnte sehen, wie Lara begriff. Und sie verstand es selbst genauso langsam, denn Tios Vorgehen war so perfide und damit so weit weg von allem, was sie für möglich hielt, dass es ihr kurz die Stimme verschlug. »Er hat also …«

»Das ist Versicherungsbetrug«, unterbrach Lara sie. »Ernsthaft, er erzählt mir, du wärst so ne richtig eifersüchtige Kuh, und ich sollte nie mehr ein Wort mit dir reden. Sehr überzeugend, übrigens. Dann lässt er noch die Kameratasche bei mir.«

263

»Gestern rief er mich an und meinte, ich hätte die Ausrüstung unterschlagen«, sagte Stella leise. »Er hat mir mit der Polizei gedroht.«

»Vermutlich hat er da schon gewusst, dass du das Darlehen bekommst. Oder dass du gute Chancen hast. Deine Versicherung hätte vermutlich nicht gezahlt, und dann hättest du einen Teil des Gelds an ihn abdrücken müssen, einfach um dir den Stress eines Rechtsstreits zu ersparen.« Lara seufzte. »Ich würde gern behaupten, dass Tio nicht so ist. Aber das wäre gelogen. Er versucht aus allem, für sich einen Vorteil zu ziehen. Das sehe ich jetzt erst. Ich war so blind.«

»Ich wäre ja auch fast auf ihn reingefallen.« Ein schwacher Trost, das war Stella bewusst.

»So ein Arsch«, murmelte Lara. Ungläubig schüttelte sie den Kopf. »Und wie unbedacht von mir. Lieber ihm zu glauben statt dir. Ich meine, die Vorstellung, wie du eine Kamera klaust, nur um damit dann in den nächsten Jahren die halbe Insel zu porträtieren … absurd. Es tut mir so leid. Ich bin schon wieder auf ihn reingefallen.«

»Ich habe ihm ja auch seine Räuberpistole von der geklauten Tasche geglaubt.«

»Was machen wir denn jetzt?« Lara wirkte ratlos.

»Na ja, das was er verlangt. Ich sollte ihm die Kameras zurückbringen, oder? Mal sehen, was er dazu sagt.«

Es war noch gar nicht lange her, da hätte Stella in dieser Situation nichts gemacht. Sie hätte abgewartet, bis der Sturm vorbeizog.

Aber inzwischen war sie nicht mehr dieselbe. Die letzten Jahre, vor allem aber das Leben auf der Insel hatte sie verändert. Sie hatte hier etwas gefunden, das sie vorher gar nicht vermisst hatte, weil ihr Leben bis zu Piets Tod geprägt war von der vorgegaukelten Sorglosigkeit. Die Inselfrauen boten ihr eine Gemeinschaft an. Natürlich gab es auch innerhalb dieser Gemeinschaft Konflikte. Das passierte, sobald Menschen mit ihren unterschiedlichen Biografien, Prägungen und Voraussetzungen zusammenkamen. Früher hatte sie sich mit einem Panzer aus Unsicherheit davor geschützt, zu viel von sich preiszugeben. Langsam nur gelang es ihr, diesen Schutzwall zu durchbrechen.

Angst und Unsicherheit gehörten trotzdem noch dazu. Das war okay. Sie durfte unsicher sein. Überforderung gab es immer wieder. Doch als sie jetzt vor Tios Tür stand, die Kameratasche in der Hand und Lara einen Treppenabsatz weiter unten, um ihr im Notfall beizustehen, war da vor allem Wut. Auf Tio, der glaubte, er sei schlauer als alle Frauen in seinem Leben. Der sie gegeneinander ausspielte. Der sich nicht an seine Verpflichtungen hielt. Sicher war es gesund, sich vor allem um die eigenen Belange zu kümmern. Aber dafür sämtliche Verantwortung für die *eigenen* Kinder von sich zu weisen und zugleich die Gutmütigkeit aller auszunutzen, das ging gar nicht. Und das würde sie ihm genauso deutlich mitteilen.

Sie hatte ihr Kommen nicht angekündigt, und als sie an seiner Wohnungstür klingelte, hielt sie unwillkürlich die Luft an. Doch sie hörte hinter der Tür leise Musik und dann Schritte. Die Tür ging auf, und da stand Tio. Haare verwuschelt, nackte Füße, zerrissene Jeans und graues T-Shirt. Auf eine etwas zerzauste Art sah er immer noch echt knusprig aus, und sein Lächeln wirkte gänzlich unbedarft und gut gelaunt.

»Stella! Was für eine Überraschung. Komm rein.«

Sie blieb vor der Fußmatte stehen. »Lieber nicht. Ich wollte dir nur etwas vorbeibringen.« Sie spähte an ihm vorbei. Im Apartment standen überall Umzugskartons, teils bereits verschlossen, teils offen oder noch nicht auseinandergefaltet. »Wie läuft's mit dem Umzug?«

»Ach, na ja. Nachdem Helen und ich jetzt gar nicht mehr miteinander reden oder nur über unsere Anwälte …« Er zuckte unbehaglich mit den Schultern.

»Geht mich ja auch nichts an. Aber du verlässt die Insel jetzt wirklich?«

Er lächelte. »Ja. Es sei denn, du gibst mir einen Grund zu bleiben?« Er lehnte sich gegen den Türrahmen, lässig und einen Ellbogen über dem Kopf gegen das Holz gestützt.

»Sicher nicht.« Sie nahm die Kameratasche von der Schulter und streckte sie ihm entgegen. »Ich habe deine Foto-Ausrüstung gefunden. Witzig, oder? Sie war bei Lara. Vermutlich hast du sie dort vergessen. Kann ja schon mal vorkommen.«

Sie lächelte zuckersüß.

Tio nahm die Tasche. Er starrte erst sie an, dann die Tasche. »Ich verstehe nicht ...«

»Ich versteh's auch nicht«, unterbrach sie ihn ungehalten. »Hast du allen Ernstes gedacht, es kommt nicht raus, dass die nicht geklaut wurde? Wolltest du, dass wir dir drauf kommen? Oder dachtest du, eine meiner besten Freundinnen redet nicht mehr mit mir, nur weil du ihr Lügen über mich erzählst? Ich würde es gern verstehen, weißt du?« Sie verschränkte die Arme.

Tio hatte sich schnell wieder gefasst. »Du hast sie also doch behalten!«, rief er.

Stella schnaubte. »Weißt du, das funktioniert bei mir nicht. Hat es vielleicht mal, als ich noch dachte, ich müsste es allen recht machen. Aber das ist vorbei. Ich habe mir lange genug von einem Mann wie dir einreden lassen, was ich glauben soll. Ich hasse es, angelogen zu werden. Und dass du nicht mal dann genug Mumm hast, dich zu entschuldigen, wenn ich dich mit deinen Lügen konfrontiere, beweist nur, was für ein Arsch du bist.«

Sie wandte sich ab und stieg die Treppe runter, ohne noch mal zurückzublicken.

»Warte, Stella!«, rief Tio hinter ihr her. »Es tut mir leid! Lass uns darüber reden, ja? Das war alles Laras Idee, sie meinte, du hättest eine Lektion verdient, weil ...«

Stella blieb stehen. Doch statt sich zu ihm umzudrehen, winkte sie Lara heran, die alles mit angehört hatte.

Als Lara neben Stella trat und sie gemeinsam zu Tio hochblickten, fing er an zu stottern.

»Hi ... Lara. Es ist nicht ...«

»Doch, ist es«, sagte Lara ruhig. »Hör auf, Tio. Lass es einfach. Ruf mich nicht an und keine meiner Freundinnen. Kümmere dich um dein Leben, sorge für deine Kinder, aber erspare uns allen, Helen eingeschlossen, deine Lügen und Ausflüchte. Es reicht.«

Sie hakte sich bei Stella unter. Gemeinsam verließen sie das Haus. Erst als sie unten auf der Straße standen, löste sich ihre Anspannung in einem ausgelassenen Lachen.

»Du meine Güte!«, keuchte Lara. »Hast du sein Gesicht gesehen, als er erst mich beschimpfte und dann im nächsten Moment erkannte, dass ich alles mitangehört habe? Shit! Der hat echt gedacht, er könnte so weitermachen!«

»Nicht mit mir.« Sie liefen die Straße entlang, immer noch ganz atemlos von der Aktion. »Ich hoffe, er lässt uns jetzt wirklich in Ruhe.«

»Das hoffe ich auch. Jetzt weiß er doch, dass wir miteinander reden. Es wäre schon ziemlich vermessen, weiterhin sein Spiel mit uns treiben zu wollen.«

Sie verabschiedeten sich an der nächsten Straßenecke. Stella wollte nach Hause. Es war gut, dass Sophia und Elle übers Wochenende zu Besuch da waren, doch sie wollten mittags zurück nach Düsseldorf fahren. Sophia hatte völlig überraschend auf ihre erste Onlinebewerbung schon gestern Abend eine Antwort bekommen. Morgen früh hatte sie ein Vorstellungsgespräch bei einer Stiftung, die eine Assistenz der Geschäftsleitung suchte. Die Stelle klang zu perfekt, um wahr zu sein, aber Sophia wollte sich die Chance auf keinen Fall entgehen lassen.

Als Stella ihre Wohnung betrat, saßen Sophia, Elle und Mira im Wohnzimmer um den Tisch und spielten. Im Flur standen bereits die gepackten Koffer. Komisch, dachte Stella. Wenige Tage hatten genügt, dass sie und Sophia aneinandergerückt waren. Sie fühlte sich ihr näher als vor ihrem Wegzug aus Düsseldorf. Hoffentlich hielten die neuen Freundschaftsbande über diesen Kurzbesuch hinaus.

Obwohl sie Sophia und Elle vermissen würde, war es auch gut, die Wohnung wieder für sich zu haben. Nachdem sie sich verabschiedet hatten, waren Stella und Mira wieder allein. Sie räumte ein wenig auf, während Mira in ihrem Zimmer ein Hörspiel hörte und malte. Zum Abendessen waren sie mit Georg verabredet.

»Ist es okay, wenn Georg vorbeikommt?«, fragte Stella, als sie Mira einen Snackteller und einen Becher Wasser brachte.

Mira drehte sich auf dem Stuhl um und umarmte Stella völlig überraschend. Sie hielt sich an ihrer Mama fest. »Ich mag Georg«, sagte Mira. »Er ist mein allerbester Freund.«

»Ach? Ich dachte, Noah ist dein bester Freund?«

»Ja, der auch. Aber Georg ist schon groß und kann mir immer ein Eis kaufen.«

»Na, das sind ja Kriterien.«

»Er kauft mir auch ein neues Buch, wenn ich ihn frage.«

Stella lachte. »Ist das so?« Sie versuchte, das schlechte Gewissen wegzuschieben, weil sie zuletzt etwas mehr aufs Geld hatten gucken müssen.

»Ja, Mama! Das musst du auch mal ausprobieren.«

»Ich wusste nicht, dass du solche Tricks draufhast«, murmelte Stella. Sollte sie ein schlechtes Gewissen haben, weil sie selbst ihre Tochter in die Inselbücherei schickte, wenn sie über fehlenden Lesestoff klagte? Nein. Büchereien waren nachhaltig und günstig. Lieblingsbücher durfte man aber auch daheim ins Regal stellen, und sie wusste, dass Mira sich nur Bücher im Laden wünschte, an denen wirklich ihr Herz hing.

»Dann kommt er heute Abend?« Miras Augen leuchteten hoffnungsvoll.

»Ja, zum Essen. Aber ich weiß nicht, ob er dir wieder was mitbringt.«

»Muss er nicht. Ich mag ihn auch ohne Eis und Bücher.«

Na, so ein Glück, dachte Stella. Sie räumte im Wohnzimmer auf, bezog ihr Bett frisch und hörte Mira aus dem Kinderzimmer leise singen. Irgendwie verließ sie in diesem ruhigen Moment alle Kraft. Die Wohnung war sauber und warm, auf ihrem Konto würde in Kürze ein echt großer Batzen Geld eingehen, über den sie früher nie groß nachgedacht hatte. Aber jetzt bot dieses Geld ihr den Raum, einen Traum zu erfüllen, von dem sie damals nicht gewusst hatte, dass er all die Jahre in ihr geschlummert hatte. Als hätte es damals keinen Raum dafür gegeben. Jetzt aber schon. Und jetzt durfte sie diesem Traum endlich Priorität einräumen.

KAPITEL

26

Als Georg eine Stunde später vor der Tür stand, hatte sie die Tränen getrocknet, ihr Gesicht gewaschen und einen Becher Tee getrunken. Es ging ihr besser. Sie fühlte sich klarer, ruhiger und freute sich auf ihn.

Ja, das Herzklopfen war echt. Es war nicht da, weil sie einen Mann in ihrem Leben brauchte. Sondern weil sie *diesen* Mann in ihr Leben einladen wollte.

»Hey. Ich habe gehört, du lädst junge Damen in Buchläden ein, und sie dürfen sich dort dann was aussuchen?«

Georg verzog das Gesicht. »Erwischt. Nicht okay?«

»Doch, total okay. Sie wünscht sich so selten was.«

»Ich dachte, ich müsste eventuell noch das eine oder andere Geburtstagsgeschenk nachholen. Ehrlich gesagt habe ich ein bisschen den Überblick verloren.« Er sah etwas bedröppelt aus.

»Ich sagte doch, es ist okay. Wenn ich die Nächste bin, die mit dir in einen Buchladen gehen darf. Aber ich bezahle selbst.«

»So leichtsinnig gehst du mit dem Geld um, das du bekommst?«

»Nein.« Sie wurde ernst. »Es ist echt eine Erleichterung, dass ich das Geld bekomme. Dadurch wird es leichter. Und die Kameras von Tio waren auch kein einmaliges Angebot.« Vorhin hatte sie schon kurz im Internet nachgeschaut. Weil es bekanntlich im Internet *alles* gab, hatte sie eine Verkaufsbörse gefunden, wo viele Profifotografen und Fotofachgeschäfte auch gebrauchte Kameras und passendes Zubehör anboten. Sie würde schon was Passendes finden. Das Atelier war da ihre größere Sorge gewesen. Herr Rüter hatte ihr bereits eine Mail mit dem Mietvertrags-Entwurf geschickt, den sie direkt an Julia weitergeleitet hatte.

»Geoooorg!« Mira kam aus dem Kinderzimmer geschossen. Sie hielt ein Bild hoch. »Guck mal, was ich für dich gemalt habe! Wollen wir zusammen malen? Ich hab total viele Buntstifte, komm!« Ehe er sich versah, zog sie ihn hinter sich her. Stella musste lachen.

»Ich kümmere mich ums Abendessen!«, rief sie den beiden hinterher.

»Ist okay, Mama!«

Rums, fiel die Tür ins Schloss. Stella ging in die Küche. Während sie kochte, rief Julia an.

»Ich habe mir die Sachen angeguckt, die du mir geschickt hast.«

Julia war ein Phänomen. Sie kam direkt zur Sache, aber man konnte es ihr nicht übelnehmen.

»Und?«

»Der Mietvertrag ist okay. Du könntest mit ihm noch mal nachverhandeln, ob ihr die Kündigungsfrist etwas zu deinen Gunsten verschiebt. Ansonsten sehe ich aber kein Problem.« Stella hörte sie mit Papier rascheln. »Aber das andere ... da sehe ich wenig Chancen. Leider.«

»Dachte ich mir schon«, sagte Stella leise.

»Tut mir leid. Viele Lebensversicherer haben diese Klausel, dass sie bei Suizid erst nach ein paar Jahren zahlen. Damit sichern sie sich selbst ab, weil sie denken, jemand der selbstmordgefährdet ist, wird nicht schon drei Jahre im Voraus eine Police abschließen und dann so lange warten können ... Der Suizid deines Mannes erfolgte vier Monate zu früh. Scheiße, Stella. Es tut mir so leid, dass du das durchmachen musstest.«

Einen Moment lang wussten beide nicht, was sie sagen sollten.

»Ja.« Stella räusperte sich. »Also nichts zu machen, okay. Danke, dass du es dir angesehen hast. Dann kann ich aufhören zu kämpfen?«

»Leider.«

Stella schluckte. Sie wusste nicht, was sie sich erhofft hatte. Als sie Julia fragte, ob sie ihr noch in ein paar anderen juristischen Fällen weiterhelfen könnte, war ihr auch die Lebensversicherung eingefallen, mit der sie sich seit achtzehn Monaten stritt. Vielleicht brauchte sie einen professionellen Blick darauf, um endgültig abschließen zu können – oder um doch noch mal aktiv zu werden.

Nun, offenbar war Ersteres der Fall. Sie würde kein Geld bekommen. »Danke, Julia.«

»Wenn ich noch was tun kann, sag Bescheid. Okay?«

»Ja, versprochen.«

Stella ging von der Küche in den Flur. Ihr Blick blieb an dem großformatigen Foto vom Meer hängen, das sie kurz nach Piets Tod in den Keller verbannt und hier dann doch wieder aufgehängt hatte.

Auch wenn Piet das Bild nie gemocht hatte – oder gerade deswegen? –, hatte es für sie immer eine besondere Bedeutung gehabt. Es war wie eine Verbindung zu ihm.

»Da sind wir nun«, sagte sie leise. Musste über sich selbst lachen. Fing sie jetzt etwa an, mit einem Toten zu reden? Aber es fühlte sich irgendwie richtig an. Stella legte das Handy auf die Kommode unter dem Bild. Sie schlich zum Kinderzimmer, öffnete leise die Tür und spähte durch den Türspalt.

Mira saß an ihrem Schreibtisch. Sie malte konzentriert an einem Bild, während Georg vor ihrem Bett auf dem bunten Kinderteppich saß und das Buch vorlas, das er ihr neulich gekauft hatte. Stella beobachtete die beiden zusammen. Das war etwas, das Mira immer schon mit Georg gemacht hatte – malen und sich vorlesen lassen.

Sie zog die Tür leise zu und ging zurück in die Küche.

An diesem Abend wurde es spät. Sie aßen gemeinsam, und weil sie gerade so gemütlich am Tisch saßen, holte Mira ein Kartenspiel, und sie spielten zwischen den Tellern Mogelmotte. Es war ein großer Spaß. Danach hatte Stella ihr versprochen, sie könnten noch ein Spiel spielen, bevor es für Mira ins Bett ging. Sie wollte unbedingt noch mal von Georg vorgelesen bekommen. Als er aus dem Kinderzimmer kam, war es schon halb zehn und draußen wurde es allmählich dunkel. »Sie möchte jetzt noch mit dir sprechen«, sagte er und grinste dabei schief. »Soll ich schon mal den Wein aufmachen?«

»Werde ich ihn brauchen?«

Er zuckte nur mit den Schultern, ein bisschen hilflos wirkte er dabei.

»Hey, Mäuschen.« Mira hatte sich in der Kuschelhöhle unter dem Bett mit Kissen, Decken und ihrem Buch eingemuckelt. Als Stella sich zu ihr gesellte, rückte sie ein bisschen beiseite. »Musst du nicht langsam schlafen?«

»Ich hab ne Frage, Mama.«

»Ja? Raus damit.«

»Weil … ich will wissen, ob Georg nicht bei uns bleiben kann. Es ist so schön mit ihm, weißt du? Und seit er hier ist, bist du so …« Ihre Tochter zupfte an der Kuscheldecke.

Stella spürte einen dicken Kloß im Hals. »Wie bin ich?«, krächzte sie.

»Irgendwie glücklicher. Auch wenn du mal ne schlechte Nachricht kriegst oder so. Das stört dich gar nicht so doll. Ich glaube, du magst ihn. Und ich hab ihn gefragt, ob er dich mag, weil du sagst ja immer, das kann man ruhig machen, wenn man mit wem befreundet sein will. So habe ich es auch bei Leni und Noah gemacht.«

Stella blinzelte. Auf einmal begriff sie, warum Georg meinte, sie bräuchte gleich vielleicht ein Schlückchen Wein zur Stärkung. Auf so etwas bereitete einen ja keiner vor, mit der achtjährigen Tochter darüber zu reden, ob sie eine neue Beziehung eingehen sollte.

»Ja, du … Georg und ich, wir kennen uns ja schon echt lange. Und wir haben uns immer gut verstanden.«

»Aber nach Papas Tod habt ihr euch gestritten.«

Stella nickte. »Jetzt haben wir uns wieder vertragen.«

»Streitet ihr dann nie wieder?«

»Ich glaube, es ist ganz normal, dass man sich streitet. Als Freunde oder als … Paar. Als Familie. Wir sind uns auch nicht immer einig, hm?« Sie knuffte Mira, und ihre Tochter kicherte. »Wenn es um deine Bildschirmzeit geht oder so. Aber dann regen wir uns erst auf, dann beruhigen wir uns und danach finden wir eine Lösung, die für uns beide passt.«

»Macht ihr das dann auch so? Wenn wir Familie werden?«

Stella hielt inne. Sie hatte mit Mira bisher nicht darüber gesprochen, ob Georg und sie ein Paar wurden. Es gab Dinge, die für ein Kind nicht vom ersten Moment an relevant waren. Dachte sie. Für Mira aber, die immer schon so viel nachdachte, beobachtete und ihre Beobachtungen teilte, war es eben doch wichtig.

»Ich weiß nicht, ob wir eine Familie werden«, sagte sie leise.

Mira lehnte sich an sie. »Möchtest du das denn gerne?«

Das waren so Fragen … »Vielleicht.«

»Okay.« Mira schien mit der Antwort zufrieden zu sein. Stella gab ihr einen Gutenachtkuss, dann half sie Mira, sich in ihrem Bett oben einzumuckeln. Sie schloss die Tür hinter sich. Mira würde noch ein wenig lesen, bis sie richtig müde wurde.

Als Stella ins Wohnzimmer kam, standen zwei Weingläser und eine Flasche Rotwein auf dem kleinen Tisch vor dem Sofa. Georg stand auf.

»Hat sie dich auch noch mal sehr gründlich befragt?«, erkundigte er sich.

Stella lachte. Sie ließ sich aufs Sofa fallen. Georg goss Wein ein und sie nahm ein Glas. »Ich weiß ja nicht, was sie dich gefragt hat, aber die Spanische Inquisition ist nichts dagegen.«

»Ja, so fühlte es sich an.« Er nickte bestätigend.

»Sie braucht Sicherheit«, murmelte Stella. »Klarheit.«

»Verstehe. Und was brauchst du?«, fragte Georg behutsam.

»Wenn ich das wüsste …«

Dabei wusste sie es ganz genau. Warum fühlte es sich trotzdem so *falsch* an?

Nein, nicht falsch. Es war ungewohnt. Bisher war das immer so gelaufen: Sie lernte jemanden kennen, sie wurde von dem Mann umworben, irgendwann wurde es romantisch, sie landeten im Bett, und danach trennten sich die Wege wieder, oder man ging eine Beziehung ein. Nicht, dass das oft passiert war. Sie hatte vor Piet ein paar Beziehungen gehabt, und ein-, zweimal hatte sie auch mit Männern eine Nacht verbracht, ein Wochenende – und dann hatten sie festgestellt, dass es nicht funktionierte. Keiner hatte dabei größere seelische Blessuren davongetragen. Aber sie war es gewohnt, nicht sagen zu müssen, was sie wollte. Meist wurde sie von den Männern überrumpelt.

Georg war anders. Und zwar auf eine wohltuende Art. Sicher, es war schön, erobert zu werden. Aber sie hatten eine Geschichte, sie kannten sich schon so lange, hatten viel miteinander erlebt – und manches allein durchgestanden.

»Ahhh!«, rief sie. »Ich sollte einfach aufhören nachzudenken.«

Georg musterte sie überrascht.

»Also, ich meine … Herrgott, können wir uns nicht einfach küssen?«

Er lachte. »Das ist mit Abstand die verrückteste, wildeste und überraschendste Anmache, die ich bisher gehört habe.« Zugleich rückte er ein Stück näher. »Möchtest du gerne geküsst werden?«, fragte er leise.

»Ja.« Sie blickte zu ihm auf. Jetzt flatterte ihr Herz wieder ganz aufgeregt, und das fühlte sich mehr als gut an. Sie legte eine Hand auf seine Brust, als wollte sie herausfinden, ob es ihm auch so ging. »Bitte küss mich, Georg.«

»Okay.« Seine Stimme war nun ebenso leise. Ihre Köpfe näherten sich einander. Stella schloss die Augen. Sie spürte seinen Atem, der über ihre Lippen strich. Dann sein Mund, der sich auf ihren legte. Sanfter Druck. Er schmeckte süß, ein bisschen nach dem Wein, vor allem aber schmeckte sie ihn. In ihrem Herz war ein Sturm aus Gefühlen, der über sie hereinbrach, sie tastete nach Georg, ihre Hände zogen an seinem T-Shirt, bis er auf sie sank, sie lag unter ihm auf dem Sofa und küsste ihn, küsste wie sie noch nie geküsst hatte, weil sie nie jemanden so sehr begehrt hatte wie diesen Mann.

»Stella.«

»Jetzt sei doch mal still«, rief sie leise. Aber in ihren Worten schwang ein Lachen mit, ein bisschen übermütig, ein bisschen verzweifelt.

Er grinste an ihrem Mund. »Nicht reden?«

»Später«, entschied sie. »Küss mich weiter. Bitte.« Es fühlte sich gut an, ihm zu sagen, was sie wollte. Das war etwas, das sie schon viel länger hätte tun sollen. Viel früher hätte sie sagen sollen, was sie brauchte. Woran ihr Glück hing. Nicht nur ihm. Ihrem ganzen Umfeld. Sie hätte verdammt noch mal schon viel früher für sich und ihre eigenen Belange einstehen müssen.

Und als sie Georg näher an sich zog und ihn wieder küsste, beschloss sie: Ab sofort würde sie damit anfangen.

M ama, guck mal!« Stolz streckte Mira ihr ein paar Blätter entgegen. »Mein erster Mathetest und ich hab nur drei Fehler gemacht!«

»Wunderbar!« Stella umarmte Mira. Sie ließ sich den Test zeigen und freute sich mit ihr. »Wollen wir ihn sicher im Tornister verstauen, ja?«

»Okay. Aber ich will ihn gleich auch Georg zeigen! Er hat extra mit mir die Neuner-Reihe geübt.«

»Das kannst du gerne machen. Komm, die Fähre legt in zehn Minuten an.« Sie liefen zum Auto und stiegen ein. Stella musste für Mira erst die Rückbank freiräumen, auf der sich einiges Equipment stapelte, das sie heute früh zu einem Termin außer Haus mitgenommen hatte. Im Altenheim bot sie einmal im Monat an, Fotos von den Bewohnerinnen und Bewohnern zu machen. Die alten Leutchen nahmen das Angebot nach anfänglichem Zögern gerne an. Es war vor allem Nelas und Tinis Omama Alma zu verdanken, die sich bei einem ersten Fotoshooting fein herausgeputzt und bestens gelaunt vor die Kamera gestellt hatte. »Das schenke ich meinen Enkelinnen zu Weihnachten!«, hatte sie fröhlich verkündet. »Die sollen mich genau so in Erinnerung behalten. Faltig, aber frisch und gut gelaunt.« Das war die Initialzündung gewesen. Heute war der Oktobertermin, und Stella hatte im Zwanzig-Minuten-Takt Termine vergeben müssen. Trotzdem waren nicht alle dran gekommen, weshalb sie versprechen musste, im November einen zusätzlichen Termin anzubieten. »Dass uns keiner drüber hinwegstirbt!«, hatte ein alter Herr gedroht, doch er war mit seinen neunundneunzig Jahren so flott mit dem Rollator über den Flur gekurvt, dass Stella fürchtete, er könnte eher einen Unfall verursachen, als an Altersschwäche zu sterben.

Sie lenkte ihr Auto auf den Parkplatz vor dem Fähranleger. Die Fähre war schon fast da. Sie blieben trotzdem sitzen und plauderten ein wenig, während sie warteten. Erst als die ersten Fährgäste Richtung Parkplatz strömten, stiegen sie aus. Stellas Herz klopfte aufgeregt. Wie jeden Freitag, wenn sie hierher kam.

Mira entdeckte ihn zuerst. Sie quiekte vor Freude, rannte los und fiel Georg in die Arme. Er musste sie die letzten Schritte zum Auto schleppen, weil sie wie eine Klette an ihm hing. Stella kam ihm entgegen.

»Guck mal, was ich gefunden habe!«

»Ah, kenn ich. Unser kleines Klammeräffchen.«

»Ich bin nicht klein!«, protestierte Mira, löste sich von Georg und verschränkte die Arme. Stella nutzte die Gelegenheit, trat ihm entgegen, und sie küssten sich zur Begrüßung, begleitet vom üblichen »Ihhh« von Mira. Erwachsene waren so uncool!

»Hey«, sagte sie leise. »Hat alles gut geklappt?«

»Nur ein kleiner Stau, als ich aus Düsseldorf raus wollte. Danach war alles entspannt.«

Sie nahm ihm den Weekender ab und verstaute ihn im Kofferraum zwischen Kameratasche, Stativ und den anderen Sachen. Georg faltete sich etwas mühsam und begleitet von theatralischem Ächzen auf den Beifahrersitz ihres Kleinwagens. »Irgendwann solltest du über ein größeres Auto nachdenken«, schlug er vor.

»Du kannst gerne laufen«, bot sie ihm liebenswürdig an.

»Ich verzichte, vielen Dank.«

»Dachte ich mir.« Sie startete den Motor.

Auf dem Weg nach Hause diskutierten sie hitzig darüber, was es als Abendessen geben sollte. Stella hatte später noch ein Shooting in ihrem Atelier, darum mussten Georg und Mira sich darum kümmern. Aber das kannten die beiden schon, denn die Wochenenden mit Georg waren für Stella oft mit Arbeit angefüllt.

Sie setzte die beiden ab und fuhr weiter zu ihrem Atelier. Immer noch war sie ein wenig ungläubig. Ihr Traum hatte sich erfüllt. Sie war seit zwei Monaten mit ihrem kleinen Atelier selbstständig. Sobald sie mit ihrer neuen Aufgabe begonnen hatte, hatte ein steter Strom aus Aufträgen eingesetzt. Es reichte noch nicht zum Leben, weshalb sie weiterhin ein paar Tage in der Woche in Riekjes Café aushalf. Aber im Moment musste sie ja auch noch das Darlehen zurückzahlen. Das hatte für sie oberste Priorität.

Von dem Geld hatte sie sich eine gebrauchte Ausrüstung leisten können, und ein bisschen Einrichtung fürs Atelier war auch noch dabei herumgekommen. Als Stella den Flur betrat, kam Helen aus dem Laden im Erdgeschoss. »Für dich sind Pakete gekommen!«, begrüßte sie Stella. »Ich habe sie schon nach oben gebracht. Ganz schön schwer!«

»Du hättest sie auch hier unten stehen lassen können!«

»Quatsch, du hilfst mir doch auch ständig.« Sie lächelten sich an. »Ich habe im Lager schon wieder einen Karton mit so Scheußlichkeiten gefunden, kann ich sie dir nachher vorbeibringen?«

»Nur zu! Ich fotografiere alles, was mir vor die Kamera kommt.«

Das war auch ein Teil ihrer Arbeit – und im Moment ein steter Quell der Freude für Helen und Stella. Sie hatten einen Instagram-Account aufgesetzt, und dort präsentierten sie die witzigsten Souvenirs, die Helens Lager hergab. Im dazugehörigen Onlineshop verkauften sie die Sachen, und es lief im Moment richtig gut. Auch dank der Tipps, die Tini ihnen gab. Stella bekam von allen Umsätzen eine kleine Beteiligung, so wurde ihre Arbeit vergütet. Normalerweise kein Arrangement, auf das sie sich einlassen würde, doch inzwischen waren Helen und sie Freundinnen geworden. Ihre Kinder verstanden sich super, und es kam gelegentlich vor, dass Mira mit Helens Ältester in der Wohnung kochte und auf die Kleinen aufpasste, während die beiden Frauen im Atelier einen Weihnachtsmannseehund nach dem nächsten fotografierten und ins Netz stellten.

Aber das ging auch nur ausnahmsweise so. Die Kinder sollten weiterhin Kinder sein, zu viel Verantwortung sollten sie nicht übernehmen.

Vor der Tür zum Atelier lehnten mehrere flache Pakete an der Wand. Stella schloss auf, schleppte die Kiste mit der Kamera und den Objektiven rein, bevor sie die Pakete holte. Sie wusste schon, was drin war. Aber bevor sie auspacken konnte, musste sie rasch das Setting für den nächsten Termin herrichten, Lampen einschalten, Beleuchtung prüfen, all die vertrauten Handgriffe, die etwas ungemein Tröstliches hatten. Sie drehte die Heizung hoch, legte ein Lammfell und eine Decke bereit.

Anfangs war da nur eine Vision gewesen. Ein Traum davon, wie Stella für die Menschen und ihre Emotionen einen Raum bot, in dem sie sein konnten, wer sie waren. Stella ermutigte sie, sich so zu zeigen, wie sie waren. Manchmal brauchte es Zeit, bis sich jemand darauf einlassen konnte, von ihr fotografiert zu werden. Sie musste quasi unsichtbar werden. Das brauchte viel Zeit. Beziehungsarbeit auch, in gewisser Weise. Zu manchen Menschen hatte sie sofort einen Draht, bei anderen dauerte es ein wenig. Gelegentlich passierte es, dass eine Person ihr sämtliche Energie raubte, weil ihre Grenzen überschritten wurden. Aber inzwischen bemerkte Stella, wenn eine Situation zu kippen drohte und konnte intervenieren.

Darauf hatte sie niemand vorbereitet – wie intensiv ihre Arbeit sein konnte. Anfangs hatte das ihre Selbstzweifel genährt. Immer noch war sie tief in sich drin überzeugt, sie sei nicht gut genug. Aber sie wusste inzwischen, woher das kam. Sie sah es, sie arbeitete an sich.

Nach dem Tod ihrer Mutter hatte ihr Vater Stella großgezogen, und er hatte ihr jede Schwierigkeit beim Aufwachsen aus dem Weg geräumt. Später, als sie Piet kennenlernte, war er als der Macher in dieselbe Rolle geschlüpft. Sobald Stella auf Probleme stieß, konnte sie sicher sein, er würde für sie eine Lösung finden. Meist hieß das für ihn, dass er einfach Geld aufs Problem warf. Nach seinem Tod war sie auf sich gestellt gewesen und musste nicht nur begreifen, dass ihr bisheriges Leben eine Lüge war, sondern auch, dass sie all die Jahre stärker gewesen war, als sie selbst und Piet gedacht hatten. Sie wuchs über sich hinaus. Sie schaffte so vieles, das sie nie für möglich gehalten hätte.

Klar, auf dem Weg hierher war sie manches Mal verzweifelt, und es wäre so schön einfach gewesen, wenn sie ihr Leben in die Hand von jemand anderem hätte legen können. Georg wäre bereit gewesen, für Mira und sie zu sorgen. Sie hätte mit ihm zurück nach Düsseldorf gehen können. Ein ähnliches Leben wieder aufnehmen wie das vor zwei Jahren.

Sie hatten darüber gesprochen. Letztlich hatte Stella sich dagegen entschieden. Sie hatten beide wenig Lust auf eine Fernbeziehung, aber manchmal musste man das kleinere Übel wählen, wenn man frei sein wollte.

Durch die offene Ateliertür hörte Stella Stimmen. Sie stellte die verpackten Bilder hinter einen Paravent und ging zur Treppe. Ein junges Pärchen kam die Stufen hoch. Sie ging etwas vorsichtig, während er geduldig hinter ihr blieb und den Maxicosi trug, in dem ein Neugeborenes schlief.

»Hey«, begrüßte Stella die beiden. Vor zehn Tagen war das

Baby von Christin und Ben im Geburtshaus zur Welt gekommen. Sie hatten sich heute für ein Newborn-Shooting bei Stella angemeldet. »Geht es euch gut?«

»Ja.« Christin strahlte. Sie sah sich im Atelier um. »Wie schön es hier ist.«

»Hi.« Auch Ben begrüßte Stella. Sie zogen ihre Jacken aus. Stella bot ihnen was zu trinken an. Sie setzten sich erst mal in aller Ruhe hin und redeten ein bisschen miteinander. Gingen eine Verbindung ein. Stella ließ die beiden erzählen, und sie sah, wie liebevoll Christin und Ben miteinander umgingen. Das Baby wachte auf, es hatte Hunger und brauchte eine frische Windel. Während Christin es stillte und Ben es danach wickelte, bereitete Stella alles fürs Shooting vor.

Zwei Stunden dauerte der Termin insgesamt. Draußen wurde es schon fast dunkel, als sie schließlich das Licht löschte. Helen hatte zwei Kartons auf den Treppenabsatz gestellt, in denen sich eine Auswahl wirklich erstaunlich scheußlicher Porzellankürbisse mit Möwen befand. Stella brachte die Kartons ins Atelier, bevor sie sich auf den Heimweg machte. Eins der eingepackten Bilder nahm sie mit, denn es war für ihr Zuhause.

Als sie die Wohnung betrat, duftete es bereits nach köstlicher Pizza. Mira stand mit Georg in der Küche, sie schnippelten einen herbstlichen Obstsalat als Nachtisch. Stella lehnte das Bild gegen die Wand im Flur und beobachtete die beiden einen Moment schweigend.

Sie hätte das alles nicht gedacht. Dass ihr Leben sich in diese Richtung entwickeln würde. Dass es, nachdem sie so weit unten gewesen war – emotional vor allem –, noch einmal eine Kehrtwende machen würde.

Aber inzwischen wusste sie: Nichts kam zufällig. Für manche Dinge lohnte es sich zu kämpfen. Es war nie sicher, dass sich der Kampf lohnte. Aber in ihrem Fall wusste sie, dass Aufgeben niemals eine Option sein würde. Und sie hatte es geschafft. Sie stand auf ihren eigenen Füßen. Sie ließ sich nicht vorschreiben, wie sie zu fühlen, zu leben und zu handeln hatte.

Georg bemerkte sie. »Da bist du ja!« Er trat aus der Küche. Sie umarmten sich. Stella schloss die Augen. »Ich habe das Bild mitgebracht«, sagte sie leise. »Wollen wir es aufhängen?«

»Nach dem Essen«, sagte er. Sie nickte. Ihr Blick fiel auf das Schwarzweißbild vom Meer, das sie beim Einzug über die Kommode gehängt hatte.

Dieses Bild hatte keinen Platz mehr in ihrem Leben. Lange genug hatte es sie an all das erinnert, was sie bereits verloren hatte. Sie wollte nach vorne blicken. Die Erinnerungen waren deshalb nicht fort, und vielleicht würde sie das Bild irgendwann noch mal im Atelier aufhängen.

Stattdessen würde sie eines der Fotos aufhängen, die sie im Sommer von Mira gemacht hatte. Ihre Tochter, die ausgelassen am Strand mit einem großen, zotteligen Hund und ihren Freunden spielte. Für Stella stand dieses Bild für ihr neues Leben. Voller Lebensfreude, Zusammenhalt … und Liebe.

Georg und sie hängten es gemeinsam auf. Er fluchte, weil irgendwas nicht auf Anhieb passte, sie lächelte nachsichtig. Dann versuchten sie es noch einmal, und diesmal klappte es. Sie standen vor dem Bild und Georg legte den Arm um Stellas Schultern.

»Gut so?«, fragte er.

»Fast perfekt.«

Denn perfekt würde ihr Leben nie sein. Wer konnte das schon von sich behaupten? Aber es war gut, wie es war. Georg blieb vorerst in Düsseldorf, sein Lehrauftrag hielt ihn an der Uni. Während der Semesterferien konnte er zumindest eine Weile bei ihnen auf Norderney sein. Und wer wusste schon, was die Zukunft brachte? Für den Moment war dieses Leben genau richtig. Vielleicht war das in ein paar Jahren anders. Aber jetzt war ihre Heimat Norderney. Sie hatte sich ein eigenes soziales Netz gesponnen, das sie hielt und das sie nicht missen wollte.

Dieser Moment aber, dieser Freitagabend – satt, zufrieden von der Arbeit, mit Blick auf das Bild und mit dem Mann neben sich, der ihr alles gab, was sie brauchte, um heil zu werden –, der war schon ziemlich perfekt.

»Pass gut auf dich auf, ja?«, flüsterte sie Georg zu.

»Ich werde auf *uns* aufpassen, solange ihr mich lasst.«

Sie nickte. Da war sie, die Perfektion. Ein kurzer Moment nur, doch das genügte. Sie schloss ihren Frieden mit dem, was war. Denn es hatte sie hierhergeführt.